Kadokawa Fantastic Novels

U0081205

年齡等於單身資歷的魔法師

作者
ぶんころり
Story by Buncololi

插畫
MだSたろう
Illustration by M-da S-taro

CONTENTS

"Tanaka the Wizard"
6
Story by Buncololi, Illustration by M-da S-taro

蘿莉婊

Lolita and Bitch

在馬車上搖了幾天，我們總算返回首都卡利斯。

這次不是走之前的大門，而是貴族專用門，一行人腳都沒碰地就直接來到費茲克勞倫斯家門前。不愧是佩尼帝國首屈一指的大貴族。

蘇菲亞買下的奴隸姊妹和我們乘坐不同馬車，送到首都卡利斯的學校了。我有交代她們出事的話就找理察幫忙，他也爽快答應了，暫時應該不必為她們操心。

下了車，我們走進門廳。這裡和上次一樣，有一堆女僕和執事列隊迎賓，整齊畫一地向我們鞠躬。保持那個姿勢還能動也不動，有夠專業。

尤其女僕都是年輕小妹妹，好想趁她們工作時裙子一掀就從後面硬上。

在左右兩排人目送之下，理察親自帶我們到上次那個餐廳。那是亞倫拐帶人妻被當場抓包的地方，也是我人頭落地之處。

當時的慘狀已不復見，一滴血沫也不剩。

現在是傍晚時分。聽理察說他昨晚就派快馬回來，吩咐晚餐要在我們抵達時備好，我也不好意思拒絕，只好陪他吃一頓。

由於果果露也在，位置整個悲劇。長桌的兩個短邊一側是理察，一側是我和果果露，艾迪塔老師不知為何坐長邊中間。

老師很怕生，所以是不想進果果露的讀心範圍又跟理察不熟才挑那種位置吧。她自己似乎也覺得這樣很奇怪，因緊張和後悔而皮皮剉的老師好可愛。

抖成這樣也沒有因此責怪果果露，老師真是好人。

甘願忍受這一切，自己在那邊抖。

「隔這麼遠實在很怪，我們換張桌子吧？」

「不用不用，別這麼客氣。」

「真的不用嗎？」

「您都替我們準備晚餐了，怎能再煩勞您呢？」

「那好吧。」

希望理察能多看抖個不停的老師幾眼。

要是丟著不管，金髮肉肉蘿老師有辦法把自己關在房間裡一整年。所以現在能見到她出巢是很幸運的事，趁現在多欣賞幾眼才是正確的品味方式，不然下次就不曉得是何年何月了。

「話說田中先生，你明天的行程定好了嗎？」

「這個嘛，我想先進宮一趟。」

「進宮是嗎？我了解了。」

「如果有更急的事，這倒是能延後。」

「不用，先把你的事辦好吧。我這不是什麼急事，晚點處理也無妨。」

「真的沒關係嗎？」

「對，沒關係。」

「我明白了。那不好意思，我就接受您的好意了。」

對了，不曉得艾絲特在不在家。

從她最近的求愛瘋度來看，用火球炸破牆壁跳出來都不奇怪。喔不，艾絲特爸爸會去防範這種事吧。之前他才警告過我，就別去想她了。

「……你在想我女兒嗎？」

噢，人盡皆知的寵女兒大王還真不是蓋的。

馬上就被他發現了。

即使是事實，冷靜推辭才是上策。

「不，說起來，我在意的其實是亞倫先生。」

「我有信守承諾，與他再無交集。」

「這樣啊。」

「你想見他嗎？我能派馬車送你去騎士團營。」

「謝謝您的好意，不過真的不用。我再抽空過去就行了。」

「那好吧。」

理察真的很會察言觀色，我搪塞幾句後就不再多問了。不過剛才的氣氛有點緊繃，還是趁早閃人比較好。要是在這裡撞上艾絲特，事情搞不好會弄得很麻煩。

「今晚要在這過夜嗎？」

看吧，馬上就打牽制牌了。

「不了，我要回學園宿舍。」

「這樣啊，那我派馬車送你一程吧。」

「謝謝。」

我在首都的行程，就這麼在刀叉錯動之間一件件敲定。看樣子，我勢必得在首都待上幾天。反正也沒有其他急事，難得回一趟卡利斯就讓我好好走走吧。

失去了回春祕藥這個人生目標，貴族身分連帶而來的麻煩事也都收拾乾淨了，有種繃在心裡的東西一口氣炸散的感覺。所謂的目的意識，轉眼間變得空空如也。

「嗯咕……嗯、咕……哈咕、哈咕……」

是說，全神貫注地吃飯的老師好可愛。她坐在餐桌中央，使得所有人的視線都會經過她。為了逃避這份尷尬，她卯足了勁狂吃猛嚼。

視線始終往下，從未離開盤面，拚命地吃。全身猛烈地散發著「我忙著吃飯，少跟我說話」的氣息。

「嗯咕……嗯……嗯嗚！」

啊，她噎到了。

表情好痛苦，咚咚咚地敲起胸口來。

女僕們趕緊跑過去救人。

艾迪塔老師兩手各拿一杯茶，用一副快投胎的表情猛灌。

在一聲特別響的咕嚕聲後，哽住喉嚨的東西嚥下去了。老師平靜了下來，露出得救的表情，但她隨即左看右看，非常害羞地低下頭。

大概是因為蜷起身而壓迫到腹部吧，她不由自主可愛地「嗝噗～」了一聲。

「！……」

她把頭壓得更低，肩膀抬得好高，縮得可憐兮兮。

「…………」

「…………」

理察也不得不苦笑起來。

這隻天然精靈是想逼死誰啊？

就這樣，晚餐時間風平浪靜地過去了。

＊

受邀到艾絲特家吃了頓晚餐後，我們搭乘艾絲特爸爸好意準備的馬車回到學園宿舍。好久沒到這兒來了，算算已經有幾週了。

艾迪塔老師則是搭另一輛馬車回自己的工作室。

她也住在卡利斯，所以我沒能邀她來我這一起過夜。我只是學生身分，不敢強邀，連體面話都說不好。太可惜了。

於是此時此刻，宿舍裡只有我和果果露兩人。

「當自己家，隨便坐。」

我將為艾迪塔老師準備的招呼語獻給果果露。

原本是想和老師獨處一晚，結果變成了黑肉蘿。糟糕，怎麼辦，不管是誰都讓我興奮得不得了，好想做色色的事。竟然和說不定能來一發的女孩孤男寡女共處一室了。

好想推倒。

「…………」

「…………」

放心。

我會忍耐。

我都明白。

再說果果露一定早就不是處女了。如此被人唯恐避之不及的非人賤民美少女怎麼可能是處女。被人拖進暗巷輪姦的經驗一定不只一兩次。上面和下面的嘴肯定都被灌得滿滿滿。

不知不覺愈輪愈爽，嘴巴開始「再來！再來！」地索求起來，最後呢喃一些「腦袋都一片空白了呢～」之類常見的藉口，反覆要人內射的黑肉蘿好可愛。

「……我只想正常說話。」

「好，說得也是。就正常說話吧。」

好個懇切的訴求。

果果露太騷太可愛，害我有點得意忘形了。

稍微鎮靜一點吧。對不起。

「我去泡茶，妳在沙發坐一會兒吧。」

「好的。」

話說我已經好久沒親手泡茶了。

平常都是蘇菲亞幫我泡，都沒注意過這件事。我就努力沖一杯好茶，讓果果露開心一下。雖說我沒什麼經驗，但我相信這種事誠意最重要。

這麼想著往廚房走的我沒走幾步，宿舍門就被敲響了。含蓄的咚咚咚穿過走廊，感覺像在客廳門邊響起。

這麼晚了會是誰呀？

該不會是艾迪塔老師吧。

是就太棒了。

「啊，我在！馬上來！」

邊呢喃著邊步向廚房的腿轉往玄關。開門迎客。

而現身的竟是意想不到的人物。

「喔，這不是柔菲嗎？」

「……晚安的呢。」

「妳、妳好，晚安。這麼晚了，找我有事嗎？」

居然是公主婊。

期待著艾迪塔老師的同時，心裡還在猜說不定是艾絲特逃家了，或是亞倫來找我談之前的事。結果是想都沒想到的大黑馬，亂交團中與我關係最淺的二號小姐。

「我有事想和你單獨談談。」

「和我單獨談？」

「是的呢。」

好吧，先請她進來再說。

在走廊說話，打擾到其他住宿生就不好了。

在集合住宅生活，遵守禮儀很重要。

「知道了。既然是這樣，那就請進吧。」

「……謝謝。」

公主婊蒞臨寒舍啦。

要多準備一杯茶了。我用火球迅速燒了三人份的開水，啵啵啵地煮。當茶壺裝滿上了色的茶水，就拿托盤擺放茶具，端到客廳沙發桌上。

柔菲坐在果果露正對面。

完全在她的讀心圈內。

但由於老是解釋這種事很麻煩，我就先不管了。果果露跟我約好了不會說出他人的想法，那我也該相信她的心意，這樣才有友情可言。

「…………」

年過三十，友情之類的詞往往會從我們的人生中完全消失。好像很久沒注意到這件事了，反而是升官發財這種話無往不利。做人真辛苦，但這就是競爭社會的宿命。

最後我決定在果果露身邊坐下。

「這裡怎麼會有果果露族？」

「我跟她有點緣分，就乾脆一起行動了。」

公主婊用她平常那雙鄙視眼發問，和果果露的眼神有異曲同工之妙。倍增的陰鬱系蘿莉鄙視眼破壞力十分卓越。

一邊是先天鄙視眼，一邊是完全後天的鄙視眼。

我衷心期盼兩位能用這樣的眼神同時開發我的棒棒和蛋蛋。

「那麼，妳要找我談什麼？」

「…………」

柔菲的視線隨我這一問瞥向果果露。

請她暫時離席會比較好嗎？只是她多半已經知道柔菲要談什麼了，支開她也沒意義。不過表面工夫還是很重要，還是有問的必要。

「不方便讓她知道嗎？」

「……沒關係。」

經過短暫的猶豫，柔菲繼續說下去。

「這件事讓別人聽見會更有意義。」

「這樣啊。」

可以讓果果露聽呢。

會是什麼事呢？

值得她這麼晚上門，應該是相當重要，分秒必爭的事。這個女生自我要求不低，不會在不感興趣的事情上浪費時間，這件事肯定對她自己有相當程度的影響。

「請問是什麼事？」

「請跟我結婚。」

「……妳說，結婚？」

嚇我一跳。

同時，也感到理解。

原來如此。

難怪她會大半夜地專程跑這一趟。

「該不會是碧曲家又想對費茲克勞倫斯家怎麼樣了吧？」

「很高興你依然是這麼機靈。」

「其實令尊還滿喜歡用這種手段的嘛。」

「說不定真的是這樣。」

看來新手男爵的理察攻略行動被柔菲爸爸知道了。那些傭人肯定有幾個是碧曲伯爵安插進來的，不然柔菲也不會這麼快就知道要來宿舍找我。

碧曲伯爵在如此短暫的時間內就做出把女兒塞給我的決定，這種父親真教人心寒啊，都要為她掬一把同情淚了。真希望伯爵能稍微從理察身上學點東西。

「妳也過得很辛苦呢。」

「是的呢。」

「不能拒絕嗎？」

「貴族的女兒不太有婚姻的自由。」

「……這樣啊。」

這部分很有貴族味，讚。

可是首婚開中古車這種事，恕我難以接受。我跟對方都必須是第一次，用純白的心靈念著彼此，這樣才是最幸福的啊。怎麼可以是亞倫用舊的雞雞套呢，簡直豈有此理。

「我可以拒絕嗎？」

「你先前不是對我求愛過嗎？」

「是嗎，我怎麼沒印象？」

「那就好，我也是這麼想的呢。」

她指的是前陣子在艾絲特家的宴會上，請她假扮我女友吧。現在情況顛倒過來，是環境希望這種結果而逕自運轉起來。真是太諷刺了。

「話說碧曲伯爵這一步也真狠。」

「我認為他下這個判斷並沒有錯。」

「妳是他親生女兒吧？真希望他能向理察先生看齊一點。」

「我的父母沒有艾絲特她家那麼疼小孩的呢。」

「……這樣啊。」

從柔菲的個性來看，這樣是說得通，她根本是爹娘不愛的小孩典型。所以她才會從身邊親近的人當中尋求關注。

於是公主婊隆重誕生。

「就我看來，費茲克勞倫斯公爵也會樂見我和你結婚。至少在這個艾絲特這麼照顧你，我們家仍屬於費茲克勞倫斯派系的狀況下，他應該沒理由反對。」

「或許是這樣沒錯。」

碧曲伯爵真的很有一套。

不過，他好像太看得起我這個新手男爵了。忘了我是個外國人嗎？

「柔菲，謝謝妳告訴我這麼多。」

「……不客氣的呢。」

「那我找時間跟碧曲伯爵見個面比較好吧。」

「你暫時應該見不到他。」

「他出門了嗎？」

「他會找理由不見你。」

「這樣啊……」

「是的呢。他可能會請費茲克勞倫斯公爵幫他處理這件事。」

「了解。對他來說，這樣是比較確實沒錯。」

既然這樣，就先不管了。反正我都已經是這副鳥樣，不管人家怎麼看我也沒在怕。就算這些蘿莉的爸爸要跟我囉嗦，我仍有這場婚事的決定權。

至少醜男我是不會辯輸艾絲特爸爸的。在這一點，柔菲爸爸是誤判了我們孰強孰弱。

「妳要回自己家嗎？我送妳回去吧。」

「我今晚要在這過夜。」

「在這？」

「這是命令的呢。」

「有點趕鴨子上架呢……」

話說果果露已經當了好久的空氣。

都約好要跟她說話了還冷落她，真是抱歉。先前性騷擾她那麼久，是該給她一段充實的時光作為補償。做人要互相嘛。

「既然這樣，我就來準備房間吧。」

於是乎，我要給身為黑肉蘿的妳一個與醜男以外的人對話的機會。

比起陪伴我這種死處男，這樣應該愉快得多吧。

「平時照顧我起居的女僕現在不在這裡，所以可能會多花點時間。如果方便，就跟她聊聊吧。如妳所見，她是果果露族，很好相處喔。」

「知道了。」

見到柔菲點頭，我便離開客廳。

*

我一下換床單，一下準備浴巾，給兩位酷妹妹打點住宿空間。空著沒用的客房給柔菲，蘇菲亞的房間借果果露睡。

睡衣就從女僕房借用一下吧。我個人是很希望提供自己的內衣給他們當裸襯衫穿，但顯然會被她們白眼，只好忍忍。要是嫌我臭，我肯定會消沉一整天。

就在這時，狀況發生了。

砰！客廳傳來爆炸聲。

「！……」

又怎麼了啦？

我趕緊跑過走廊，回到才離開不久的客廳。

只見柔菲倒趴在地，外觀上沒有受傷，可是表情痛苦，大概是哪裡撞到地板了。

果果露則是坐在沙發上俯視著她，位置和我離開前幾乎沒變動，就只有稍微抬起的手表示她曾用過魔法。

「妳、妳們怎麼了？」

「和這個女的說話讓人很難受。」

先回答的是果果露。

語氣極為冷淡，但有發自內心的感覺。

「呃，也不能難受就動粗吧……」

是要我怎麼辦啊？

柔菲討人厭也不是現在才開始，公主婊本來就是讓人堵爛的生物。或許我這樣的醜男還有比較正面的賞玩方式，對同性來說就沒那麼好接受了。

不過話說回來，妳也沒什麼立場對說話對象挑三揀四吧。

再說剛見面就丟魔法，未免太危險了。

「柔菲，妳還好嗎？」

「……我也討厭這個果果露族。」

「這、這樣啊。」

倒在客廳地板上的柔菲居然還露底了。露底啊，客倌！她的姿勢就像是體育課蹲坐往旁邊倒再嗚嗚嗚的感覺。她的服裝是之前也見過的偶像版騎士團裝備，肉肉大腿全力放送福利。

肯定是故意的。

那是非常勾人保護欲的姿勢。

儘管腦袋明知有鬼，視線仍不由自主地定在那裡。我也不想啊，太騷了嘛。她的肉體與公主系女生常見的那種，用甜點鍛鍊出來的自甘墮落型肉度相差甚遠，以實戰本位練出來的健康肌肉線條讓她騷上加騷。

凡是眼睛飄到恥丘上那條內褲小縫縫的人都無法否認這一點。說不定她還練就了可以自由操縱祕肉，隨時製造

小縫縫的技術呢。

我相當自然地丟一個感謝的治療。痛痛飛走吧。

「好點了嗎？」

「……謝謝的呢。」

話說回來，她們倆之間到底發生什麼事？

視線也不過離開幾分鐘而已。

不只是個性不合那麼簡單。

「我應該沒離開多久才對，妳們是說了些什麼？如果是誤會，那就該當場解開才對。」

經我一問，兩人不約而同地說：

「我不想跟這個人類說話。」

「我不想跟這個果果露族說話。」

「呃，別這麼說嘛……」

到底是為什麼？

其實我對果果露所知甚少，別說興趣或思考模式，就連她過去的人生都無法想像。從她不是人這點來看，實際年齡是否與外表一致也很可疑。

看來我需要多認識她一點。

畢竟幫她製造對話機會，也該看對方跟她是否合得來嘛。

「她突然就打我的呢。」

「……………」

「而且是瞬發魔法，我連設護壁的時間都沒有。」

「是妳太弱了。」

怎樣都好啦。

總之，打架不好。打架不好啊，兩位蘿莉。

女人只能在搶雞雞時打架。

「那好吧，總之我先帶柔菲進房間。」

「這樣我不能接受。」

「我知道妳心裡一定有很多不滿，可是先忍到明天再說吧。先讓我弄清楚究竟發生了什麼事，我絕對不會偏袒妳們之中任何一位。」

「……知道了。」

「妳的房間在走廊到底右邊。」

「我要回去了。」

「咦？……妳家裡不會說話嗎？」

「我還有很多地方能去，不過你要跟我串好。」

「這、這樣啊，我明白了。」

柔菲搖搖晃晃地起身。

然後留下婊到不行的嗆聲，悻悻然走掉了。她的身影消逝在門板後，腳步聲也很快就聽不見了。看來她是真的出去了。

確定她出去以後，果果露低聲說：

「……人上有人。」

「妳說得這麼簡潔，我是要怎麼判斷啊？」

「…………」

她究竟從柔菲的心裡讀到了什麼呢？

不曉得。

反正人心這種東西，基本上都很骯髒。像我剛才就全力期盼見到果果露被人輪姦的樣子，所以我懂。反覆內射再內射，滿身臭洨的果果露一定可愛到不行。

等等，她可是個好心的黑肉蘿，很有可能是偵測到柔菲黑漆漆的婊子心才故意跟她打起來。和公主婊第一次見面就看到那種心，不警戒才怪。

「！……」

唔，她漂亮的眉毛跳了一下。

看來我答對了。

謝謝啊，果果露。我愛妳。

就把現在的時間用在跟她對話上吧。

今晚不讓妳睡這種話，是男人都會想說一次啊。

「那麼，我們來說話吧。」

「…………」

「怎麼了？」

「……那個人是誰？」

她望著柔菲的去向說。

「我的朋友，應該不是壞人啦。」

「……是喔。」

「嗯，是啊。」

果果露沒再多說。

這樣她懂了嗎？

不曉得。

其實是我希望她別說的。

最主要是知道真相以後，我就不能敞開心胸欣賞柔菲露底了。這世上不該知道的事遠比該知道的多太多。想繼續對公主婊的下半身大口嘶哈嘶哈，就應該繼續裝傻。

「還是今晚不說了？」

「不要。快點跟我說話，快點。」

「知道了。」

我就努力一點，讓她說個盡興吧。

今晚是跟果果露獨處。

說不定會被她逆姦呢。

「……不可能。」

「我也知道啦，不用吐我這種嘈。」

「…………」

真希望有朝一日能享受果果露的真愛逆姦啊。

＊

隔天，新手男爵來到了佩尼帝國首都卡利斯的驕傲——佩尼王城。

首先花了幾個小時摸索入宮手續。一下去這一下去那，被陌生的貴族繁務搞得暈頭轉向。跟好多人說話，真的花了半天時間才走到謁見國王這一步。

最後還是他聽說我在到處瞎撞，直接找我過去的。

「……田中男爵，那是真的嗎？」

「是，千真萬確。」

地點就是之前來過的私室。

果果露沒跟來，在宿舍看家。我膽子可沒大到帶她進宮。如果魔導貴族說的沒錯，他們大多時候是當作間諜使用。要是帶著她在宮裡走動因而惹來其他貴族的猜疑，我哪受得了。

現在可是費茲克勞倫斯家在照顧我呢。

「我還沒能親手證實，但費茲克勞倫斯子爵領地中的多魯茲山裡肯定有些東西。雖說礦坑已經在幾年前廢棄，可是我認為有重新檢驗的必要。」

「也就是說，多魯茲山裡仍有豐富礦藏嗎？」

「若只是試挖看看，應該不用太多經費。」

「……好吧，我會安排。」

「感謝國王。」

我向國王呈報的是幾天前從M魔族那邊帶回來的情報。

他說，欺瞞人類簡直不費吹灰之力。

我已經用石牆術將那個遺跡整個圍起來了，就算那裡真的發現礦藏且重新開礦也不會穿幫。那可是N百級怪物都只能繞過的東西，不可能敗給鶴嘴鋤。

我這麼做也獲得了噁長毛的同意。

我想宰相大概是被噁長毛改造記憶後，碰巧發現礦坑尚未枯竭，想偷偷侵占它。畢竟多利庫里斯的這座礦坑曾受到國家管理，就像在他掌心裡一樣。

「可是就目前而言，還不足以斷定那就是宰相真正想要的東西。因此恕屬下斗膽，這方面可能要煩請陛下不時試探一下，有足夠線索後再行判斷。」

「嗯，好吧。就這麼辦。」

「勞煩陛下了。」

「哪裡，這點小事算不了什麼。」

「謝陛下。」

到這裡，開始有任務完成的感覺。

順利報告完畢後，可以喘口氣了吧。

「話說你動作還真快。老實說，快得超乎想像。以為需要幾個月，沒想到短短幾星期就有進展了，真不愧是有費茲克勞倫斯家作後盾啊。」

「不敢當，屬下只是運氣好而已。」

「不能公開表揚你，我也覺得很抱歉。假如真是這麼回事，你是該得到相對的報酬。可是這件事，田中男爵，你必須當作沒發生過。」

放心，這種事我懂。

屬下的功勞就是上司的功勞。

上司的失敗就是屬下的失敗。

世道就是這樣啦。

「這點請陛下不必掛意。」

「真的嗎？」

「真的。」

「嗯……」

我還比較想盡早跟這裡說再見。待太久恐怕又要挖屎坑給我跳，心兒噗通噗通響啊。

可是現在失去了回春祕藥這個目標，若問我不辦事想做什麼，恐怕也答不太出來。

往後的人生到底該怎麼過呢？

要不乾脆捨棄地位，帶果果露浪跡天涯算了。果果露還是處女嗎？是就好了，但機會很渺茫。

「等我一下。」

想著想著，國王離開沙發。

他走向房間角落的櫃子，打開最上層抽屜，翻了一下。

這次又是幹嘛？

只見他取出一個小匣子，放在沙發桌上。

「……請問這是……？」

「儘管拿去吧。」

「可是屬下還沒拿出成績呢。」

「這不是獎賞，是投資。」

「原來如此。」

國王依舊是國王。

有努力就有回報，實在令人高興啊。國王萬歲。讓我不禁想像以後發紅利時也會這樣論功行賞。

「可以打開看看嗎？」

「嗯。」

獲准後，我便開匣一看。

出現的是個小小的寶石。

「……好美啊。」

「就拿去當作你營運領地的資金吧，不過你好像沒什麼這方面的問題就是了。」

「感謝陛下恩賜，屬下會當傳家寶珍藏的。」

「嗯。」

對我極其自然的回答，國王滿意地點了頭。這個小氣國王都搬出投資這麼迂迴的詞來接話題了，不太可能就這樣放我回去啊。

諾伊曼的精神不是崩假的。

「我們換個話題吧。田中男爵，又有狀況了。」

我就說吧。

「……請問出了什麼事？」

「其實大聖國派了個使者過來。」

「大聖國嗎？」

我在暗黑大陸聽過。

幸好事先做了點調查，讓我此時此刻勉強跟得上國王的話題。關鍵字是大聖國。要是我沒從東西勇者和蘇珊餐廳店員羅德里傑斯那得到相關消息，狀況會非常糟糕吧。

「嗯。」

「該不會是和魔王復活有關吧？」

「哦？你已經聽說啦，有一套。」

「屬下是有點這方面的管道……」

「嗯。」

好耶，先搶下分數啦。

這一分可不得了啊。

消息可是直接從東西勇者那進貨的呢。

新到不行的最新消息。

「田中男爵，你這管道還真教人好奇啊。」

「其實不值一提，陛下請勿惦記。」

「……那好吧。雖然我對你的人際關係頗感興趣，但現在就先講正事吧。」

「陛下請說。」

先別說出我和東西勇者見過面比較好吧。一來不知道他們會怎麼搞，二來讓國王有多餘猜疑也不好。這種不知道會發生什麼事的牌，肯定是留到最後再打出來才會有好結果。

該注意的是下一道指令的內容。

「如你所知，大聖國的聖女預言了當代魔王將在近期復活。應該不必跟你解釋魔王是什麼吧？這跟你的故鄉並不是毫無關聯才對。」

「是。」

雖說我完全沒概念，現在還是先點頭的好。

聽起來，魔王這種東西還有分代數。

而全人類都認為那是世界性的大問題。

「對此，人類這邊有代代都會推出勇者的國家，鄰近各國也都受到了大聖國的請託，要各國跟上一代一樣團結起來消滅魔王。所以我在想，請你代表佩尼帝國出席這次會議。」

「屬下來代表佩尼帝國出席？」

既然要代表一個國家，派出階級更高的人比較好吧，這種事不都會關係到國家顏面嗎？這正是理察秀一手的時候啊。

「我不曉得你故鄉那邊的狀況怎麼樣，但至少對佩尼帝國而言，魔王就只是這點程度罷了。而且會議是在國外舉行，所需耗費的時間和路費都不容小覷。」

「是這樣嗎？」

「貴族是種虛榮的生物。先不論是否代表國家，若是自力前往，就需要付出相當程度的準備。尤其這次會議是辦在學園都市，想必是一大負擔。」

「在經濟方面，屬下還是十分仰賴費茲克勞倫斯子爵呢。」

肯定要背負費茲克勞倫斯的招牌。

「不要鋪張浪費就行了，理察他應該不會跟你計較這個。」

「讓屬下代表佩尼帝國真的沒問題嗎？」

「你是代表我國沒錯，但由誰出席並不會造成任何影響，只要別讓位子空著就行。實際出征的就只有推出勇者的國家，其他國家只是陪他們開個會，點幾個頭而已。也就是一個傳統的儀式。」

「可是……」

「我國的貴族尤為虛榮，所以才會讓理察這樣的人有機會抬頭。儘管如此，仍以為靠擺闊和賣面子就能橫行無阻的貴族還是多得數不清。」

「…………」

該不會魔王其實不怎麼可怕吧？

說得像辦奧運一樣。

這個要推出勇者的國家就是主辦國的定位。

「大聖國每隔一陣子就會預言魔王即將復活，但自從五百年前的大戰以來，再也不曾發展成他們口中的那種大規模戰鬥。後來的全都是一些瑣碎的小問題，人類自己的爭鬥還嚴重得多了。」

「原來如此。」

「你曾在前線對抗過普希共和國，應該懂我的意思吧？」

「是。屬下非常了解陛下的意思。」

是勇者太強，還是魔王太弱？

目前無從判別。

若將噁長毛的話當真，應該沒那麼弱才對。

「其實我們很懷疑大聖國的預言真偽，從來都沒有真憑實據可以證明。由於這個國家宗教色彩濃厚、定位特殊，導致過很多亂七八糟的事。」

「這樣啊……」

發出預言的一方也有很多大人的事要顧吧。

大人真可怕。

果然蘿莉無限好。

「每次他們發出預言，就會找一堆理由要人捐錢，對其他國家來說就只是個麻煩而已。只要出席就好，你能走這一趟嗎？拜託其他貴族的話，事情會變得相當麻煩。」

「屬下只是一個小小男爵，不會太過招搖嗎……」

我是很不想在這種時候到國外出差。

說要幫諾伊曼辦歡迎會，結果一拖再拖，而且他現在搞不好還比我更熟悉龍城的一切。我這個領主到底在幹嘛？好想幫克莉絲汀辦就任鎮長的慶祝會啊，蘿莉龍我愛妳。

而且這樣還會跟蘇菲亞分隔兩地。

「那就當作是交給費茲克勞倫斯公爵吧，若事情是上司要你出席，對你的批評也會小一點。你就帶個文件，以代理人的名義過去。這對公爵也有好處，他不會拒絕的。」

原來如此，就是要叫新手男爵給公爵添麻煩，減輕其他貴族的負擔是吧。這招還滿陰的。憑我跟理察的關係，他應該不會拒絕，可是我們的力量天平肯定會因此往他那偏。

就我一個人倒楣，力量還要被砍一截。

「了解……」

給我一個爽缺是會死嗎？心裡不由得冒出些許不悅。然而就算有爽缺，八成也會先被別人搶走。工作就是這麼回事。會掉到底層來的永遠都是屎。

照國王這樣說，我不接就要轉到理察頭上了。狀況不容拒絕，非得硬吞不可。

「我會給你最低限度的路費。」

「……謝陛下。」

這個國王說的最低限度，真的就是最低限度吧。鬱卒啊。

真的能肖想紅利嗎？

「你願意接受嗎？」

「屬下一定不會讓陛下失望。」

「喔喔，你答應了嗎，田中男爵？」

你答應了嗎個屁，我擺明無權拒絕好嗎！龍城都開始上軌道，開始能享受貴族生活了耶。真是個滿腹委屈的ＹＥＳ。

想把果果露永遠留在身邊，貴族權力是不可或缺。

「陛下，屬下有個不情之請。」

不過，我也不甘於平白答應。

就試著討點糖吃吧。

「怎麼？但說無妨。」

「大聖國這件事辦妥以後，我想放幾天假。我來到佩尼帝國的時間並不長，又沒什麼機會出門觀光。因此請恕屬下厚顏，想向陛下稍請幾天假。」

「嗯？好吧，沒問題。」

「感謝陛下體諒。」

國王有點不明所以，但還是答應了。

開心，請到假嘍。

好像在申請特休一樣。

都來到劍與魔法的世界了，為何還會有面對考勤卡的心情呢？然而深植我身心的社畜賤格，仍使我不由自主地選擇保身之道。習慣真是太可怕了。

等這件事結束以後，我一定要到有沙灘的觀光區走走。

非去不可。

我要在私人海灘跟穿泳衣的蘇菲亞打情罵俏。

「你只要這樣就行了嗎？」

「是。」

「那麼，我再派使者到費茲克勞倫斯公爵那去說明細節。你收到公爵的通知後，就立刻啟程到學園都市。所需文件全都會透過公爵轉交給你。」

「遵命。」

就當是到國外出差，盡情享受一番吧。既然是學園都市，一定有很多年輕可愛的女孩子。而年齡愈低，有膜率就愈高。唔，這麼想後，突然感覺還不錯。

「那屬下就此告辭了。」

「嗯，辛苦了。退下吧。」

*

謁見國王過後，下個地點是艾絲特家。

這次有帶果果露。

我先搭乘國王替我準備的馬車返回宿舍，接走乖乖看家的果果露。把她整天關在房裡實在太可憐，理察應該也能體諒我把她帶在身邊，不會有問題才對。

於是乎，一天不見的笑瞇瞇臉蹦出來啦。

「宮裡狀況怎麼樣啊，田中男爵？」

「可以說是什麼都沒變吧。」

「這樣啊，那真是太好了。」

這裡是他家的會客室。

我和果果露並肩坐一張沙發，理察單獨坐對面。不過這個對面仍有相當大的間隔，簡單來說就是超過一把長矛的距離。

他就是為了這種時候刻意改變擺設的吧。

不愧是有錢人。

都讓這個大得不明所以的房間將它的功能發揮得了無遺憾。

因此，原本只有一張的沙發桌變成兩邊各擺一張，中間有幾公尺的距離。這樣艾絲特爸爸就不怕讀心，他那張帥臉也變得好遠。

「您昨天說有事找我談，請問是什麼事？」

「田中先生現在的貴族輩分是莉茲的子弟吧。」

「是。非常感謝費茲克勞倫斯子爵的提攜。」

「我在考慮把你改成我的子弟。」

「這樣啊。」

這也難怪啦。

誰會想讓寶貝女兒跟一個來路不明的扁臉黃皮猴膩在一起。事實上，她不管做什麼都想黏著我。可是理察這麼做對他自己沒問題嗎？尊親和子弟階級差這麼多，感覺不太好。

「真的好嗎，這關係到您的顏面吧？」

「你說的沒錯，的確是有關係。」

「所以您是想到好方法了嗎？」

以佩尼帝國而言，公爵與男爵簡直是大象與螻蟻的區別。

「其實昨晚碧曲伯爵來找我給你作媒，我覺得答應這門親事也不錯。當然，不是要你入贅，這點你儘管放心。」

「……親事是嗎？」

不會吧，就是柔菲那件事。

昨晚才聽她親口提起呢，想不到會在這時候串起來了。看來爸爸網路的流速是超乎想像地暢通。不愧是老奸巨滑的貴族大人。

平常到底都是幾點睡啊？

「碧曲伯爵有對你提過些什麼嗎？」

「昨晚，他女兒親口和我談過這件事。」

「這對你也很有幫助。這個碧曲家呢，最近在我們的派系裡聲勢大好，而且高居伯爵。雖然只是三女，但娶了他的親生女兒後，任誰都得承認你是名符其實的佩尼帝國貴族了吧。」

「嗯，希安小姐的確是很有魅力的女性。」

「沒錯，我也同意你的看法。而且她的魔法才學優秀，甚至足以擔任魔法騎士團的副師團長，連市井百姓都知道。這麼年輕就坐上那種位置的人，綜觀整段歷史也屈指可數吧。她也是小女的魔法導師。」

「確實如此。」

先不論魔法如何，她在舞臺上放送小褲褲時，我依然記憶猶新。

以床伴來說，其實她也壓過了艾迪塔老師，位居榜首。她那收放自如的婊樣，隨便取個鏡都會閃閃發光，是

個不可多得的人才，可以毫不顧忌地玷汙她。她那清純系冰山美人的外表也造成了巨大反差，香到不行。

光是這樣回想，就能感到雞雞在集氣了。

「可是理察先生，現在談這個不會太趕嗎？」

「真不好意思，我是有點操之過急了。」

「我也認為和她結婚能給我很大的幫助。」

我目不轉睛地注視理察。

全力輸出扁臉黃皮猴的眼力。

結果果然跟醜男想的一樣。

他開始娓娓道來。

「這種話，對啦，的確只是體面話。既然你們都知道我心裡有什麼打算，這件事也不必再瞞下去了。我也是為人父母的人，無論田中先生你再怎麼值得信賴，也難保不會衝動犯錯。」

「是啊。沒人知道這世上會發生什麼事。」

對艾絲特無套內射的未來也並非絕無可能。

說不定還會因此懷孕生小孩。

大肚子的金髮蘿莉實在太棒啦。

「因此，我個人也希望你能和碧曲伯爵家的女兒結婚。」

「…………」

即使事前已聽說，但貴族的嫁娶之事還是讓我覺得很殘酷。作夢也沒想到我會以當事人身分親臨議定貴族政治婚姻的現場，且不知造了什麼孽，我還是新郎倌。

身為女兒處女爸爸吃派系代表的我，實在無法容許柔菲爸爸主動獻計嫁女這種事。還是說爸爸早就吃乾抹淨，所以送給別人也沒差了嗎？

了解，這樣我就能接受了。

是我就絕對吃不膩啦。要是能生個像柔菲這麼可愛的女兒，等初潮來了以後每年送她一個貝比根本不是問題。我連零點一秒的時間都不會讓她出嫁，跟她果果露到爆。

「……少扯到我。」

「一時語病而已，請別在意。」

這果果露動不動就吐我嘈。

鄙視眼好可愛。

她肯定覺得我很煩。

「田中先生，你意下如何呢？」

「若希安小姐這麼美好的女性主動想和我在一起，我當然是非常樂意迎娶她。然而基於我個人的原則，我希望以她自己的想法為優先。」

「此話怎講？」

「其實我知道她已經有心上人了。」

「原來如此。」

「我並沒有想要她到可以否定她的意願。」

「這番話真有你的風格。」

如果對方是蘇菲亞，我會全力配合就是了。

或者說，一切都將在那一刻結束。

屆時我將別無所求。

工作人員表都出來了。

「所以非常抱歉，這件事就當作沒有過吧……」

「聽到了吧，妳有什麼話想說嗎？」

理察的視線離開和風臉，往背後移。

「妳」是誰呀，不像是在問我。坐在沙發上的我不禁向後望去，果果露也跟著轉頭。萬萬沒想到，柔菲就在那裡。

她是什麼時候進來的？完全沒注意到。

站在房間角落的她看到我轉頭後開口說話了。

用平常的平淡口問說道：

「田中男爵，請娶我為妻。」

「…………」

理察這個人做事很有一套。

而且這裡是他的主場。

之前我贏過一次。

但這次完全敗給他了。

不是疏忽大意的問題。他應該只是根據非常單純的原則，對每天的每一件事下定判斷。其中完全沒有他人能介入的餘地，常識也不管用。

因此，現在柔菲才會是全裸。

「理察先生，這未免……」

「記得你是偏好小女生沒錯吧。」

他大方地這麼說，臉上依然堆滿微笑。

其中感受不到任何惡意。

他所說的是我之前在亞倫那件事上自己告訴他的。

「…………」

和魔導貴族的魔法一樣。

對他而言，這就是一個成功貴族的象徵。也可能只是為了女兒艾絲特的幸福著想吧。無論如何，其中絲毫沒有考慮到柔菲的存在，所以她才會忍辱吞聲，在我們眼前大秀她的無毛嫩鮑。

「您沒考慮過風險嗎，理察先生？」

「怎麼說？」

「我和您還沒有那麼親密呢。」

我的試探沒有帶來什麼變化。

「有考慮過，然而這就是最好的答案。不是嗎？」

「……的確。」

眼中失去光彩的柔菲那張臉已說明了一切。在這時候丟火球，公主婊就無家可歸了。我不知道伯爵家的三女是什麼水準，但我頗為了解碧曲伯爵的為人。

「…………」

「怎麼樣呢，田中先生？」

被理察擺了一道啊。

早知道就別那麼樂觀，趁昨晚落跑了。

話說她的小瓣瓣還沒發黑呢。

「理察先生，我真的很感謝您的心意。」

「你願意接受了嗎？」

「可是，這場婚事要請您暫緩。」

「……怎麼說？」

被他趁虛而入，一口氣兵臨城下啦。

不過，理察有一點錯看和風臉了。他所面臨的對手可是個舉世無雙的處女狂，一個會賭上性命天天追尋新鮮膜膜的死處男。

所以我還有勝戰的餘地。

「這件事說出來，任誰都會不敢相信吧，其實我還沒有性經驗。所以我打從心底發誓，第一次的對象一定要是處女、要純潔。倘若柔菲小姐符合資格，我就答應這場婚事。」

我出牌了。

大概是我最強的牌。

居然被逼到要打這種牌，我都快哭了。

好想哭啊，艾迪塔老師。

老師的朋友裡面有處女精靈嗎？

和我這死處男同年的高齡處女。

「……這、這樣啊？原來是這麼回事？」

連理察也難掩驚色。

稍微有出了口氣的感覺，有點開心。為什麼和人交流，總會讓人心裡如此波濤洶湧呢？此時此刻，我的心比起對戰蘿莉龍、面對會戰那些鳥事、果果露的種種時都還要痛啊。

「那我們就當場查驗吧。」

「咦……」

「希安小姐，把妳的純潔之血獻給他吧。」

看來理察認定柔菲是處女了。

不過你中計嘍。她可是有金字招牌的婊子呢。

怎麼可能還有膜。如果真的有，死處男就不用苦惱了，頭一點就抱兩箱伴手禮直奔碧曲家拜見岳父，討論婚禮事宜。

「……費茲克勞倫斯公爵，非常抱歉。」

「怎麼了？」

「我已經不是處女，不再純潔了……」

「！……」

柔菲的無膜宣言令理察大驚失色。

嘴角抽得好厲害啊。

連他最厲害的瞇瞇眼都微微睜開了。

「要檢查也沒關係。」

柔菲用自己的手掰開她的小縫縫。

受到如此挑釁的答覆，公爵大人不可能無動於衷。他立刻搖動手邊的呼叫鈴，召來的幾個女僕很快就隨理察的指示，將柔菲圍成一圈。

看來是真的要檢查。

至於死處男就不知道怎麼確認膜的有無了。

我有朝一日也要考個一級處女膜檢定士執照回來。

「…………」

片刻，一名女僕回到理察身邊報告結果。

那耳畔的低語讓他的表情變得很難看。

是終於接受柔菲不是處女了吧。

「無法符合您的期待，真的非常抱歉。」

公主婊極為消沉地道歉。全裸女孩鞠躬的模樣實在有夠可愛，柔菲的魅力果真要在受盡屈辱後才發揮得出來。可以的話，我還想看看背後長什麼樣。

今天的理察太ＧＪ啦。我心裡的ＣＧ畫廊無疑又填上了一格，不對，有兩格的價值。以初生模樣掰屄的柔菲，讓我的愛一洩不止啊，怎麼辦！

「……我知道了。」

理察極其不情願地點了頭。

事到如今，情勢一口氣轉到死處男這兒來了。

不過玩成這樣，我也不能視若無睹。考慮到我還想和柔菲保持良好關係，愜意地欣賞她露底，我就不能順從欲望享受這一刻。太矛盾了。

「理察先生，能讓我說句話嗎？」

「什麼事？」

「您做到這個地步，我實在於心不忍。」

「這表示她還有一點希望嗎？」

「您要這麼想也行。不過從今以後，請您再也不要做出這種事了，不然我會決然與費茲克勞倫斯家斷絕關係。這真的太過火了，理察先生。」

「看來你跟這個女孩有點私交是真的呢。」

「獵龍那時候，我們是共赴生死的夥伴。」

「那我知道了。只要你不對小女出手，我一定堅守承諾。」

「大丈夫言出必行。」

「很好。今天這件事，是我不對。」

即使有眾多傭人在場，理察仍站起來向我深深一鞠躬。這讓我實際體會到，這個人真的為了女兒什麼都幹得出來。

「要道歉就向希安小姐道歉吧。」

「說得也是。那我改日再正式向她謝罪。」

不曉得這會有什麼效應，總之就先這樣吧。

該說不出所料嗎？理察真的是徹頭徹尾地寵女兒。正因如此，柔菲現在才會一絲不掛。老實說，這趟拜訪實在是讓我賺翻了，但我也因此有些過意不去。

傷腦筋，開始覺得柔菲好可愛。

「………」

依然全裸的她對胸部和小縫縫遮也不遮，就只是注視著我。被權貴不當人看的感覺真是太銷魂啦。突然想把全部財產獻給她。太美了。要愛上她了。

「理察先生，您要找我談的就只有這個嗎？」

「不，接下來才是正題……」

「既然如此，我們先給彼此一點時間冷靜吧。」

好想趕快走人。

不能讓柔菲和理察發現我家兒子正在漲大。既然問題在於婚事這種純真的事，要是被他們發現我在興奮，會對往後的交涉造成負面影響。

我心裡滿滿是想立刻衝上前去，暢飲她愛之蜜液的渴望。可惡，可惡啊。沒辦法，還是早點退場，回到宿舍房間回想現在見到的中古掰屄，追求個人的幸福。

我從沙發站起，轉身就要離去。

然而就在我起步的那一刻，廳門打開了。

喀嚓。這開門聲格外地響。

接著房裡每個人都聽見的，是人聲。

「……爸爸，這是怎麼回事？」

是艾絲特。

艾絲特出場啦。

眼裡怒火熊熊，語氣沒有平時那麼強勢，卻絕對稱不上平和。其中充滿尖銳的情緒，音調冰冷得不像她。她這個樣子，和風臉也曾短暫見過一次。

當時我在王立學校宿舍餐廳，鑑賞敗給權力的蘇菲亞大秀內褲。她突然闖進來，正氣凜然卻又令人不寒而慄，就和現在一樣。

「莉、莉茲……！」

爸爸也似乎完全沒想到會這樣。

＊

艾絲特闖入了我和理察的磋商。

她反手關門，慢慢走到房中央來，停在我和果果露所坐的沙發旁。理察所坐的主位離她還有幾公尺遠。

「……吶，爸爸，這到底是怎麼回事？」

她的視線指向全裸的柔菲再轉向爸爸，來到和風臉的下半身。體積倍增的熱狗在褲子底下突顯著自己的存在，好像在說趕快吃我。

「！……」

艾絲特的雙腿下意識地往我走近幾步。

視線死盯著熱狗。

她就在伸手可及的距離，而她當然也是一伸出手就能摸到熱狗。要是她肚子餓了，張口就含的未來也不是不可能發生。

見狀，爸爸慌得吼也似的叫。

「莉茲！我不是叫妳乖乖待在房間嗎？」

那是想展視他身為父親、成年人的威嚴。

態度與對待我這個外人貴族不同，整個充滿父愛。

可是孩子總是不懂父母的苦心。

「爸爸，這到底是怎麼回事？希安怎麼在這裡？」

艾絲特以壓迫的語氣說話。

她在看。

她在看啊。

熱狗很熱的那部分。

「莉茲，妳、妳先看著我的眼睛說話！」

「我現在看爸爸做什麼！」

爸爸與陌生叔叔的大熱狗。

這樣的標題在我腦中閃現又消失。

都是艾迪塔老師害的。

「我說爸爸啊，現在是我在問你耶。能請你解釋清楚嗎？」

「！……」

今天的艾絲特好不一樣。

她究竟聽見了多少呢？

對於態度挑釁的她，爸爸顯得狼狽不堪。蘿莉婊是個一旦發飆就看不見周遭的人，即使之前晚餐時縮得那麼小，在這一刻卻壓過了父親。

他們果然是父女啊。

「爸爸？」

可是她的視線卻死盯著熱狗不放，只有話是對父親說。蘿莉婊喘得哈嘶哈嘶，用滿布血絲的眼凝視肉棒。妳看得這麼用力，尺寸不就要變得更大了嗎？

另一方面，完全變成空氣的柔菲錯失穿衣的機會，依然光溜溜地呆立於房間角落。這模樣也可愛得讓我差點愛上她。公主婊就是這麼一個愈慘愈香的少女。好想無套內射。

「我在和田中先生講大人的事，少來打擾我們。」

「那為什麼希安要在這裡？大人是指哪種大人？」

嚥下激情後的些許冷靜留住了她的最後一步，肩膀微微顫抖。她的情緒不知何時會爆炸，讓人緊張得不得了。這個蘿莉婊可是實際有過對親生父親丟火球的光榮事績呢。

「……這個嘛。」

爸爸似乎下了某種決心，準備說下去。

「快告訴我。」

「是關於田中先生和希安的婚事。」

「婚、婚事？」

可見蘿莉婊聽到的並不多。

那麼，從一開始談到結婚到處女膜檢定這邊，她都不知情吧，這樣到底好不好呢？身為一個要離開艾絲特的人，感覺有點複雜。

「爸爸！那到底是什麼意思？我怎麼都不知道！」

「這是我做的決定，她父親也很樂意。還需要其他理由嗎？」

「希安也想要這樣嗎？」

「是呀。能和田中先生結為連理，她也很高興。」

「！……」

理察意志堅定地說。

我回頭瞄一下，見到他表情十分平靜。看來他無論如何都要疏離我和艾絲特。他是她爸，這也是當然。要是我生了個女兒，膜也是要留給爸爸。

不過這些話聽在女兒耳裡，卻絲毫感受不到半點父愛。當她視線終於離開熱狗，接下來卻惡狠狠地往柔菲瞪去。

是以前亞倫被她搶走的經驗在拉警報吧。

「……希安？」

艾絲特無視爸爸，要直攻公主婊啦。

被瞪的一方，就只是用平常那種眼神看回去。

「那是真的嗎？」

「…………」

至於我的身體呢，則是正對著艾絲特待機。完全被現場氣氛牽著走。

這樣可不好，於是我轉轉頭察看每個人。現在最該注意的就是別讓柔菲和理察發現我暴起的兒子。

——以上純粹是場面話。

其實我是希望艾絲特能繼續細賞我下面那一包。被她盯著看超爽的，異性的視線超爽的，理性要漸漸輸給快感了。覺得不妙的同時，又稍微硬了一點。

想著想著，我忽然注意到來自身旁的視線。

是果果露。

這黑肉蘿用鄙視眼直勾勾地盯著我。

她就坐在我身旁，自然位在我的硬硬圈內，而我也在她的讀心圈內。那視線盯著我的臉、盯著我的臉、盯著我的臉，不管怎樣都要與我四目相對。

讓人心兒怦怦跳啊。

更何況柔菲還在房間角落全裸待機。

「…………」

場面好混亂。

雖然危險無比，但也刺激得不得了。

在果果露面前，我不能想得太齷齪。必須嚴以自律，保持高潔心靈。然而一這麼想，心裡就冒出一大堆鹹濕的東西。大腦真是不可思議。

例如艾絲特和爸爸父女檔無套相幹到天亮，還看準危險日來一炮近親內射。而我就在一邊，和柔菲跟果果露搞3P，同時看著這一切。好想一邊用背後位往深處猛刺，一邊跟人喇舌。

「……你就這麼想交配嗎？」

「不好意思，請妳先暫時不要說話。」

「…………」

白髮系黑肉蘿馬上就吐嘈啦。

讓果果露在這種狀況下說話很危險。

雖說對不起她，但現在需要請她閉嘴。

或許是因為最近動不動就妄想她做這做那，吐嘈頻率提高很多。原本是打算讓她知難而退，可是我開始擔心那反而加強了她的免疫力。

只能讓她記住我雞雞的味道，變成我的俘虜了。可以的話，好想任命她為我專用的最愛肉便器。

「……發情期？」

「對不起，就是那樣。現在先安靜一點……」

應付果果露的過程中，我逐漸感受到一件事。

她應該只是想說話而已。

迫不及待地想加入對話行列。

才會這樣抓緊機會吐嘈。

「！……」

她的眉毛跳了一下。

我答對了。

在這個多戳一下黑鬍子就要跳出來的緊急情況下還想蹭話，妳也差不多一點。

「對、對了！這個果果露族的女生又是誰！」

艾絲特賜問啦。

看來她也知道果果露族的事。

而且語氣和對爸爸說話時不太一樣，真可愛。

我好高興。

被女生放在心上的感覺，對處男來說實在非常窩心。柔菲也好，蘿莉婊也罷，為什麼佩尼帝國的非處女都這麼懂得抓住男人的心啊！再這樣下去，恐怕我在不久的將來就會走歪。

「我跟她有點緣分，所以現在經常一起行動，並非想帶來對費茲克勞倫斯家的各位不利，還請您一視同仁地對待她。」

我照例先不提果果露的過人之處。光解釋就夠麻煩的了，在這種狀況下說出來只會火上加油。反正不管我說不說，爸爸遲早都會告訴她吧。

「緣分？你、你你、你們到底是什麼關係！」

「就只是聊天對象而已，不多也不少。」

「可是她、她是果果露族……」

「只憑種族或外表就看低別人不太好吧，艾絲特小姐？」

「！……」

是想起了自己過去的行為吧，蘿莉婊的表情隨之緊繃。說到剛認識時的她，根本是全力的只傲不嬌，看我就像看路邊垃圾一樣。想起當時的感覺，我有點興奮。

完全想不到她現在會這麼嬌。

「知、知道了啦。」

「艾絲特小姐果然明理，謝謝妳。」

「我、我不是想聽你稱讚才聽話的喔！」

「我想也是，妳說的沒錯。真不愧是理察先生的千金。」

順便捧一下爸爸。

他剛才眼睛都稍微睜開，進入爆氣模式了。有夠恐怖。

「……田中先生，能打擾一下嗎？」

「啊，好的。請問什麼事？」

「時間差不多了，還有人在等我。我們先走吧。」

能感覺到他急著不想再讓女兒跟我說話，到底是多疼女兒啊？

亞倫那傢伙真的還五肢圓滿地活著嗎？看著理察始終如一的各種舉動，我愈來愈擔心了。

「有行程嗎？」

「我還要把你介紹給我們派系中幾個核心人物認識呢。」

「原來如此。」

理察試圖強行收場。

這時艾絲特開吠了。

「等、等一下！我話還沒說完！」

「莉茲，回房間去。」

「不要！我還有很多話要跟爸爸說！」

「妳不聽我的話嗎？」

「才不聽！我絕對不回去！」

「那我也沒辦法了，只好用強硬手段逼妳回去。」

「！……」

理察忽一彈指，艾絲特身上隨即發生變化。她突然像揹上了重物，難受地蹲下。仔細一看，脖子上套了個項圈狀的東西。

該不會是類似黑肉彈的那種奴隸項圈吧？他是寵女兒出了名的傻父公爵，應該不太願意這樣做才對，可見女兒沒膜了這件事對他打擊有多大。

以艾絲特的婊度來看，這算是必要之舉吧。

「需要這樣對妳，我也很難過。但既然妳不願意聽話，我也不得不狠下心來。現在我真的有點後悔過去那麼寵妳。」

「呃……啊……我、我不要……絕對不要……」

我都有點同情蘿莉婊了。

她拚命想站起來，卻怎麼也做不到。

「那個，理察先生，請問這是……」

「只是用魔法限制活動自由的器具而已。在貴族之間，會將這當作教育小孩的輔助工具。像她剛才那樣不聽父母勸阻時，可以起到很好的警告效果。它的效力很強，也能用在罹患精神病的大人上。」

「了解。」

這就是魔法社會的弊害吧。

某些人從小就能使用魔法，相當於生活在學齡前小孩也能隨便開槍的環境。在談教育之前，有必要利用某些措施來保護家人的性命，對精神病患也是如此。

再說不做到這種地步，根本擋不住這個蘿莉婊吧。即使她現在倒在地上，也死命地往和風臉伸出一隻手，好像在看人模仿僵屍一樣。

「好了，田中先生、蘿可蘿可小姐，請跟我來。」

「……沒關係嗎？」

「那對她本身無害，還是你放不下她？」

「老實說，貴族的文化真不容易習慣呢……」

「真的很不好意思，能請你暫時忍一忍嗎？」

理察站起身來，問我的意思。

堂堂公爵都把姿態放那麼低了，我就先老實點吧。

「……我明白了。」

既然是教育的一環，這也是沒辦法的事。可憐歸可憐，我總不能管到人家家務事上來，何況我就是罪魁禍首。在這點上，相信理察絕不會讓步。

於是我們聽從他的指示，轉移場地。

*

理察帶我們來到的是宅邸裡的宴會廳。這是個有幾百平方公尺大的寬廣空間，拉得很高，差不多有國中小體育館的感覺。

廳裡裝飾得美輪美奐，還擺滿了各式佳餚，已有大批貴族聚集於此，如雞尾酒派對般吃喝談笑。和過去艾絲特帶我參加的費茲克勞倫斯家定期宴會差不多。

而我這新手男爵就要在這樣的背景之中與眾多貴族相見歡了。

至於黑肉蘿這裡呢，畢竟讓她用果果露風格進場恐怕沒好結果，便在幾經逡巡之後，讓理察差人來替她喬裝了。

以化妝和衣裳遮蓋體色，用髮夾將頭髮固定起來，長長的尾巴捲在腰上藏在衣服裡。最後黑肉蘿失去原來的色彩，完全變身成白肉蘿了。這化妝術連好萊塢都要敬它三分。

因此，誰也沒發現她是果果露族。

偽裝白肉蘿在這宴會的工作，無非就是為了一邊瞎吃，一邊自助式窺探場中貴族的心思。

離開果果露讓我覺得很寂寞，但為了今後的貴族生活著想，這也無可奈何。當我這麼想時，忽然注意到自己認識她這幾天下來，愈來愈容易從被她讀心中獲得快感。

上這種癮可不好啊。

至於醜男我，則是要和參與宴會的諸位貴族見面。這類活動是我打從娘胎第一次。在別人的熱心帶領下到處打廣告，真是嚇死我了。

要是我嗝屁之前也有體驗這種事的機會，一定會為這驚人的世界引發一場腦內革命。還說不定從此為出人頭地拚盡全力，時時琢磨如何贏過更多人，夢想著更巨大的偉業。

然後在某位大老師的帶路下小番茄一下。

啊啊，太棒啦，小番茄。

好想跟小學生小番茄。

「你就是田中嗎？我是歐科納伯爵，你是理察面前的大紅人吧？」

「歐科納伯爵，能拜會您是田中的榮幸。費茲克勞倫斯公爵對我照顧有加，田中定將竭盡心力報答這份恩情。未來的日子，還望伯爵多多關照。」

然而現實總是殘酷。

眼前滿滿都是凶臉大叔。

我的工作就是向他們鞠躬哈腰。

「田中男爵幸會，我是諾斯布魯克子爵。」

「敝姓田中。請子爵多多指教。」

而且帥哥率好高。

這個事實讓人好哀傷。

真想認識醜一點的貴族，八成會跟幼女那個的貴族。

這樣才能夢想著和他愈走愈近，忽然有天招待我加入那場綺麗的宴會。

好想和蘿莉性奴做愛。

好想被飼養蘿莉性奴的貴族關愛。

「你是田中男爵吧？我是諾曼。」

「拜見諾曼侯爵，費茲克勞倫斯公爵經常提及您的大名。今日終於有幸得見，田中深感榮幸。懇請侯爵多多關照。」

問候過幾打貴族之後，性奴連個忄字邊都沒有，有夠健全。而且每個人的表情都十分友好，全都是懼於一旁理察的威光吧。

走秀就這麼順利結束了。

現在，他正一手捧著酒杯和柔菲爸爸對話。前者面帶他一貫的微笑說這說那，後者表情緊張兮兮。八成是在質問他為什麼女兒沒膜了。

柔菲爸爸那輪廓亂深一把的額頭和鼻頭布滿汗珠，感覺好像漫畫人物。儘管為你對女兒冷漠反省吧。

至於我們這位無膜公主婊呢，就站在我旁邊。

「妳和碧曲伯爵的女兒的婚事是真的嗎？」

某某子爵低聲問。

是因為看到她在我身邊吧。

看來消息都已經流出去了。理察也沒想到這場婚事會以先前那種方式告吹吧。柔菲的無膜報告，讓他和碧曲伯爵都慌了手腳。

如果對方只是個普通男爵，根本挑都不敢挑吧。

柔菲這麼可愛。

可惜沒膜。

「是啊……」

「哎呀，我好羨慕你啊，田中男爵。」

「謝謝，這是我的光榮。」

我順著事情變化唏哩呼嚕地來到了宴會上，不能隨便否定這場婚事。要是輕舉妄動，恐怕會讓理察和碧曲伯爵顏面塗地。那是這時候最不該發生的事。

「碧曲伯爵家的希安小姐，可是佩尼帝國屈指可數的才女呢。」「哎呀，真羨慕田中男爵。」「我兒子也到適婚年齡了，要是有和她相親的機會，哪怕是拋下一切他也會來吧。」「想不到啊想不到，真的是想不到啊。」

「魔法騎士的名聲如日中天，一發不可收拾啊！」

「話說公主殿下危急的時候，她也跟法連大人一起去獵龍了呢。」「喔喔，我也知道這件事。」「我也是，這是最近宮中的熱門話題呢。」

諸位貴族也毫不手軟地發起抬轎攻勢。

胃陣陣抽痛。

除非果果露當場給我來個唾液濃稠的濃情深吻，不然我撐得住才有鬼。然而很不巧，她正在寬廣大廳的另一邊，和不曉得什麼動物的帶骨肉搏鬥。大口吃得好不開心。

這時，我右手忽然有種軟綿綿的觸感。

「！」

全身嚇得一顫。

我趕緊看過去。

見到的是柔菲的小手手。

「……老爺。」

而且還叫我老爺，羞死人了。

「希安小姐。」

「什麼事，老爺？」

這件事和她的處境不是牽扯假的。

陰道裡少了塊膜的事實已經暴露給她爸和她爸的上司知道，淑女生命有如風中殘燭，一定是拚了老命要先度過眼前這關吧。這丫頭明明完全不想跟我結婚，擺明是想混過這一刻才裝恩愛。

真的有夠婊的啦，柔菲。

不過妳很可愛，我原諒妳。

就像有時會突然很想吃速食店薯條一樣，突然很想跟婊子幹炮也是很正常的事。只要拜託理察，不管是內射懷孕生小孩都能隨我的便這點，實在能狠狠抓住中年死處男放棄了很多東西的心。

就像看著開在我家附近的洗澡店網頁，心裡想「啊啊，只要付錢就能插這種女生啊」那樣。這樣的女生就在短短幾公里外被不認識的叔叔插得死去活來啊。

即使圖上沒露多少，光是這樣就能成為上等配菜，太奇妙了。

「我就要成為你的妻子了呢。」

「嗯，就是說啊。」

即使嘴上說著這種話，她心裡也絲毫沒有乖乖結婚的意思吧。我可不認為這個積極到爆的公主婊會因為父親一個命令就願意和根本不愛的男人在一起。肯定已經安排好對策了。

因為這個緣故，她才會演得這麼露骨。小小的胸部壓在我手上，爽歪歪呀爽歪歪。她這種行動力爆表的部分實在是很不錯。值得尊敬。

我怎能輸給她。

「放心，我都明白。」

從獵龍那時，經過龍城的表演，到亞倫的事情上，我受了她很多照顧。若我就此當作什麼也沒發生過，未免太對不起她。她露底那麼可愛，手又好軟，這種時候是該還她一個人情。

怎麼說呢，她肯握我的手真的讓處男好感動。

「我這幾天有事要出國一趟，婚禮等結束以後再辦吧。」

「！」

「我只會離開幾週時間，然後馬上回到妳身邊。」

柔菲握在我右手上的指頭多了點力。

話說，先前索命般瞪著她的艾絲特正在爸爸的命令下軟禁於自己房裡。所以此時此刻，我可以盡情搓揉柔菲的小手手。爸爸強權萬歲。

只是想到這隻手說不定抓過幾十根肉棒，我就下意識想放開呢。會不會有乾洨卡在她指甲縫裡呢？昨晚到底在哪裡過夜呢？儘管如此，我仍當她是處女來搓揉搓揉。

「……老爺，你是說真的嗎？希安好高興喔。」

柔菲這麼努力配合我，實在教人動容。

她指甲刺進我手背裡了。好痛。到底是多不甘願啊。

那會讓人很難過耶，拜託別這樣。

剛才那段對話引起不少貴族的反應，離遠一點也有幾個。多半是認為我配不上柔菲的人吧。如果想跳出來阻止，拜託快點來。

有表情變化的絕不在少數。

佩尼帝國無人不知的費茲克勞倫斯派系所召開的宴會上，聚集了近百名貴族。這麼大的集會，自然交雜著各種心思，不可能全體一致。

我便能利用這些縫隙。

只要給他們幾天時間，他們一定會有動作。

「請妳體諒，妳是個聰明的女人。」

我在她耳邊悄悄地說。

「！……」

「給我一個月解決這件事，可以吧？」

貴族們紛紛開始移動，離開我們。

我以視線暗示這變化，並對她這麼說。

「……知、知道了。」

指甲立刻收回去。

或許是想為自己的衝動道歉，公主婊還摸了摸被指甲插出的坑。變身變得這麼快，簡直婊到清新脫俗啊。如果她是男人，我們說不定會變成好朋友呢。

用指尖摸的感覺比想像中更色更爽。

「老爺，希安會耐心等你回來的。」

語調與之前無異。

「希安小姐，謝謝妳的體諒。」

「好期待你趕快回來喔。」

「是啊，敬請期待。」

當我從國外出差回來，狀況已經因為其他人的介入而轉了兩三翻吧。我已經播下了種子，應該能順利發芽，而且還可能光憑柔菲一個人的努力就底定大局了。

到時候只要順水推舟就行了。

「我愛你，老爺。」

「我也愛妳。」

婊子和處男大方地秀恩愛，表演給周圍的貴族看。即使知道背後都藏了些什麼，緊抱我手臂的柔菲還是好可愛好可愛，發布硬硬警報。

這當中，我忽然聽到感謝的話。

而且非常小聲。

「謝謝你先前甚至不顧顏面來袒護我。」

「咦？」

「說那種謊太假了，可是那很像你會做的事。」

「……妳說說謊？」

「這個人情我一定會還。」

「那個，妳是在說什麼……」

我不記得自己哪裡有賣人情，也不記得說過謊，更不記得為了她自毀顏面。不解並開口反問時，周圍的話語卻奪走了剩下的時間。

「哎呀，真的太羨慕你了。」「就是啊。我兒子很迷希安小姐，一定會嘔得哇哇大哭吧。」「我家兒子也是呢。」「話說這個魔法騎士團，連法連閣下都很看重呢。」「龍真的不是獵假的。」

見到我們一連串對話的每個人，都各懷鬼胎地對這對新誕生的忘年夫妻笑臉祝福。誇讚之詞是左一句右一句，說得沒完沒了。

「…………」

全都是虛情假意。

知道真相的，就只有果果露而已。

*

伴著柔菲巡迴問候，也告了一段落。

就在我覺得差不多該告辭，尋找理察身影時，鋪滿宴會廳對外一整面，連巴黎聖禮拜教堂都會自嘆弗如的超大型彩鑲玻璃窗發出啪啷巨響破碎了。

每個人的視線都聚往聲音的來處。

玻璃碎片紛紛落入廳裡，同時有個東西發出了有點低沉的聲音摔在地面上。好像是從室外飛進來的。

那東西稍微彈了一下，在地上陣陣抽搐。

或許是摔傷或其他原因，那人有氣無力地想用手肘撐起上半身，全身不停痙攣。可是怎麼撐都撐不起來，像剛出生的小鹿一樣四肢發顫。

「莉茲！」

最先叫出聲的是理察。

如他所說，掉下來的不是別人，正是他女兒。

「妳、妳怎麼跑來這裡！」

他極為慌張地趕到女兒身邊。

我自然跟了上去。

蘿莉婊是身體有狀況吧，她的飛行魔法應該不錯。會戰那時，她還說出了很勇敢的話，飛得連魔導貴族都為她讚嘆，怎麼會從窗戶掉進來呢？

啊，對了，她被理察戴上了項圈。

據說會奪去施法能力和身體自由。

艾絲特的登場使宴會上的貴族一陣驚慌。這也難怪啦，自己派系的領袖是以寵溺女兒聞名，而這個女兒居然是以撞破玻璃窗，剩半條命的方式出場。

每個人的臉上都閃過一絲緊張。

「他、他是……屬於我的……」

全場注意力全投注在蘿莉婊身上。

而糟糕的是，她的視線卻是對著和風臉和柔菲。

「莉茲！妳戴著那個項圈也能來到這裡嗎？」

「希安，我、絕不、放過妳……爸爸……我、恨你……」

「！……」

蘿莉婊窮凶惡極地瞪著柔菲。

過去我看過很多次艾絲特吃醋的樣子，但今天完全不是同一個層次。儘管隨時要斷氣似的在地上爬動，也想拿下對方性命的模樣，並不像是戀愛的少女，根本是狂暴的惡鬼。

能感受到非比尋常的執著。

「我、我知道了！我馬上拿掉項圈，妳不要動！」

「我才是最愛他的人……我絕對、絕對不會放過、妳……」

蘿莉婊嘴邊都冒著血泡了，卻仍拚命地訴說怨恨。大概是摔得太重，她的手腳往不應該的方向折曲，雙手皮開肉綻，還有白白的東西跑出來。是因為她用手墊住身體的緣故吧。

儘管如此，她始終沒有一聲哀嚎，就只是死命瞪視柔菲。是柔菲當著她的面奪走亞倫的經歷，讓她此刻如此暴怒吧。有點像恐怖片。

見到愛女這麼觸目驚心的慘況，理察都慌了，急忙往她脖子伸手。看來她現在這個小鹿模式，原因就跟理察進場前說的一樣，是出在那條項圈上。

幾次掙扎後，艾絲特也放棄起身，對柔菲伸出打顫的右手張開手掌。無論現在的樣子多麼悽慘，她也毫不在乎。

當她注意到折斷的手從肘部往地板無力垂下，便直接

躺在地上稍微滾動身體，調整肩膀方向，使手掌對準目標。

這下糟了。

我想起日前的家庭火球。

「艾絲特小姐，別衝動！」

「莉、莉茲妳住手！強行使用魔法的話……！」

我和理察同時大喊。

悲劇就要發生。

但是，我所害怕的結果並沒有出現。以為會緊接而來的爆炸，只是短短發出像是車子沒油的噗一聲，連鞭炮的衝擊都沒有就消失了。

「！」

然後是清脆的啪鏗。

所有人都看著她，想弄清楚發生什麼事。

在這當中，艾絲特脖子上的環斷掉了。

漂亮地分成兩半，掉在地上喀啷喀啷地滾動。

「我才是最、愛、他、的、人……最……愛……他……的……」

同時，艾絲特的身體頓失力氣。她拚命伸出的手、咬牙抬起的頭，都失去支撐而摔倒在地，再也沒有動靜。

「莉茲……」

好像是太激動而過熱了。

＊

艾絲特的出現使宴會倉促結束了。

醜男跟隨理察來到艾絲特的房間，看著躺在床上的蘿莉婊。果果露靜靜地縮在房間角落，將人們置於讀心範圍外。

「田中先生，謝謝你的治療魔法。」

「哪裡，我實在是對不起您……」

艾絲特甚至一度沒了心跳，但在我全力狂丟治療魔法後，順利把她拉了回來。她居然不靠別人幫助就能突破自己的極限，實在是不容小覷。你永遠不知道婊子可以婊到什麼程度。

能夠這樣勇往直前，其實讓我有點羨慕。

「…………」

床上的她胸膛穩定地起伏，發出規律的鼻息。看起來就是個無可挑剔的絕世美少女，根本詐欺。要是膜還在就好了，實在令人無限惋惜。

「真沒想到，她竟然能掙脫束縛……」

低喃的理察顯得有點尷尬。

是對女兒感到內疚吧。他不只是個寵女兒的傻父，也有能理解對方感受的氣度。假如是我女兒發生這種事，我還能這麼冷靜嗎？

「理察先生，這都是我的錯。」

所以，我再度鄭重道歉。

感覺像當了情夫。

「不。田中先生，你跟莉茲的關係我都聽她說過了。不論做什麼，你都是將她放在第一順位，並且非常紳士地對待她。就算不為此感謝你，我也不會因此責怪你。」

「但事實和感情是兩回事吧？偶爾也是需要宣洩的途徑。」

「……田中先生，你應該沒結過婚吧？」

「是的，我不曾結婚，當然也沒養過小孩。但我想我多少能了解她的感受。只是這樣的話，在實際有女兒的您聽來，恐怕是不堪入耳的胡言亂語。」

「…………」

「所以，理察先生，今天發生這種事，我實在非常抱歉。」

要是沒遇到我，艾絲特應該會按照理察所期望的那樣——喔不，雖然被亞倫破處的事實不會改變，但至少能過得安穩一點吧。

「我、我要想一想……」

「是。」

百般寵愛的女兒不知不覺間弄得遍體鱗傷，他怎麼會不難過？有生以來第一次翻開凌辱系同人誌時，我也快難過死了。不過現在倒是很愛看喜歡的角色被一堆痞子輪姦。

「理察先生，陛下有向您說過些什麼嗎？」

「嗯，大聖國的事吧？」

「可以的話，我想盡快啟程。我知道這算私事，可是很不好意思，能麻煩您替我準備嗎？」

「…………」

「理察先生？」

「……能不能請你暫緩幾天？」

「有事需要我去辦嗎？」

真奇怪。

以理察的能力，還以為他會回答立刻去辦呢。他的視線離開和風臉，投向睡在床上的艾絲特。平時和善的眼神在這時顯得苦惱不已。

「田中先生。」

「請說。」

稍候片刻，他似乎終於下定決心，面對面地轉向了我。以極為嚴肅的眼神，正面注視亞洲人自卑的黃皮扁臉。

「現在才說這種話，或許會讓你覺得委屈。」

「請說。」

「小女莉茲，就拜託你了。」

「…………」

有沒有搞錯？

剛剛那些話都是爸爸路線喔？

有點意想不到。

這麼說來，我跟柔菲的婚事怎麼辦？

碧曲伯爵被颱風尾甩滿臉啊。

不過他也可能就是始作俑者。

「理察先生，您恐怕是被情緒遮蔽，沒能看清楚現實。令千金對我的熱情只是一時鬼迷心竅。只要再過半年，相信她又會恢復往以常的冷靜。在那之前，需要您緊緊拉住她的手，不然到時候後悔就來不及了。」

「……你真的這麼想嗎？」

「我真的是這麼想。您是見到女兒拚命成這樣，自己也激動得昏了頭。請先好好睡一覺，到了明天再冷靜思考吧。令千金身分高貴，不是我能匹配。」

艾絲特都搞到口吐白沫了。

看到那種慘狀，爸爸的想法不轉折也難。

至少和風臉轉了。

看到她痴心成這樣，心兒怦怦跳啊。

不要怪我，我是有生以來第一次遇到女生追我追得那麼拚命。儘管那種怵目驚心的畫面讓我有點退縮，但同時心裡也暖呼呼的。

老實說，我真的好感動。

雖然我過去——不，現在也是用她一時鬼迷心竅搪塞，心裡還是很高興。

她一定是對我動了真情。

我敢說往後的日子裡，不會有人這麼愛我了。

這麼說來，死處男應該……

「我認為現在的自己非常冷靜。」

「此事攸關令千金往後的人生，不適合在這種場合下決定。還請公爵經過十足調查，花點時間和全家徹底討論過這件事之後再行判斷。您不就是以這種方式建立起現在這地位的嗎？」

「……這些我都做過了。」

「顯然還不夠多。其實我並沒有您想得那麼正派，而這絕對不是自謙。不管怎麼說，我都無法帶給令千金幸福。」

「短短幾天就將我女兒送上我國寥寥子爵之位的你，是認真這麼說的嗎？」

「我是認真的。」

「那好吧，再請你明天撥空討論這件事。」

爸爸稍微點了頭，卻絲毫沒有放棄的樣子。

注視和風臉的表情仍是那麼堅決。

就在他說完時，床上有些動靜，是輕微的扭動。不久，那形狀優美的雙眸忽然張開。在燈光下閃閃發亮的紅眸宛如價值連城的寶石。

「莉、莉茲……」

理察聲音顫抖地問。

是不曉得該以怎樣的距離面對她吧。

而艾絲特卻是不慌不忙地環視房間一遍後才問：

「爸爸，怎麼會有平民在我房裡？」

「咦？」

其視線所鎖定的，的確是身穿旅裝的男子。

也就是小弟我。

這一刻，理察和和風臉的臉都繃住了。

*

經過我們終極完全心理治療士果果露的診斷，艾絲特的病名很快就出爐了。

兩個字，失憶。

「原、原來是這麼回事……」

「……是的。」

黑肉蘿輕輕點頭回答爸爸的問題。

若診斷無誤，艾絲特的意識是完全喪失了這幾個月的記憶。所以還記得爸爸媽媽，對和風臉則壓根兒沒印象。

當然，她也忘了屠龍的經歷和自己費茲克勞倫斯子爵的功勳。

「……爸爸，怎麼了？」

「沒事，什、什麼事都沒有，莉茲。」

「真的？感覺怪怪的。」

之前為了確定症狀的一連串問題都是由爸爸來問。以果果露在旁引導的方式進行。

我完全沒插手。

「是嗎？可能是有點累了吧。」

「真的？那今天就早點休息吧。」

「是啊，妳說得對。這樣或許比較好。」

看著這對父女愉快地對話，我不曉得怎麼辦才好。現在的艾絲特眼裡絲毫沒有我的存在，只關注爸爸和果果露，並對後者稍帶幾分不解。我錯過了自然接話的機會，只能在外野看他們幾個交談。

好像有那麼點寂寞。

不過怎麼說呢，果果露真的太優秀了。自龍城出發以後，動不動就有她表現的機會。戰鬥能力高，又有特殊能力，手腳靈活，還死心塌地跟著我。

真的是個好孩子。

「……那就跟我多說說話。」

「嗯，說得對。今晚我們就多聊一點吧。」

「真的？」

「當然是真的。」

還學會催我了，叔叔好開心。

最近心靈經常受創，有果果露陪伴讓人超開心的。光是像這樣站在我旁邊，就覺得心裡的傷口正在癒合。艾絲特「這平民是誰」發言造成的傷勢，比想像中重多了。

「對了，爸爸。你還沒說我房裡怎麼會有平民呢。」

她視線終於轉到我身上，溫差大得嚇死人。

彷彿是剛認識時的她。

「妳真的都不記得了嗎？他是田中先生啊。」

「我怎麼會記得，平民我只……我一個也不認識！」

剛才她差點全力說溜亞倫呢。

鐵定沒錯。

「莉茲，這是真的嗎？不可以騙爸爸喔？」

「真、真的呀！我怎麼可能認識平民啊！」

雖然心裡早有準備，但沒想到竟然會這麼痛。

我看今晚就去艾迪塔老師那蹭一晚好了，不然在宿舍跟果果露獨處，我怕自己會哀怨到把持不住對她下手，瘋狂強姦她。

「理察先生，那我這就告辭了。」

「田中先生請、請留步，再幫她放個治療魔法……」

「……請恕我拒絕。」

話說回來，這狀況對我和理察都是最好。除了死處男受了一點傷害以外，對其他各路線而言都極為有益，他肯定也是這麼認為。

假如這次失憶是外傷所致，再丟幾次治療魔法是有可能痊癒，但若是壓力造成就難說了。看情況，差不多是五五開。

所以我要繼續下去。

「這樣就皆大歡喜了，難道不是嗎？」

「…………」

「理察先生竟然也會說不出話，真不像您呢。」

「就、就是說啊……」

「是啊。」

「……實不相瞞，我心裡的確是在竊喜。」

讓果果露離這麼近的爸爸老實坦承。

在這個心靈全裸的狀況下，他也仍緊依著女兒。

「以為人父母的人來說，我不認為那是可恥的想法。」

「…………」

要是再多看艾絲特幾眼，我的心就要碎滿地了。處男的心靈在兩性關係方面非常脆弱，切記小心輕放。同事們在公司聊到初體驗時，會讓人根本工作不下去。

「爸爸，怎麼了？該不會他，那個，不、不是平民吧……」

「他的確不是平民。」

「！……抱、抱歉！我看您穿平民衣服就……！」

如艾絲特所言，和風臉現在是平民風格。

貴族服飾就像緊繃的西裝一樣穿起來很累，不用拋頭露面時我都是穿旅裝。這樣的生活在此時此刻導致了悲哀的結果。

「他是我納為子弟的貴族，田中男爵。」

「咦？爸、爸爸的子弟！不會吧，爸爸是公爵耶……」

「伊莉莎白小姐幸會，我是田中男爵。」

「啊、是，田、田中男爵幸會。冒犯之處，還請原諒。」

「小姐言重了，請勿放在心上。」

我十分慶幸亞倫不在這裡。雖然從一開始就多少有點準備，然而實際上的打擊還是比想像中高出許多。得早點收拾行李，離開首都卡利斯這塊傷心地才行。

當下就到那個學園都市來趟療傷之旅好了。難得國王派了個不錯的差事，看我怎麼跟清純ＪＫ擦槍走火。制服會是格紋裙嗎？先來個內摺兩圈漱漱口。

「今天田中到此告退。旅途所需，就麻煩您費心了。」

「……沒問題。那麼我們明天這裡再見。」

「由衷感謝公爵大力協助。」

我就此帶果果露離開房間。

跟費茲克勞倫斯家莎喲娜啦掰掰。

＊

下一站是治療的殿堂，艾迪塔老師家。

和之前一樣，我先敲了門，不久聽見砰砰砰砰的急促下樓聲。然後門嘎吱開出一條縫，屋主精靈小姐出來 say hello。

「這、這麼晚了做什麼？」

大概是看到我身旁的果果露，她的語氣略顯警戒。但她仍願意先問問再說，足見心胸之寬大。換作蘿莉龍，來發爆肚拳都有找。

老實說，其實這好像也不錯。

「方便的話，可以讓我借宿一晚嗎？」

「！」

老師聽了立刻渾身一抖。

睜大的眼睛盯著我不放。

「不太方便嗎？」

「啥！這、對、不、你、你你你、你……」

「不行就直說，絕對不會勉強妳的……」

亞倫那說不定會很舒服，那個帥哥滿會照顧人的。如果一邊喝酒一邊玩棋什麼的，兩個人也能很熱絡。

喔不，看到他會讓我想起艾絲特。不如就換個路線，上魔導貴族府叨擾如何？感覺現在聽大叔碎碎唸也一樣有解悶效果。

「你等著！絕、絕對不能跑掉喔！一定要等喔！」

「咦？啊，好。」

「！」

門砰一聲大力關上。

同時有砰砰砰砰的激烈腳步聲，老師上樓去了，緊接著是乒乒乓乓吵鬧的碰撞。不難想像她是因為突然有訪客而開始慌忙打掃。

從她理路井然的著作來看，還以為她是生活起居非常嚴謹的人，但說不定在自己家裡是出奇地邋遢。老師這樣的小蘿莉醉倒在滿地空酒瓶的房間裡，真是太迷人了。

好想從背後抱緊她。

不久又是一串砰砰砰。

老師從猛然掀開的門後現身。

這次是完全敞開，表示能請我們進門了。

「可、可以了！當自己家就好！」

「那個，她也要一起來喔……」

「沒關係啦，快進來！快！」

「謝謝，抱歉打擾了。」

老師果然是個好人。

帶頭上樓的她，整個低腰丁字褲都露出來了。

那魅惑的黑讓皮膚更顯白皙。

每上一階，小褲褲就被肥嫩大腿和屁屁一左一右交互遮掩，溫暖地擁抱滋潤中年大叔憔悴的心。屁屁彷彿啾、啾、啾地摩擦的樣子令人垂涎欲滴。

眼睛一刻也移不開。

是基因的渴求。

粒線體也在一旁搖旗助威。

*

剛進艾迪塔老師家叨擾，我們就在客廳開聊。老師坐兩張相對的沙發之一，我坐對面。中間有張矮桌，桌上擺了茶。

果果露則是主動與我們保持距離，抱膝坐在房間角落。民族服飾風的迷你裙底下，併攏的大腿間，只能看到一團陰影。憑我現在的眼力還看不見真相。

「那麼，你、你怎麼跑來這？」

「這是因為……」

屁股一坐下，她就問我為何來訪。

這也是當然的。

「怎樣？」

「怎麼說呢，那個，發生了很多事……」

實在很難開口。

我被艾絲特遺忘了，好寂寞喔。寂寞中年心。要是和果果露單獨回去，寂寞的我恐怕會強姦她，還是無套中出。我會負起責任的。

這種話嘴巴裂了都不能說。

「怎樣啦？該不會是不能說吧？」

「不，也不至於這樣……」

但是考慮到我們雙方的性能，我被反殺的可能要高得多了。若單純比力氣，我連她腳底都沒有，一定是被她愛怎麼壓就怎麼壓。

「所以是怎樣？」

「其實是……」

我下意識往老師下半身瞄。平常全力露底的老師，今天雙腳緊緊地閉上了。地方的露底鋪什麼時候才會重新開張呢？整齊併攏的膝蓋以上令人無限心酸。

不過這也是我自己的建議造成的。

老師也點頭同意了。

所以我對自己許下承諾，總有一天要用自己的魅力讓她重新開張。

一這麼想，剛才上樓時窺見的卡肉丁字褲完全就是狗屎運。老師是典型的學者性格，專注於一件事就會把其他事全部忘光光。

「……快點說啦，吊我胃口？」

既然如此，我就打個安全牌混過去好了。

今天話題多得是。

「實不相瞞，我很快就要離開首都卡利斯。」

聽我說出接下來的行程，老師霎時抹上一臉錯愕。

「你、你說什麼！」

還從沙發上跳起來大叫。

反應相當快。

讓我看不到小褲褲。

「離開卡利斯是、是要去哪裡！」

「要去學園都市。」

「啥！……你要去學園都市？真的嗎！」

「真的。」

看來她也知道那個地方。

說起來，老師自己似乎也提過。

「去那裡做什麼？你不是在這裡的學校念書了，有必要跑去那麼遠的地方嗎？那裡的技術水準是很高沒錯，可是這裡你才念沒幾個月吧？」

「我去學園都市是為了辨別的事。」

「……什、什麼事啊？」

老師祭出一連串問題攻勢。

那裡該不會是什麼暗潮洶湧的地方吧。

怎麼可能嘛。

「我是去辦貴族的事。很可惜，我無權拒絕。」

「這、這樣啊……」

「我想先跟妳打聲招呼，所以就上門叨擾了。沒有事先聯絡就臨時跑來，實在很抱歉。」

「沒關係啦，我、我無所謂……」

老師往果果露瞥一眼。

對方依然抱膝坐在角落。

一動也不動。

坐著不動的黑肉蘿可愛得能當擺設。

「你該不會是要帶那個女果果露族一起去吧？」

「我是這麼打算沒錯。我對她承諾過，所以暫時不能離開她，也因此給身邊的人添了不少麻煩。總之，就是這麼回事。」

「…………」

丟下她單獨出差，就不能依約陪她說話了。所以這次要委屈果果露陪我旅行幾天了。要是我出差時她和其他人出了衝突，我也不好處理。

絕不是我M心蕩漾，想被她二十四小時讀心才下此決定。

更別說是以性騷擾她為樂了。

「……不開心嗎？」

「…………」

哎呀，體育坐姿妹妹吐嘈了。

對不起，亂說的。我玩得很爽。

根本是這世上最好玩的遊戲。

像這樣不時被她吐嘈也超爽。

再多理我一點。

「…………」

「…………」

不妙，這下不妙啊。

在艾絲特失憶的推助下，我發現自己對果果露愈來愈上癮。都能預見整天追著果果露屁股跑的未來了，簡直是本末倒置。比起追人，處男還是比較喜歡被人倒追啦。

想著想著，艾迪塔老師忽然大叫：

「走！」

好一個令人摸不著頭腦的宣告。

「……這麼晚了是要上哪去？」

「不是啦！我、我也要去！學園都市！」

「妳也要一起去？」

家裡蹲的老師難得主動要求出遠門。

而且表情相當堅決。

「……不、不行嗎？」

「怎麼會，沒什麼比妳願意陪我去更讓我放心的了。可是這樣真的沒關係嗎？妳應該有這邊的事要顧，還要寫書……」

「書上哪都能寫啦！」

「沒影響嗎？」

「沒影響！所、所以我要一起去喔！」

老師挺起胸膛高聲宣告。

然而老師就是老師，才剛強烈主張自己的意願，轉眼又縮起脖子，投來察看對方反應的眼神，還附帶一句很沒自信的疑問。

「……不、不行嗎？」

豈有不行的道理。

能跟老師一起旅行，我都要樂歪了。

還得感謝她大發慈悲呢。

「那好吧，我就按這樣去準備。」

「很、很好！」

金髮肉肉蘿老師加入學園都市旅行團啦。

*

當日深夜，艾迪塔老師府。

我在半小時前吃完飯洗完澡，和老師互道晚安熄了燈，在客廳沙發躺下沒多久，忽然感到有人走動。起身一看，映入眼中的是能融入夜色的黝黑。

「……妳房間不是三樓客房嗎？」

客廳這是二樓。

「今天還沒說話。」

「對喔，我都忘了。」

被我性騷擾成那樣還想跟我說話，果果露對性騷擾的抵抗力真是超乎想像地高。換成蘇菲亞，一定當天就落跑了。即使是艾絲特，撐得撐不住也很難說。

「趕快起來。」

「好，馬上起來。起來了。」

我慢慢抬起上半身，坐在沙發上。

隨後果果露立刻坐到我身旁。

近到肩膀都要碰在一起。

最佳的讀心距離。壓力好大。

「話說，有件事我想問一下。」

「……什麼事？」

就是她和柔菲見面沒多久就來個快意一發的事。公主婊再怎麼黑心，一言不合就開打也實在很不像果果露的作風是也。

「這是為什麼呢？」

「請你用說話的講。」

「不好意思。」

這孩子還滿執著於口頭對話的嘛。

「妳為什麼要打柔菲呢？」

「…………」

我照她要求直接說出來，結果換她不說話了。對這種問題沉默，果然是生理上不合之類的？當我這麼想的時候，她喃喃地說：

「她比那個男貴族更想利用你。」

「喔……」

原來如此，「人上有人」是這個意思啊。

這麼說來，給公主婊那一拳跟我當時猜的一樣，是為了警告我。我曾請求果果露別說出她讀心的內容，結果副作用全在公主婊身上炸開了。

「…………」

「那我算是瞎貓碰上死耗子了，是嗎？」

「……沒錯。」

好耶，猜對了。

依然渾身薄幸味的柔菲幹得漂亮。

「妳是為我著想吧，謝謝妳。」

「沒關係嗎？」

「嗯，知道原因後我就放心了。」

「……她的想法很惡劣。」

「但我還是不討厭她。」

「而且沒膜。」

「我、我還是不討厭她。」

原來果果露也會開黃腔。

有點開心，又有點失落。

難道她是故意配合我的嗎？

有點難推斷。

「她曾幫過我一個大忙，我才能有今天的榮景。」

「……是喔。」

「是啊，沒錯。」

「知道了。」

「非常感謝妳的體諒。」

「…………」

這些事我都沒跟果果露說過。論伴隨交際而來的實際利益，她的貢獻其實僅次於魔導貴族。她在考量自身利益的同時，也會視對方的利益而行動。

而且在夜間配菜這方面，她打從剛認識起就是前幾名。昨天還讓人大飽眼福，我是打從心底感謝她。希望未來也能長長久久地交陪下去。

「可是那跟你想要的幸福差很多。」

「我沒那麼容易被人情所困啦。在我看來，我跟她之間其實保持著一段很理想的距離。」

「……真的？」

「是啊，我真的這麼想。」

遲早要把她幹到歪七扭八。

再送無套內射吃到飽。

「……真的？」

「想不到妳會這麼執著。」

「…………」

她這是擔心我嗎？

真是我八輩子修來的福氣。

「蘿可蘿可小姐，謝謝妳這麼關心我。」

「沒有……」

換個角度看，柔菲居然有城府到讓果果露這麼顧慮嗎？

隨便啦。公主婊的事就到這打住吧。

今天的重點是問清楚果果露喜歡什麼樣的菜色。為了縮短彼此距離，了解對方興趣嗜好非常重要。嚐嚐彼此的親手菜，來場胃袋交流也不錯。

「蘿可蘿可小姐妳……」

就這樣，深夜的果果露時間恬淡地過去了。

*

在艾迪塔老師家叨擾一晚後，隔天。

我們來到費茲克勞倫斯府邸，應昨日之約來查看旅程所需準備得如何。在大門遇見的女僕帶領下走了一段路，來到府裡傲人的廣大中庭。

理察已經在那等著了。

「早安，田中先生。」

「理察先生您早。」

我們眼前有艘飛空艇停在中庭。

「請恕我冒昧，這該不會就是……」

「這是我名下的飛空艇。想說這趟路你正好用得上，就拿出來整理整理了。雖然型號比法連大人那艘落後了點，但我保證坐起來一點也不遜色。」

「真的好嗎？我聽說飛空艇是非常昂貴的東西。」

該保的險都保好了嗎？

萬一摔了，搞不好會跟著摔進奴隸市場。

「這是我一點誠意，就請你坐它去吧。」

「……我明白了。」

多半是認為對外也有其必要才下此決定吧。向國內外貴族昭告和風臉男爵真的是費茲克勞倫斯派的人這樣。那麼不領情是不行了。

「感謝公爵大力相助。」

「好好享受這段空中之旅吧。」

「是，相信這會是趟愉快的旅程。」

我老實鞠躬道謝。

艾迪塔老師倒是嚇得腿都軟了。

「真、真的要搭飛空艇去？還是這麼高級的……」

金髮肉肉蘿老師的櫻桃小嘴和眼睛睜得好大好大，十分惹人憐愛，且渾身散發著蘇菲亞那樣的小市民感。忍不住想把雞雞塞進去。

「田中先生，既然這位小姐跟你一道來……」

「是的，我想請艾迪塔小姐與我同行，可以嗎？」

「沒問題。多一兩個跟沒多一樣。」

「太好了，謝謝您。」

「哪裡，有這樣的高等精靈加入使節團，也能替我們臉上增光。雖然我們佩尼帝國不太注重這點，但我想在這種外交場合上顯示國威，仍然是很重要的事。」

「我也有同感呢，理察先生。」

「很高興你也這麼想，我國未來有望啊。」

「不敢當。」

「對了，不帶她去沒關係嗎？」

是指公主婊吧。理察很自然地做出察看四周的樣子，完全是在演戲卻仍美得像幅畫，所以說帥哥就是可惡啊。

「聽說她有魔法騎士團那邊的事要忙。」

「原來是這樣啊。」

他應該不會特別去查吧。

反正被拆穿也無所謂，先混過去再說。

「是說理察先生，既然事情變成這樣，您對她也失去興趣了吧？然而那不完全是毫無意義，對需要在派系裡站穩腳步的新手男爵而言，那也有很大的影響力。」

「雖然有點對不起碧曲伯爵，但我的確是沒了興趣。想替你站穩腳步，方法多得是。再說就算沒有我幫忙，你依然是能為所欲為的人。再也沒有像你這麼不需要照顧的子弟了。」

「對方那邊就拜託您多費點心了，留下芥蒂總是不好。」

「本來就是我起的頭，我一定妥善處理，儘管放心。」

「感謝公爵。」

既然艾絲特喪失記憶，柔菲與我的婚事對他便不具意義。畢竟那只是用來逼她死心，在她失憶後一點價值也沒有。

至於柔菲爸爸就哭哭了。因派系爭權而受牽連的柔菲本人也吃了個公開無膜判定，賠了夫人又折兵。悲哀得非常可愛，對我是好感度＋1。

很踏實地在公主婊之路上前進嘛。

期待她進化成皇后婊的一天。

「基本上，旅途所需都已經搬上飛空艇了，還欠什麼儘管開口。以它的速度，即使路上多繞了幾個地方，時間也十分充裕吧。」

說著，理察給出幾張紙。

收下一看，上頭是一行行的物資。

應該是倉儲清單吧。

「這份禮物似乎與國王陛下說的不太一樣呢。」

「請交給那邊的負責人，或者會席上你看得上的人物。名義上是佩尼帝國所贈，實質上是費茲克勞倫斯家的誠意。這筆財物就交給你全權處理了。」

「屬下明白，一定按照您的意思去做。」

竟然送我一件棘手的工作。乍看之下是一份大約兩百金幣年終贈禮，實質上十之八九是用來替和風臉打分數的任務，也就是所謂的在職訓練。

「船上有很充裕的資金，有需要就拿去用。」

「非常感謝您抽空打點這麼多東西。」

「哪裡哪裡，就當是我向你賠不是。」

「儘管如此，借我飛空艇代步也太客氣了。」

「你行程如何？要現在就出發也行。」

「這個嘛，待太久也是夜長夢多，我就恭敬不如從命了。」

「你願意早點啟程，我也能早點放心。」

「我想也是。」

「嗯，那就這樣吧。」

與理察對話告一段落，我便夾著尾巴躲上飛空艇。

這艘比魔導貴族的大上一圈，上了階梯，能在走廊上見到船員的身影。男性應是水手，或者說空手，女性則都是女僕，大約各半。

女僕中，還是個特別蘿特別可愛的來替我們帶路。

很懂我嘛，理察兄。

她就這麼帶著艾迪塔老師和果果露與我穿過船艙，展示臥房、船橋、接待室和廁所等地方，並詳細介紹。

逛著逛著，升空準備也完成了。

最後我們來到甲板上。往下一探，見到理察先生來到船下。

是來道別的吧。

「那麼理察先生，我這就出發了。」

「麻煩你嘍，田中先生。」

短暫寒暄後，飛空艇終於飛向天際。

＊

【蘇菲亞觀點】

這一天，小女僕也在辦公室握著筆面對辦公桌。

只是我最近工作很難專心。

腦袋裡全都是在田中先生之前離開我們這的那對姊妹。她們平安到達首都卡利斯了嗎？飯有沒有吃飽呢？

我整天都是想著這些有的沒的，懸著一顆心記帳。

這當中，照例又有客人臨時來訪。

『我要把這個鎮蓋得更大！』

「……咦？」

龍小姐一進辦公室就這麼說。

岡薩雷斯先生和諾伊曼先生在她左右，如此左擁右抱龍城最受女性歡迎的兩個人，實在有點……不，是太羨慕妳了呢，龍小姐。

而且表情充滿自信。

漂亮的小鼻子噗咻咻地噴著氣。

『那個人類說，只要妳點頭就行了。』

「不、不好意思，那個人類指的是，那個，哪一位……」

「田中那傢伙好像臨走前跟鎮長說，只要諾伊曼、我跟妳都同意，想在鎮上蓋什麼都行。所以現在我跟他都已經點頭，只剩妳一個了。」

岡薩雷斯先生視線的另一頭是諾伊曼先生。

『妳不會說不要吧，人類？』

「哪、哪有！我怎麼敢呢！請蓋請蓋！」

龍小姐都這麼說了，我也只有點頭的份。

為什麼要把這麼可怕的事丟給我啊，田中先生。

『是嗎！哎呀，妳還滿懂事的嘛，人類！』

「不不不不、不敢當！」

我頭一點下去，龍小姐臉上就堆滿了笑容。

看來她是真的很喜歡這座城。印象中，龍這種生物都是專搞破壞，想不到也有喜歡建設的一面。跟我想的龍不太一樣呢。

「可是話說回來，擴大是要從那裡開始擴？東西兩區開幕時，就已經把田中受封的領地用完了，隨便亂蓋會出問題喔。」

諾伊曼先生說的一點也沒錯。

『……什麼意思？』

「田中他是男爵階層的貴族，身分並不高，所以拿到的土地很小，而我們的城已經把土地用完了。不管往西往東都已經沒有空地了。」

『那是這個國家的問題吧？去找那個阿呆人類討就好。』

阿呆人類是指螺旋捲小姐吧。

最近她不是在北區泡溫泉，就是在南區的平民街玩，比任何遊客都更熟悉這座城。她的活動範圍在僕人幾天前回來之後好像又更大了。

記得她不是佩尼帝國人。

也該回去了吧，這樣沒問題嗎？

「這、這的確是與鄰國無關，但這也有問題喔。」

『該不會是要說不行吧？你們不都點頭了嗎……』

龍小姐眼珠一轉，瞪起他們來了。

心臟不太強的諾伊曼先生額頭整個噴汗。

這時岡薩雷斯先生開口救人了。

「既然不能往旁邊蓋，往上走怎麼樣？」

『往上走？』

「對呀，蓋出全國最高的大樓來。」

『……哦？蓋出全國最高的大樓啊。』

「到時候一定有非常遼闊的景色在等著我們。」

從「我們」的語氣來看，其實他也很想蓋嘛。我想他早就等不及想擴建這座城了。黃昏之團這個國內鼎鼎大名的冒險者集團，什麼時候改行建築業了呢？

這是很危險的徵兆。

我一定要明哲保身才行。

『這主意的確不錯。』

「是吧？」

『不過呢，人類，有件事你說錯了。』

「喔？是什麼事呢，鎮長大人？」

『什麼全國最高，太沒野心了。要蓋就蓋世界最高。』

「有道理。龍小姐，我就陪妳玩把大的！」

『那還用說！都沒問題了吧？好，我們走！』

龍小姐臉上又堆～滿大大的笑容，邁開腳步。

圓嘟嘟的臉頰可愛極了。

岡薩雷斯先生和諾伊曼先生也跟著笑得好開心。

我只能坐在桌邊，目送他們離去。

田中先生，我說什麼也不可能拿他們怎麼樣，就只能在一邊看著事情發生而已。說起來，這是你的工作才對吧？你最近很怠忽職守喔。

「好啦。不好意思，打擾了。」

「抱歉打擾妳辦公，蘇菲亞小姐。」

「不、不會！」

門「砰」一聲關起來，辦公室又恢復平時的寂靜。

我區區一介女僕，除了祈禱一切平安外一點辦法也沒有。

*

獵紅龍那次，機組員只有魔導貴族一個人。

這次理察先生派出了充足人手，一路上都是總統套房級的服務。房間豪華到不行，更驚人的是連一日三餐都是從前菜到甜點整套不缺。

而最驚訝的還是艾迪塔老師。

「喂、喂，我沒有多少財產喔……」

才起飛半天，老師已經照例擔心起錢包了。

這高等精靈別說看不出哪裡高了，氣勢還一回比一回弱。看她從懷裡掏出舊皮囊，窺視裡頭數銅板的模樣，讓人好想抱緊她。用盡全力抱緊她。

「不用擔心，旅費是理察先生全額支付。」

「可是，他、他不是佩尼帝國的頭臉嗎？」

「所以才全額支付啊。」

老師從下方直盯和風點的臉，說出她的不安。

我們在飛空艇甲板上。啟程不久，我就閒得發慌，和老師一起上來透氣看風景。至於果果露，我則是請她到處打探船員的心思。

萬一有人混進來圖謀不軌就糟糕了。

代價是熬夜。

我答應陪她聊天到天亮為止。

起初還開價兩晚咧。

到底是有多愛說話啦。

「就算這樣，一毛也不付不太好吧……」

「在這時候不領情，反而會損及人家的名譽喔。」

「是、是這樣嗎？」

「對，就是這樣沒錯。」

這時候客氣就不對了。

何況他還派了個棘手的工作給我。

懷著感激盡量使用才是正道。

「……我、我實在搞不太懂你的人際關係！」

「其實我自己也搞不太懂，所以認真就輸嘍。」

「什麼意思啊……」

「風吹太久對身體不好，我們下去吧？」

「好、好吧，我們下去。」

我想搭艾迪塔老師的肩，但實在沒那狗膽，只好用言語請她進房。萬一被她甩開，這整趟旅程就是場惡夢了，說什麼也得避。

回想起來，我這輩子還沒有向女性告白的經驗呢。

至少想在死前來個一次。

可是，這種微不足道的小事對我而言難到極點啊。

Sickness unto Death

這趟空中之旅十分順利。

不像上次那樣有翼龍成群襲來，也沒有半途迫降，更沒有現充在我眼前演愛情喜劇，飄在天上的船一路往目的地飛去。

聽船長說，單程也需要幾天。

看樣子，路上是沒什麼好擔心的了。

然而事情就在我開始以為能一路順風時發生了。

「你說空盜？」

「對……」

在房裡和果果露聊到一半，船長突然有事相商。他是個年約四十的中年帥哥，全往後梳的金髮十分搶眼，很適合所謂的帥大叔這個詞。

但他表情非常凝重，任誰都能看出大事不妙。既然海上遭遇的強盜叫海盜，天空遭遇的強盜自然就是空盜了。

這樣的一夥人就跟在我們後面。

「飛空艇是那麼常見的嗎？」

「由於造價高昂，沒有海上的船那麼多。」

「真虧他們敢當空盜，對方沒飛空艇還沒得搶呢。」

「因為光是逮到一艘就能揮霍好幾年吧。」

「也是。」

沒差，扔顆火球就能趕跑了。

這會不會也是最近ＬＵＣ狂降的影響呢？

一往這邊想就有點恐怖了。

「聽老爺說，田中男爵您是非常厲害的魔法師。我也明白提這種要求是十分僭越的事，可是那個，能請您幫我們度過這一關嗎……」

「上甲板就看得見他們嗎？」

「您、您願意出馬嗎！」

「這艘船畢竟是理察先生借我的東西，總不能傷了它。」

「謝謝男爵！」

於是我將果果露留在床上，和船長一起離開船艙。這種事後將女人扔在房裡，自己先一步出去工作的感覺很有男人味，好一個風流倜儻啊。

只是我完全沒幹到。

＊

到了外頭，的確一眼就能看見追著我們的飛空艇。

「尺寸不怎麼大嘛。」

「飛空艇的造價會隨著尺寸大幅飆漲，而最大的問題是怎麼弄到足以讓船飛起來的魔石。以前有人說過，人工合成的魔石將在不久的將來成真，但這幾十年來完全沒進展。」

「這樣啊。」

船長簡單的幾句話就替我上了寶貴的一課。

大型魔石是非常珍貴的。

「……請問，所以這您，應、應付得來嗎？」

「我想想……」

那艘船比魔導貴族載我們去獵龍的那艘船還小上一圈，感覺是專門用來快速飛行的，沒考慮長途航行的需求吧。的確很適合空盜。

「我們船上是有專門負責防禦的魔法師，可是船員報告對方的魔法師實力也相當高，恐怕撐不了多久，因此我才斗膽請您救救我們……」

「我明白了。」

就請他們吃顆火球吧。

飛空艇應該比龍弱多了，唯一要注意的是船摔了會發生什麼事。幸好現在底下是毫無人煙的荒野，摔在哪裡都不會有嚴重損害。

先等等，既然魔石那麼貴重，不如我們先下手為強，爽賺一波怎麼樣？對方是匪類，趁火打劫一下，拿一兩個戰利品走也沒差吧。

不，那根本是正當報酬。

想著想著，空盜船忽然開始喊話了。

「前面的飛空艇！不想摔死就馬上給我停下來！我們船上可是有S級冒險者在，之前的攻擊都只是牽制而已。再不停船，我們也有直接轟沉的打算！」

有名男子站在船頭上。

頭戴三腳帽，身穿有領白襯衫和長襬大衣，右眼有黑眼罩，臉頰上有個大大的十字疤，一副擺明就是海盜的扮相。往手上一看，居然還真的裝了個鉤子。

年紀是二十來歲吧。與及肩長髮相反，鬍子剃得乾乾淨淨的下巴大力突顯著年輕人的飛揚神采。就算離這麼遠，也看得出他無疑是個大帥哥。好個虎克船長，未免也太帥了吧。

「他們真的會開火嗎？」

我們所搭的是價值有一定水準的貴族飛空艇，當然會想完整搶回去。從剛才的警告，也透露出弄壞了可惜的味道。

「以我個人的經驗，就算船摔了，魔石大多也完好如初……」

「這樣啊。」

看來情況不對還是會開火。

既然如此，得趕在飛空艇受損前擺平他們。

照船長這麼說來，即使我們轟沉他們，也能得到最貴重的部分。這下有個稱頭的伴手禮了。如果能納為己有帶回龍城，鎮長一定會很高興。

開始有鬥志了。

「不乖乖配合是嗎！立刻給我停船，這樣還能饒你們一命！不然的話，我要你們連人帶船全部在天上炸爛！」

空盜依然在那裡鬼吼鬼叫。

不必跟罪犯客氣。太棒了，幹就對了。

我往前幾步，let's Magic。

「火球術！」

輕描淡寫地來一發。

直徑約十公尺，有點兒大。

而結果令人十分驚訝。

「旋轉！右滿舵！」

空盜船忽然一晃，我瞄準船頭正面發射的火球最後與船舷擦身而過。看來是被他們躲掉了，損傷就只有側面焦了一小片而已。

是怎樣，很行嘛。

「我的天啊！居然能讓那種船轉成那樣……」

身旁的船長看得目瞪口呆。

可見那招相當厲害。

「請問，那是技術很高超才做得到的嗎？」

「對那種以直線加速能力為重的飛空艇來說，剛才那種躲法是幾乎不可能的，船上一定有駕駛高手在。我也是第一次看到那麼厲害的動作。」

原來如此，飛空艇業界也挺複雜的嘛。

船長的臉都變成專家的臉了。

「說不定他們側翼數量少，是刻意犧牲一般航行時的安定性，換取緊急時的旋轉能力。沒錯，這樣就說得通了。所以才能以晃動船身緊急迴避。可是，這樣裡面就……」

船長注視著空盜船開始喃喃自語。

即使自己性命危在旦夕，心思仍全放在推想對方的能力上。他也是那種人，跟魔導貴族一樣的人，差別只在於對象是魔法跟飛空艇而已。看來理察把船交給他是有原因的。

不過和風臉要送他個 Attention Please。

「可能會有震波，小心一點。」

「咦？可、可是火球不是沒中嗎……」

我家的火球可是會追蹤的。

只見火球在船後掉頭，直接逮住空盜船的屁股。

砰一聲好大的爆炸，同時火焰迅速膨脹，吞噬那小型飛空艇並染紅天空。空盜船頓時失速，只有墜落一途。高度直線下降。

最後伴隨低沉的轟隆聲撞擊大地。

「天啊……有魔法屏障保護的裝甲船，居、居然被一顆火球就……」

「我想下去撿魔石，能請您準備著陸嗎？」

「好、好的！我馬上辦！」

摔得好重。

希望那個魔石平安無事。

*

船長很快就應要求停好了飛空艇。

我帶著果果露和艾迪塔老師，三人一同查看飛空艇的殘骸。原本是希望老師留在船上，可是她說什麼都要跟，我也只好扮演好護花使者的角色。

至於船長和其他機組員則留在船上，以便隨時起飛。

「……摔得真是有夠慘。」

「打下來的人還說這種話？」

「這個嘛，話是這麼說沒錯啦。」

艾迪塔老師不客氣的吐嘈讓我心口一揪。

整個是墜機現場的感覺。

從裝甲到骨架全部都摔得稀巴爛，看不出什麼是什麼。比較隆起的部分就是船的心臟地帶吧。要是隨便亂翻，翻出一團黏答答的肉醬出來就討厭了。

「治療術！」

總之先放個治療魔法試試。廣域的。

「人家不是空盜嗎，沒必要救人吧？」

「我膽子小，先把自己的行為正當化比較好。」

我沒有做壞事喔！這樣。

炸了人家整艘飛艇，良心多少還是有點不安。這次我占壓倒性的優勢，按個鈕似的不費吹灰之力就毀了人家。

如果是被綠風精圍剿那樣有生命危險就不一樣了。

「……你也真難搞。」

「就是啊。」

老師變成一副傻眼的表情。

「所以說，現在要小心倖存者反擊，妳們都先退後吧。艾迪塔小姐，妳最好待在蘿可蘿可小姐旁邊，她大概有朵莉絲小姐那個魔族僕人那麼強。」

「不、不會吧！」

老師滿臉錯愕的往果果露看。

「怎麼啦？」

「……有那麼強嗎？她、她不是果果露族嗎？」

黑白雙蘿四目相對。

「空手扭打的話，只有克莉絲汀小姐打得贏她吧。當然，蘿可蘿可小姐是非常端莊的人，應該不至於發生那種事。」

「這、這樣啊……」

整個皮皮剉的老師好可愛。

瞪得又圓又大的眼睛 pretty 到不行。

「……怎樣？」

艾迪塔老師直勾勾地盯著果果露看。

在她的注視下，果果露低聲說。

居然主動開口，看來她還挺喜歡老師的，我這個對話官都忍不住吃醋了。在我心中，「果果露只能跟我在一起」的獨占欲其實還挺重的。

想到這裡，吐嘈馬上就來了。

「……你想獨占嗎？」

「豈敢。妳能多交點朋友，我也替妳高興。」

「真的？」

「這樣就能更有效地化解妳的寂寞了。」

希望她可以自制一點。

繼續當我一個人的果果露。

果果露我愛妳。

「…………」

「到底是怎樣？」

「……對不起，拜託不要欺負我。」

我也是萬不得已啊。

誰教果果露那麼可愛。

一段果果露式對話後，現在換艾迪塔老師吐嘈了。

「喂、喂、喂，你們在說什麼？」

「沒什麼，純粹是我跟她之間的事，希望妳們未來可以愈走愈近。我當然不會勉強妳，保持距離也是很重要的事。而近也不需要太近，保持長矛搆不到的距離就好。」

話說，這一連串對話有點後宮的感覺耶。就像是兩個蘿莉在搶我一樣，感覺非常爽。要是再與她們發展成如膠似漆的帶膜肉體關係，那真是ＨＡＰＰＹ大爆死，我有當場投胎的自信。

接受義務教育那幾年，我也有過那麼一次類似的經驗。兩個女生同時叫我，令我感到「喂喂，我只有一個身體喔」這種無比充實的瞬間。回顧起來，那可是我人生的最高峰呢。不過她們其實是要把打掃跟文書工作推給我而已。

「了解。那、那我就，盡量靠近，盡量靠近……」

「好的，有勞了。」

金髮肉肉蘿老師就此繃著一張臉嘗試縮短距離。

黑肉蘿力跟著給出建議。

「到那顆石頭那邊就差不多了。」

「石頭，那邊那顆？還滿大的那個。」

「對。」

「知、知道了。」

兩個都是蘿莉，能和平相處當然最好。

「那我去看看飛空艇的狀況了。」

我留下巧笑倩兮的黑白雙蘿，隻身邁向飛空艇的殘骸。姑且先放個無敵魔法，渾身閃亮亮地上陣。被黑肉彈快意斬首的經驗完整地發揮了出來。

我先以最大的一堆為目標，用飛行魔法抬起幾塊殘骸。

結果一發中獎。

殘骸中露出一塊巨大寶石般的物體。

「不得了啊……」

就像是寶石博物館紀念品區會賣的紫水晶放大版。它呈柱形，高約兩公尺，寬約一公尺，顏色是外淺內深。

大小跟獵紅龍那次見到的不一樣，那顆還大了點，顏色也是紅得像在現寶。想到蘿莉龍體內也有這種東西，感覺就好興奮。

「……趕快帶回去吧。」

誰教我愛耍帥放治療術，被殘黨偷襲就糟了。

趕快用飛行魔法搬起魔石撤退。

誰知才轉身踏出一步，就踩到某種硬硬的東西。

會是什麼呢？

「……墜子？」

那是個金屬墜鏈，挺漂亮的。刻了圖徽，感覺有點價值。拿去當鋪應該能換幾個佩尼銀幣回來。

「…………」

我就順便帶走吧。

說不定能填補龍城的資金。

空盜真是不得了啊。

這麼輕鬆就能賺上一筆，感覺會上癮。

*

再坐一晚的船，隔天又出事了。

「不、不會吧……！」

事情是在我一早對著鏡子整理儀容時發生的。用梳子整理睡亂的頭髮，途中突然有個奇怪的感覺。用手往側腦一摸，發現一塊特別缺乏阻力的地方。

如果我還是社畜，在分秒必爭的早晨時段，或許會當作沒看見，不特別放在心上。但此刻我人在無事可做的空中之旅中，注意力自然放在那，用手指來回摸上幾次。

結果出爐了。

「……毛呢？」

照鏡子一看，很快就發現額頭往右十幾公分處被鬼剃頭了，也就是所謂的圓形脫毛症。毛掉得很乾淨，指腹滑過的感覺異常滑順。

據說圓形脫毛症是有一就會有二有三，嚇得我趕緊檢查整顆腦袋，最後在髮腳處發現另一個同樣大小的鬼剃頭。看來共有兩處發病。

「真的假的……」

又醜又禿，不是鬧著玩的。

人生GAME OVER啦。

我想是這陣子生活壓力大，終於反映在身上了。真是段忙碌的日子啊。擁有治療魔法，不怕感冒發燒身子垮，反而使我比年輕時更操勞自己的身體。

我原先的目標與希望——回春祕藥已是咫尺天涯，這影響也不小吧。說不定昨天的空盜行為也在潛意識中對我造成了負擔。

每件事都不大，但小小的負荷累積久了，便在此良辰吉日，給我這中年大叔賞一個圓形脫毛症。而且這世界還沒有類固醇這種方便的藥物。

怎麼辦？到底怎麼辦？

禿頭很不妙啊。我不要禿頭。

而且多發性的圓形脫毛症嚴重起來，會禿得很噁心。

「等等，現在放棄還太早。」

何必依靠類固醇，我不是有治療魔法嗎？

於是我不多花時間想些有的沒的，在恐懼的催促下尋求庇護。

「哼～！」

集中全部心智，對自己的身體放治療魔法。浮現在廁所地上的魔法陣亮得刺眼。幾何圖紋放射的潔白光芒溫柔地籠罩禿頭狗的頭部。

讚喔讚喔，麻麻的。

有毛囊受到刺激的感覺。

我繼續仔細治療。

在光輝中泡了個夠。

一段時間後，我覺得療程應該差不多了，即使沒有根據也在心滿意足後收起魔法陣。隨著潔白光輝消退，廁所也恢復原來的平靜。

接著往鏡中的腦袋伸出手指，心裡七上八下地撥開患部頭髮查看。拜託，讓我長回來，求求你了！我滿懷祈禱地往鏡子看。

「喔喔……」

結果令人十分驚訝。

長回來了。真的長回來了。

深怕已經死絕的毛囊又長出了茁壯的毛髮。

「太好了……」

懸著的心終於落地，我不禁大聲喘息。

那撮頭髮是那麼地可愛，使手指不由自主地往患部移。以後我一定會特別珍惜，多吃些滋養毛髮的東西，細心呵護。並用手梳過剛出生的頭髮，讓它們感受我的愛。

結果根本沒什麼抵抗就……噗滋噗滋。

「啊……」

剛出生沒幾秒的頭髮馬上就有幾根纏在手指上。

這是什麼狀況？

背脊大毛特毛起來了。

比以前看的任何恐怖電影都還要恐怖。

「…………」

應該是那樣吧。我也不確定，不持續治療不行之類的。佩尼帝國某皇●鮑生怪病時也有過同樣狀況，只是病徵不同。如果不以高頻率放治療魔法，頭皮就留不住頭髮。

恐怕再過幾天，先前那狀況又要重演。

假如頭髮無法完全復原，勢必得來一場根本性的治療，目前只能像剛才那樣治標。但我的敵人是壓力這種看不見的東西，比原因明確的詛咒還要棘手。

「……怎麼辦啊？」

打擊有夠大。

掉髮居然會給人這麼大的打擊。想也想不到才過三十歲半沒多久，就要接受這麼強烈的震撼教育。震撼程度跟發現果果露能讀心差不多。喔不，比那還要巨大。

我總不能二十四小時都用治療魔法罩著自己吧。

「…………」

卡關了。中年大叔的人生陷入僵局了。

連在劍與魔法的奇幻世界都這麼難治，這禿頭也太可惡了吧。在原本的世界，我也有點覺得很沒道理。明明醫療技術都進步到能短短幾天就治好致命重症了，為什麼區區掉髮就是阻止不了？

根本就是死疾啊。社會性的。

「不，先等等……」

儘管如此，現在放棄還是太早了吧。

我現在是什麼職業？鍊金術師啊。

沒錯，既然魔法沒用，就靠藥來治。

豈有能治不明怪病，卻不能治圓形脫毛症的道理？

「……這下只好卯起來搞鍊金術了。」

不是為了回春。

是頭髮，要把頭髮救回來。

所幸我正要前往學園都市，那裡對醫療用品的研究也是顯學吧。也就是到了那裡，說不定就能找到一兩種生髮劑配方。

這裡好歹是劍與魔法的奇幻世界。

這次我一定要弄到生髮劑。

*

【蘇菲亞觀點】

小女僕今天也在辦公室努力工作。

最近幾天，坐在桌前處理文件的時間已經比泡茶洗衣這些事情多了。讓人對我這女僕的存在意義開始懷有不小的疑問。

我這一身圍裙裝到底是穿來幹嘛的？儘管心裡有數不完的問號，現在還是只能做好別人交給我的工作。不對，也不是誰交給我的，就只是這邊幫一下，那邊也幫一下，久了就全歸我的感覺。

就在我憂那個愁這個，和文件大眼瞪小眼時，事情又發生了。

「喔喔喔喔喔喔喔呵呵呵呵呵！」

「！」

砰的一聲，房門猛然開啟，同時一陣大笑響徹辦公室。

朵莉絲小姐來了。她大駕光臨了。

即使她最近每天都在城裡到處玩，我還是很難習慣這種突然爆出的喔呵呵。

「蘇菲亞！我要離開幾天喔！」

「請、請問您要上哪去？」

還以為又跟昨天一樣，是來找我殺時間的。

看來這次是我猜錯了。

「學園都市！那裡好像要開一場很大的會議喔～」

「會議是嗎？」

「家父聯絡我說，如果有空就過去一趟。」

「這、這樣啊……」

最近朵莉絲小姐的確是很閒的樣子。

依我看，在龍城裡泡過最多種溫泉的人就是這位貴族了。

「您現在就要出發嗎？」

「待會兒就走了，可是得先繞去卡利斯一趟。」

「咦，那不是反方向嗎……」

學園都市這名字我也聽說過。那裡以研究與發明了很多很多東西聞名，最主要是魔法。雖然我不曾去過，不過大致上的地理位置，即使對我這樣的女僕而言也是在常識的範圍之內。

「因為莉茲吵著要我帶她一起去嘛～」

「咦？請問，莉茲小姐不是都在首都嗎……？」

最近都沒有見到她。

「首都和多利庫里斯都有魔力訊號的傳送裝置不是嗎？」

魔力訊號。

這我也有聽過。就是透過非常昂貴的魔導具和遠距離外的人說話。多利庫里斯和首都就是因為有這種東西才能互相聯絡吧。那座城離國境很近，可能是有其必要才裝的。

話說邊境會戰那時，艾絲特小姐也從多利庫里斯用那樣的東西請首都調派物資或商量一些事。我沒有實際見過，可是法連大人有找我談過這件事，所以我記得很清楚。

「原、原來是這樣。」

螺旋捲小姐是在我不知不覺之間回到多利庫里斯去了吧。

只要有那個帥魔族，往返兩地只消一瞬間的樣子。說起來，這個人真的是俘虜嗎？未免也太自由了。一不小心就會忘記她不是我們這國的人。

「叫亞倫是吧？就是她猛追這裡的領主之前那個騎士男友，他們好像復合嘍～所以他被父親視為眼中釘，艾絲特想帶他一起逃到外國去。」

「……咦？」

從沒聽說過。

艾絲特小姐，您對田中先生已經膩了嗎？還以為你們遲早會湊成一對呢。田中先生一副很不會拒絕的樣子，要是艾絲特小姐來一招霸王硬上弓，肯定能一次搞定。

可是這也難怪啦，亞倫大人那麼帥。

「我跟莉茲說我要出幾天遠門，她就吵著要我帶她一起去。這個女人也太管不住下半身了吧？擺明是要躲到父母看不見的地方，徹徹底底放縱一場。」

「不會吧，那個，該怎麼說呢……」

我實在無法正面同意。

其實我還滿尊敬艾絲特小姐的。

田中先生，溜掉的魚特別大喔。

「就這樣，等我帶禮物回來喔～」

「禮、禮物？」

「哎呀～？蘇菲亞不想要我送的禮物呀？」

「怎怎怎怎、怎麼會呢！能收到您的禮物是我的榮幸！」

「喔呵呵！那我就走嘍！」

「一、一路順風！」

和來時一樣，朵莉絲小姐鬧哄哄地離開了辦公室。

噠噠的腳步聲很快就聽不見了。

雖然是外國人，但畢竟是貴族身分，竟然特地向我這個平民交代行蹤，真是個寬宏大量的人。和這個人在一起，經常會遇到這種令人窩心的小事。

可惜個性有點奇怪就是了。

＊

為毛囊不爭氣而悲嘆的禿頭狗，忽然感受到鍊金術是多麼崇高。

然而對於我這種病的最優解，還是去除導致脫毛的根本原因——也就是釋放壓力。只要沒了壓力，就不必製造生髮劑，也沒必要鑽研鍊金術了。

鍊金術那方面的事就等到抵達學園都市再想。既然叫那種名字，一定有很多圖書館類型的設施，研究生髮劑的學者至少也會有一兩個。說不定已經有實際生產的藥物了呢。

在此前提下，我這個空中飛人需要優先做的，就是別再累積壓力。盡可能抑制症狀，為明天留下更多毛囊，比什麼都更重要。

具體行動呢，我想先試試運動。

以前我在書上看過，人可以藉由運動抒發壓力。而且導致禿頭的雙氫睪酮，有時也能靠運動來抑制。換言之，運動是禿頭的特效藥。

「呼！呼！呼！……」

於是乎，醜男正在慢跑。

在飛空艇甲板上順時鐘繞圈圈。

說起來，最近動不動就依賴飛行魔法，很久沒有長距離步行了。再說現在跟聽諾伊曼的令，為邊境衝突操勞那時截然不同，多了好多文書工作。與初來佩尼帝國時相比，運動量是大幅下降。

「呼！呼！呼！……」

不過呢，在這慢跑還真是享受。

沒想到會有在高空慢跑的一天。

這景色實在是讚到不行啊。

「喂、喂，你在做什麼？」

跑著跑著，被艾迪塔老師發現了。

用不解的眼神盯著我看。

「這不是艾迪塔小姐嗎？」

我放慢速度跑向她。更正，是想跑過去，卻在距離數公尺處停下來原地跑。現在醜男滿身是汗，恐怕非常臭，靠近她根本找死。只好原地輕輕踏步，保持適當距離。

「整天窩在房間裡，身體會生鏽，所以就上來運動運動了。」

「……是喔。」

再怎樣也不能說我是在治療禿頭，害我有點像是故意說給老師聽一樣。然而這也是沒辦法的事，我也想不到更好的說詞。

「找我有事嗎？」

「沒有啦，也不是有沒有事……」

「那不好意思，讓我再跑一會兒。」

「喔，嗯。」

取得老師同意後，和風臉繼續開跑。

這飛空艇甲板還挺大的，架上桿子跟網，想打網球也是十二分地充裕吧。船上似乎有某種魔法作用，甲板上沒有飛行時的強風，相當舒適。

重新開跑後不久，老師又突然喊我。

「我也要！」

「……艾迪塔小姐？」

「我、我也要跑！我要運動！」

「…………」

她又發起怪怪的主張。

這金髮肉肉蘿老師還真容易受旁人影響。她就是周圍的人做什麼，自己也會想去做的那種人吧。要是帶她去豔遇酒吧，肯定會變成ＭＶＰ。

豔遇酒吧真的一輩子要去一次的地方啊。

「打擾嘍！」

話一說完，金髮肉肉蘿老師就跟和風臉並肩跑了起來。

規律擺動的手臂，在我眼角餘光處反覆閃現。柔亮金髮隨身體動作匆忙地上下擺動，在陽光下閃閃發亮，美不勝收。和醜男髒兮兮的黑髮是天壤之別。

而且老師的側臉格外有神，好帥氣喔。眼神認真地直視前方的態度使她較平時成熟幾分，看得我心兒怦怦跳。下巴曲線超讚，帥呆了，好想被她強姦。

我們就這麼肩並肩地在甲板上跑了一陣子。大概是幾分鐘吧。

隨著圈數上升，老師的表情也愈來愈緊繃。

原先從容不迫的側臉已瀕臨極限，全身不知何時布滿汗水，額頭的汗珠流過臉頰而愈滾愈大。脖子以下也是如此，衣服又薄，都隱約透出膚色了。超香的。

「呼啊、呼啊、啊咿……呼啊、呼……」

老師難受的喘息比想像中更令人亢奮啊。

光是並肩跑步就有強姦她的感覺。試著稍微加速，老師就死命趕上，好勝心真強。覺得可愛的同時又想多欺負她一點，真不可思議。

這一切使得和風臉狀況絕佳，好像不管幾圈都跑得下去。有種全身疲勞物質逐漸清除的感覺。這就是所謂的跑者愉悅嗎？看老師半張著嘴規律地呼呼喘息，好想送她濃烈的濕吻。

「嗚啊……」

想著想著，老師在什麼也沒有的地方絆倒了。毫無轉圜餘地地摔跤。

「艾迪塔小姐！」

「唔唔唔……」

老師抱著膝蓋縮成一團。看起來好痛。

我壓抑一直看下去的欲望，立刻施法治療。

「還好嗎？」

「不、不好意思，跑到腳不聽使喚了……」

「那先休息一下吧。剛開始就激烈運動對身體也不好，應該要先從快走開始，逐步提升難度才對。這樣身體自然就會跟上。」

「……嗯。」

老師蹲坐在甲板上稍稍點頭。

表情有點黯淡。

「怎麼了嗎？是不是哪裡不舒服？」

「沒有啦，不是那樣。你的治療很厲害。」

「是嗎？那就好……」

汗涔涔的老師不只是額頭衣服，連腋下、胸口、大腿等全身每個角落都濕答答，頭髮也濕到貼在身上。頗為香濃的體味不由分說地搔弄起醜男的鼻尖。

看著她低調的胸部隨著呼吸起伏，突然有股想正面抱緊她的衝動。好想用全身感受金髮肉肉蘿老師的汗，好想用老師的汗維持我的體溫。

「話說，妳怎麼突然想運動啊？」

「這個嘛，就、就是，我最近也一直關在房裡嘛！」

「這樣啊。」

「反正路上這麼閒，是該運動運動沒錯。」

「那真是太好了。」

「唔、嗯！」

多少有點唐突的感覺，但既然是她自己想跑，反覆質問用意潑她冷水也不好。有老師陪跑，和風臉的動力也會直線狂飆。

多虧如此，我開始期待每天的慢跑時間了。

*

開始慢跑的這天晚餐上，發生了一段小插曲。

「對了，不好意思。我吃到這裡就好，幫我收起來沒關係。」

老師對送餐的女僕如此宣告。費茲克勞倫斯號每天三餐都是一整套，以昨天的菜式來說，還沒出一半就喊停了。

「艾迪塔小姐，妳不舒服嗎？」

「沒、沒有，不是那樣喔。」

餐廳是設在飛空艇的高處，和我們的臥室一樣是貴族豪宅的裝潢。大片窗戶外的景色教人讚嘆，桌椅等擺設也全都非常昂貴。

「可是主菜都還沒上耶。」

「我肚子還不餓，零嘴吃太多了啦！」

「原來如此。」

話剛說完，金髮肉肉蘿老師的肚子就咕嚕一響。

叫得好大聲啊。

連照例坐在角落地板吃飯的果果露都聽得見。聽見那可愛的聲音，讓她原本只對著盤子的視線不知何時移到艾迪塔老師身上，都要盯穿她了。

話說，這次旅程和風臉可是有替果果露準備了一套專用桌椅。不過她說不習慣，最後還是坐地板吃。

該不會她是明知和風臉看她坐在地上吃比較興奮，才故意這樣吃給我看的吧。就算是好了，這也怪不得我啊，奴隸屬性的果果露超可愛的嘛。每次吃飯都讓我好興奮。

搞得女僕都不曉得該怎麼服務才好了。

「…………」

「……艾迪塔小姐？」

問了也不回答我。

只見整張臉羞得通紅。

露骨成這樣，即使是交際能力低的醜男也看得懂。艾迪塔老師是開始減肥了吧。而且這樣的起頭似乎有點極端呢。

「失、失陪了！」

老師丟下這句話就匆匆跳下椅子離開餐廳。

真是個心動就立刻行動的人呢。能窺見她一旦下定決心就全力以赴的志氣。

醜男我能拿什麼阻止她呢？

想著想著，老師的身影已經消失在走廊上了。

「……精靈很餓。」

「對呀，不吃飯當然很餓。」

非常感謝果果露精闢的見解。

飢腸轆轆的老師無疑是正中醜男好球帶。

不過這也會造成一個嚴重的問題。

艾迪塔老師的肉肉體正面臨存亡危機。

＊

老師昨天開始的這場減肥，內容十分嚴苛。

首先是三餐全部大砍。早中晚都只剩一點點，看了就替她難過。都坐在餐桌邊了，卻頂著咕咕叫的肚子默默喝茶，有夠滑稽。更讓我覺得可愛得不得了。

至於肚子叫的部分，她已經不想管了。

「艾迪塔小姐，至少把早餐吃完吧？」

「不要，我不吃。」

「真的不吃嗎？」

「早餐已經在我這裡了。這裡。」

她摸著自己的肚子說。

看來她很在意小肚肚的脂肪。那處可是滿懷女性魅力，與外表相呼應的蘿莉肚肚啊。死處男最愛老師的肚肚了。可是她自己對肚肚似乎很不滿意，用指尖又捏又擰。

最後砍得最凶的就是早餐。看樣子她是打算只喝茶充飢，就只有她一個面前沒餐。這也讓幫廚的女僕很困惑，明明她前幾天還吃得很高興呢。

「太勉強對身體不好喔。」

「我才沒有勉強，這很正常。正常的精靈。」

「……………」

正常的精靈是怎樣啊？

灌完茶當早餐後，老師下一項減肥菜單即是運動。今天似乎也要像昨天那樣慢跑。醜男上甲板時，她也一道跟來。

當我開跑，她也來到身邊一起跑。

老師畢竟是個足不出戶，肉肉至極的人，運動可是件苦差事。開跑沒多久便氣息紊亂，呼呼呼地喘得好辛苦。櫻桃小嘴向前突出，用唾液沾濕嬌嫩紅唇喘息的模樣，不管怎麼看都好想瘋狂濕吻。

而這也搞得醜男在意得要死。明明是為了紓解壓力才開始運動，現在卻強烈感到我又在不必要的問題上殘害毛囊。這樣我到底是來跑幾點的，根本莫名其妙。

「艾迪塔小姐，不如就順著自己的步調來跑吧？」

「不用，這、這哪算得上什麼！」

「放慢速度長時間來跑，會更容易瘦下來喔。」

「咦，真的嗎？」

「我聽說過這樣的事。」

「……是喔。」

聽了和風臉的話之後，老師漸漸放慢速度。

*

艾迪塔老師很愛吃點心，尤其是甜滋滋的糕點。

到昨天為止，下午茶是絕對少不了的。而喝茶呢，當然少不了甜點。例如擠滿鮮奶油的蛋糕、水果堆得像山的聖代都盡全力在維持她的脂肪。

然而，今天的老師就只是捧茶啜吸而已。

「……精靈不吃蛋糕？」

「不吃。精靈才不吃什麼蛋糕。」

「…………」

見到她那樣，果果露都不禁吐嘈。

順道一提，我們人在甲板上類似室外露臺的區域。中央擺了張桌子，果果露小口小口吃蛋糕，和風臉坐她對面，享用一樣的東西。海綿般的質地令人想到戚風蛋糕，上頭擠滿鮮奶油，又甜又柔真好吃。

艾迪塔老師的眼神想吃到不行，卻依然死命苦撐。因此老師和果果露的位置到今天就對調了。她站在露臺角落，用惹人憐的目光盯著我們看，實在可愛極了。

「吃個幾口不會怎樣吧？」

「蛋糕是小孩在吃的，成熟的精靈才不吃。」

「是這樣的嗎？」

「就是這樣。」

老師長得那麼蘿莉，有時會忘記她比我年長很多。不過她完全沒有那個樣子，有時讓我不禁懷疑她是不是謊報。

「多準備我一人份，會給船員添麻煩吧？」

「只是多一個人，應該沒有添到多少麻煩。」

「材料也要錢啊，垃圾也會變多。」

「話是這麼說沒錯……」

話說，整艘飛空艇產生的垃圾和髒汙好像是不管三七二十一全部往地上倒。和風臉對奇幻世界觀底下這種並不特意維護環境的態度其實不怎麼反感。貴族牌不是白掛的。

「我喝茶就夠了。啊，這茶真棒。真棒。」

艾迪塔老師繼續站著品茶。

肉量不會短短幾天就出現大幅升降。但她的舉手投足中，某種朝氣或者霸氣之類的氛圍有明顯衰退，再加上她開始減肥，給我肉度大挫的錯覺。

老師的個人特色可是很重要的。

我還是覺得艾迪塔老師現在的體型恰恰好，胡亂運動而燃燒了寶貴的脂肪就糟了。認識她至今，那始終穠纖合度的肉感實在色得不得了，讓人打從心底發情。

假如老師減肥成功，變得跟牛蒡似的，教和風臉情何以堪。恐怕會悲傷到非得將人生全奉獻於研發香甜可口的糕點不可。老師的大腿有多肉，醜男的心靈就有多富足。

「艾迪塔小姐，這款糕點其實是非常稀奇的喔。」

「哪裡稀奇？看起來跟一般蛋糕沒兩樣嘛……」

「聽說這是用怎麼吃也不會胖的材料製成的。」

「你、你說什麼！」

眼睛睜得好大。

其實我完全在唬爛，這是吃了就會胖的蛋糕。這個世界沒有人工甜味劑，奇幻到蛋白質和胺基酸之類物質存不存在都很難說。

但在這種狀況下，我說什麼都要讓老師繼續吃。

「它、它是用了什麼啊？這種事有可能嗎！」

「有啊。怎麼不可能呢，艾迪塔小姐。」

「那你先解、解釋給我聽怎麼樣！」

「我想妳也知道，人體之所以會長肉，是因為我們從嘴巴攝取食物，然後身體吸收其營養所導致。同時沒有用到的剩餘部分就會儲存起來，以利未來之需。」

「唔、嗯。沒錯。」

「所以呢，只要不讓身體消化就沒問題了。沒有消化，身體就不會長肉。會不會消化與舌頭能不能嘗到甜味，完全是兩回事。」

「！」

純粹是善意的謊言。

這一切都是為了讓老師吃蛋糕。

「這樣妳了解嗎？」

「的確是這樣！對，我覺得你說的沒錯！」

「所以請吃這塊蛋糕吧！」

就請妳吃了這塊擺明變成脂肪的蛋糕吧。我不曉得脂肪在這個世界會經過些什麼樣的新陳代謝才會累積於人體之中，但這盤東西看起來就覺得吃了一定會胖。老實說，我也打算吃一半就好。

男性也是年過三十就會突然發福啊。就連我某個以精壯出名的帥哥同事，到了年近四十也開始不吃晚餐。讓人忍不住思考人的幸福究竟是什麼。

「可是這塊蛋糕，絕、絕對是會胖的蛋糕吧？」

「…………」

是怎樣啊，金髮肉肉蘿老師。

眼睛很尖嘛。

大腿不是肉好看的。

「……沒錯吧？」

「妳怎麼會這麼想？」

「第一天點心也有蛋糕，可是我並沒有消化不良。當然你也可以堅持它們是不同蛋糕，但是它的鮮奶油和糕體部分和之前吃的並沒有什麼區別。」

「不愧是艾迪塔老師，全被妳看穿了呢。」

「你這個人怎麼去注意這種事啊，真是的。」

「我很擔心妳啊，艾迪塔小姐。」

「不用你替我操心。肚子堆了這麼多脂肪，可以讓我撐很久，就像你說的那樣。精靈這種生物並沒有脆弱到幾天不吃飯就會怎麼樣，比人類強壯得多了。」

「可是我看妳明明忍得很難受啊。」

「要說這個的話，你不也一樣？」

「……我也一樣？」

這是什麼意思？

這意想不到的質疑問得我一時說不出話。

她是看透了和風臉的什麼了呢？

「我要回房間想事情了。抱歉沒說完就走，我先失陪了。」

「啊，好的。」

想到一半，老師已起身離席。

頭也不回地默默走出露臺。

*

自艾迪塔老師開始減肥，已經過了好幾天。

還以為她一兩天就會叫苦，結果意志力比我想像中還強韌。一連幾天早餐都只喝一杯茶，下午茶時間也對所有點心 no thank you，中晚餐都不到一半。

「……今天晚餐怎麼特別豐盛？」

老師看著擺得滿桌的晚餐說道。

這是擔心她肉肉體無法存續的醜男拜託主廚弄的。請他盡可能做一些夠分量，讓人吃一肚子的菜，好讓她多累積些脂肪，尤其是大腿和屁屁那邊。

結果出來的，就是這恐怕不止兩倍的菜式。

而艾迪塔老師也很難沒注意到分量的變化，盯著我看。

「這樣吃起來很過癮不是嗎？」

「……你下的指示？」

「豈敢豈敢，原先就是這樣訂的吧。」

老師請用。補回這幾天流失的卡洛里吧。

但願能助妳囤積豐厚的皮下脂肪。

「…………」

「…………」

和風臉與艾迪塔老師四目相對。

思緒也為之交錯。

一旁，果果露繼續事不關己地吃自己的東西。她的燃料費應該很凶吧，自從接進龍城以來，她每天就是吃飽睡睡飽吃，卻始終沒有發胖的跡象。

她照樣對著餐桌蹲坐在房間角落，彎曲的手腳浮現淺淺的肌肉線條。那緊實的四肢正暗示她是與生俱來的逆姦好手，不管怎麼掙扎都會被她用蠻力壓倒。

「好啦，難得有這麼豐盛的晚餐，趁熱吃吧。」

請老師用餐後，我身先士卒取用餐點。儘管高熱量食物對中年人而言是把雙面刃，為了老師的肉肉體我肥不足惜。這裡就用我的刀叉引導她吧。

而事情就在準備用餐時發生了。

「……這個嘛。」

艾迪塔老師喃喃低語，用手梳過自己的頭髮。

撩起落在側臉的秀髮。

結果我見到令人震驚的一幕。

幾十根頭髮悄然無息地順著她指尖脫落了。

「！……」

把死處男整個嚇歪。

老師的頭髮，那美麗的金髮纏在她手上，還多到數不清。即使前幾天才在自己頭皮上經歷過這種事，我仍慌了手腳。那可是艾迪塔老師的頭髮啊，跟和風臉髒兮兮的黑髮怎麼比。

「艾、艾迪塔小姐，妳的頭髮……」

「嗯？喔……」

醜男還在慌。

而老師卻依然氣定神閒。

不當一回事地說道：

「掉了真多。」

多到嚇死人了好嗎！這樣掉一把下來，我看了都痛。

與某醜男日前嚇見圓形脫毛症時差不多的量纏繞在她的手指上。

「我、我馬上幫妳治療……」

我連忙起身。

八成是突然節食影響到頭髮了吧。既然結果證明壓力性禿頭無法以治療魔法根治，那就成了比瀕死重傷還要可怕的身體缺陷。稱為不治之症也不誇張。

然而，老師卻一點也不在乎。

「這樣腦袋就輕一點了吧。」

「不不不，沒這種事。頭髮怎麼會無關緊要呢。」

「怎麼啦？幹嘛著急成這樣？」

「沒有啦，就、就是……」

老師是因為有滿頭的豐盈秀髮，才導致危機意識不足。正由於醜男已經被逼進了死路，才會了解這是多麼巨大的浩劫。

「對我來說，妳現在這樣最有魅力。」

「真的是這樣嗎？」

「當然是真的。」

「可是那、那不過是你自己的想法吧？不是我的意願。」

「妳說的沒錯，那純粹是我的想法。」

老師似乎話中有話。

她想說什麼呢？

「也就是說，我也能說說自己的想法。」

「……老師？」

老師提起繞指的髮絲說道：

「這些東西有多少價值？」

「！……」

這句話對現下的死處男來說，有點太刺激了。

沒看見那些毛囊嗎？

那麼多毛囊悽慘脫落，在妳手上死成一片啊。

「怎麼了？」

「沒有，也不是怎麼了的問題……」

「總之啊，那個，怎麼說。你這麼關心我，我很高興。今晚我就待在房間休息了。肚子餓了，我自己會想辦法處理，不需要那麼操心。」

「…………」

老師就此默默離席。

身影消失在門後，再也看不見。

喀喀的腳步聲也很快就逝去。

現在進形式的禿頭狗很想立刻追上去，倡導毛囊的重要性與肉肉大腿的美好，可是一旁有人喊住了才剛抬起屁股的醜男。

「……禿頭？」

「！……」

果果露上線啦。

這位黑肉蘿小姐聽了我那麼多天心聲，吐嘈也是當然的。不過問得這麼直接，我還是會抖一下。不覺得要給我一點時間作心理準備嗎，果果露？

「說不在意，就是自欺欺人了。」

「…………」

我故作平靜地說。

結果她從房間角落走過來，不曉得想些什麼爬進桌底，撿起地上老師的頭髮，拿到和風臉面前。那幾根都是才剛脫落的金髮，老師臨走前溜出手中的。

沒能趁她在地上爬時看見裙底，好可惜。

「喏。」

「艾迪塔小姐的頭髮怎麼了嗎？」

「…………」

要我仔細看的意思嗎？

我便按照吩咐，垂眼仔細查看。

然後注意到了。

「都沒有……」

髮絲兩端都看不見毛囊。不管怎麼找，就是找不到毛囊，倒是能見到以銳器割斷的俐落切口。我將她給出的頭髮全都看了一遍，無一例外。

這究竟表示什麼呢？

「精靈並沒有說謊。」

「…………」

果果露說的一點也沒錯。

居然會有這種事。

看來我們這個關心旅伴的醜男，竟反過來被老師關心了。而且她還用自己的身體來開導我，十足是艾迪塔老師的作風，令人打從心底想無套交配。

「我看起來有那麼在意這件事嗎？」

「……滿在意的。」

真的假的。我還覺得裝得很自然耶。

而且果果露回答時，還猶豫了很長一段時間。連眼前這位都在怕我受傷。我還一直認為對話這方面是我的主場，真是丟死人啦。果果露請逆姦我。

說穿了，金髮肉肉蘿老師是將自己當成反面教材，盡了全力想助我拋開憂愁。而且今晚還犧牲了自己的頭髮，相信連魔法都用上了。

「…………」

「…………」

還以為她都是在擔心自己肚子上的肉。我居然打從她第一天節食就自以為是地說了那麼多有的沒的，實在羞到無地自容。禿子真是種罪孽深重的動物。

為什麼顯性基因裡會有這種鬼東西？

從前的類人猿們在失去手腳毛髮時也會這麼糾結嗎？「你手上禿了一塊耶。」「我、我哪有禿！」這樣。會是這些人猿沒有因為掉毛而遭到淘汰，所以把光溜溜的皮膚遺傳到了今天嗎？

若真是如此，可以從演化史中感受到禿子的強大之處啊。

人類進化的最後一哩路，就在我的腦袋上上演。

「謝謝妳，果果露。」

「…………」

對和風臉這句話，果果露一個字也沒回答。

因為我真正該道謝的對象不是她吧。

*

隔天，艾迪塔老師和我們一樣，將早餐全吃光了。

隨後是飯後茶時間。

和風臉毫不忸怩地向老師說：

「艾迪塔小姐，昨天真的很謝謝你。」

「……謝什麼？」

老師答得很冷淡，一副「你在說什麼？」的態度，是為了替我顧面子吧。至少她一定是正確掌握了和風臉有何煩惱，有多惶恐。

說不定她還目擊了我對著鏡子試誤的窘態。有時候，照鏡子會讓人驚覺怎麼一恍神就過了這麼多年，怪恐怖的。在這點上，我就很喜歡澡堂的鏡子了。與其他鏡子相比，它比較懂得對醜男的粗糙部位視而不見。

「這個嘛，該從哪說起呢……」

該怎麼回答她才好。

和風臉煩惱到一半，老師站了起來。

接著望向窗外甲板說：

「好啦，來點飯後運動吧。」

「咦？今天也要跑？」

「……不好嗎？」

「不、不是，並沒有哪裡不好……」

看來她只是解除節食令，運動還是要繼續下去。

當然，那絕不是一件壞事。

「不去胡思亂想，跟放縱身體怠惰是兩回事。」

「…………」

非常像是老師會說的話。

老師大多是給人說話比較無情的印象，可是經過這些對話後，我發現她是會徹底為對方想過才開口的人。如此懂得為他人設想之處，在醜男眼裡非常迷人。

不管怎麼說，她也對自己的小肚肚有所自卑吧。被她不向現實的可愛眼神抬眼盯著，讓我感到因昨天的事而拉開的距離又恢復原狀了。

為助人而特地展現自卑之處，這精靈怎麼還是這麼好心啊。豈不是要我愛上妳嗎？

「既然這樣，我也一起跑吧。」

「好、好哇！」

人就是一種說別在意就愈會在意的生物。因此和風臉今早也對頭部放足治療術才踏出房門吃早餐，老師則是如此期盼飯後運動。

然而太鑽牛角尖，忘了自己還有些什麼並不好。

這般難以留心的事極難拿捏，總令人傷透腦筋。

「……我也要跑。」

「甲板這麼小，恐怕不夠妳跑吧……」

所謂的人心，是一種往往不盡人意的東西。

但是怎麼說呢？

共享煩惱之後，我似乎與老師更貼近了一步。

學園都市（一）

Academic City (1st)

飛空艇按照預定時程，安然抵達學園都市。

或許是錯覺吧，多虧在天上意外獲得一段規律生活和運動機會，身體狀況比出發前好上了些，讓和風臉得以精神飽滿地開工。

我們一行從甲板越過棧橋，踏上學園都市聞名的飛空艇碼頭。

「原來這裡是這麼繁華的地方……」

城中高樓林立，不遜於佩尼帝國的首都卡利斯。

據說會議地點是學園都市首屈一指的某某大樓，地位大概與東京的六本木大樓相當吧。該大樓專用的碼頭也位在這都市中高人一等的位置，下方景色教人讚嘆不已。

時間是天剛亮不久。

俯瞰著人們開始一天之計，別有一番感慨。

與建築雜亂的首都卡利斯相比，這裡的街道井然有序，也就是所謂的棋盤式設計，想必也有相應水準的都市計畫。每條街看起來都是歷史悠久，能窺見兩者根基之差異。

「…………」

我往身邊瞄一眼，發現艾迪塔老師臉色不太好看。

難道是暈船了嗎？

路上完全沒那種感覺啊。

「……艾迪塔小姐，還好嗎？」

「嗯？啊，什、什麼事？」

「沒什麼，我看妳好像不太舒服。」

「我、我沒有不舒服喔！很正常，正常！」

「是嗎？那就好。」

該不會是她在學園都市有不好的回憶吧？那可真是對不起她了。可是不對啊，當初是她自己開口要跟，究竟是怎麼了呢？目前沒話題能讓我繼續深入，先擱著吧。

欣賞一會兒街景後，背後忽然有人搭話。

「各位佩尼帝國的使者請往這邊走，小的替各位帶路。」

看來是官差來接客了。

我們便在他招呼之下，從碼頭前往大樓之中。

＊

穿過走廊的同時，帶路的官差順道替我們對這場會議做了番講解。原來距離會議還有好些日子，儘管與會者會陸續抵達，但畢竟是來自世界各國，腳步難統一，得花上一段時間才能到齊。

我們提早這麼多，完全只有乾等的份。

進了學園都市提供的貴賓室後，只能自個兒打發時間了。

是說，房間是比佩尼帝國費茲克勞倫斯家差了一點，不過這只是比較對象級數太高，在我這外行人眼中仍是一晚幾十萬的高級飯店套房。

像這些原木家具，每樣都磨得發亮，對用慣夾板家具的下層人民而言是亮得刺眼。沙發軟得像是能包住全身，一坐下去屁股就要融化了，甚至捨不得再站起來。

「那個，艾迪塔小姐？」

「什麼事？」

我人在套房中的客廳，艾迪塔老師和果果露都在這兒。她們也各有一間套房，只是現在都聚在和風臉的房間裡。

「如果方便的話，能麻煩妳替我補充一點學園都市的相關知識嗎？」

「嗯？你是第一次到這來啊？」

「對。說來慚愧，我對其他國家的事一無所知。」

「喔……」

我向坐對面沙發的金髮肉肉蘿老師討教。

果果露則是蹲坐在房間角落。問她為什麼，她說是為了艾迪塔老師好。就我看來，她其實對老師也頗有好感。

至於她對和風臉是怎麼想的，就是一大團謎了。

「好吧，我就趁現在替你上一堂課。」

「有勞了。」

一聽我求教就雀躍起來的老師好可愛。

不過有個缺憾——若是照以前的套路，她應該已經露底了，但無論我怎麼等就是等不到。其實我們一起行動這麼多天以來，她一次機會也沒給我。

上下樓梯時，是有幾次碰巧目擊帶豪華肥臀的全都露，把卡肉卡縫都飽餐了一頓，就只有關子賣透的正面露底一次也沒有。

看來我的親密度還不足以讓地方的露底舖重新開張。

「想認識學園都市，從地理切入會比較快吧。」

老師清咳一聲進入教學模式，繼續說：

「學園都市分為東西南北，以及我們所下榻的中央區五個大區，這部分跟你蓋的那座城一樣。其他還有稱為特區的區塊，那邊我晚一點再說。」

「原來如此。」

看來的確有明確的都市計畫。

「學園都市不負其名稱，研究與教育工作十分興盛。你上的佩尼帝國王立學校會教的魔法這裡都會教，此外還有語言、數理等方面的科目。總之就是聲音大的人說什麼是學問，什麼就會是學問。」

「原來如此。」

這部分跟我所知的大學似乎差距不大。

差別在於這裡的規模極為龐大吧。

「像你這樣的貴族，無論哪國都將心力放在把持各區權勢上。學園都市沒有佩尼帝國那般的貴族制度，以自己獨特的階級制度分高低。例如教授、副教授這些。」

「原來如此。」

不管什麼時代，人類社會就是愛分高低呢。

「中央掌握最大的權力，所謂的菁英分子幾乎都是那裡的人，會插手有關城市運作的所有事務。這些人呢，在中央設立了一個所謂首腦的機關。」

「原來如此。」

對了，我怎麼只會回原來如此。

多準備點變化比較好吧。

「其餘的權力，則由東西南北去爭搶。中央永遠是最高，其他四區順序則會因時代而變化。也就是會因為未來的熱門研究題材、有力人士的加入等各種因素改朝換代。」

「這樣啊。」

「我上次來這裡時是西強東弱，再來南北相當吧。不過呢，順序變動只是會發生而已，頻率並不高。綜觀歷史，大概是幾十年一次吧。」

「像貴族的派系鬥爭那樣嗎？」

「就是那樣。」

話說老師對學園都市懂得還真多。

該不會曾是關係人士吧？

「然後，雖然剛才說研究範疇並不限於魔法，但主幹無非還是魔法技術。派系中掌握實權的，都是在這方面有所貢獻的學者。」

這時，老師緩慢移動大腿，叉起雙腳。

不，交叉之前，她忽然注意到些什麼而停止動作。

剛抬起的大腿也悄悄退回原處。

這讓我差點就看見了。肥嫩的白皙物體之間深處，有顆黑色寶石似乎閃耀了它的光芒。那是自古以來人類所不斷追求的繁衍子孫之祕寶，跨世界的共通語言。

「…………」

老師該不會露底成癮了吧。

有暴露狂的精靈是嗎，調教慾無限狂飆啊。

「尤其是中央的機構，做的都是時下最熱門的研究。你不是在領地研究過生命藥水嗎？那也是中央的代表性研究項目。其他還有合成魔石等。」

「那也是熱門研究嗎？」

「週期性的啦。從以前就有很多人在挑戰，但真正踏入實作階段的，就我所知只有一個人。而且他只留下些許成品，從此下落不明。不用說，此後再也沒有任何人能達到這一步。」

「這還真是可惜。」

像我做的藥水就脫離不了入浴劑的領域，可見這門學問的確非常艱深。若有機會，我是很想好好檢討如何製作無懈可擊的生命藥水，然而這陣子就連請個夠長的假都有困難。

多想也沒用，總之先解決眼前工作再說。

再來有長假等著我，這樣社畜才撐得下去。

「當然，並沒有任何規定限制這種題材只能交由中央研究。想在哪裡研究什麼都是學者的自由，不過礙於資金與設備問題，自然會有所區分。」

「中央以外有些什麼樣的研究？」

「很多很雜。」

「很多很雜啊？」

「像你最愛的火球術，還有人在研究怎麼改變造型。」

「這就屬於藝術層面了呢。」

怎麼說呢，好像Ｆ級野雞大學文科研究室會做的事。

只要有個頭銜，吸引得到學生就能混口飯吃，大學就是這樣的地方。我至今也夢寐以求的夢想之一，就是成為那種研究室的老大，一邊做些沒營養的研究一邊混吃等死。

「可是，這年頭沒人料得到什麼會在哪裡用得上。能研究出東西，總比放棄思考什麼都不做好多了吧。其實啊，像這種被周圍的人瞧不起的技術在意想不到之處找到舞臺的事還滿常見的。」

「……或許真的是這樣吧。」

喔喔，老師的視野是何其寬廣。

剛才那番話有夠帥的啦。

不小心重新愛上她了。

我真以嘲笑野雞大學的自己為恥。

「因為這個緣故，你就實際用自己的眼睛到處看看吧。在學園都市裡滿地都是發表研究成果的機會，無須證件也能查閱的地方多得是。當然，沒資格就進不去的地方也不少。」

「那真是太期待了。」

「嗯。我也很久沒來了，還滿期待的。」

雖然老師在飛空艇碼頭拉長了臉，說這些話時的臉上卻漾著表裡如一的笑容。會是過了一段時間，身心調整好了嗎？若真是如此，醜男也為她高興。

「方便的話，能請您帶我到處逛逛嗎？」

「好、好哇！有什麼問題，我來當嚮導！」

「謝謝你，艾迪塔小姐。這樣我就放心了。」

「儘管放一百二十個心吧！知道嗎！」

「好的。」

如這句話所示，老師也有十足大姊頭氣概的一面。婚後一定是個好太太，對高齡處男來說分數極高。

總有一天要拜託她裸身穿圍裙，站在廚房小露玉鮑給我看。腦裡自然而然浮現出金髮肉肉蘿老師那哈死人的身影。當初在工作室地下驚鴻一瞥的小縫縫仍記憶猶新，是和風臉一生的至寶。

妄想到這兒，房間角落的果果露忽然站了起來。

「果果露小姐，怎麼了嗎？」

「……沒什麼。」

這距離，她讀不到吧？

魔導貴族說一把長矛的距離啊。

她自己也這麼說了。

是吧，果果露。

「…………」

「…………」

噢，完全搞不懂。

*

我就這麼將老師的學園都市講習一路聽下去。

途中，房門叩叩叩地輕聲響起。

包含我在內，三人的注意力同時轉向走廊。果果露不假思索即刻動身，走幾步來到門前。花幾秒時間，窺探門後的不明來訪者動靜。

結果她轉向我，點了個頭。

「……安全。」

「謝、謝謝，蘿可蘿可小姐。」

好一招隔門讀心。

看來她是主動擔起保全工作。這裡畢竟不是佩尼帝國領土，多提防點不吃虧。能幹僕從的舉止與她蘿氣十足的外表反差頗大，感覺可愛又有趣。

和風臉和艾迪塔老師對話了那麼久，也難怪啦，她已經對加入我們的機會虎視眈眈很久了吧。她這個人很怕寂寞，即使我不會讀心也能猜到她的心思。

先前的反應也是同理吧。這樣就說得通了。

「請進，門沒鎖。」

暗自為果果露竊笑之餘，我請意外的訪客進門。

門扉吱～地滑開，現出走廊上的人影。

「抱歉打擾了。」

來人是年約十五六的少年，長相斯文俊美，頗有中性魅力。身高約一六〇，穿上女裝說不定比普妹還要可愛。

至於打扮呢，那大概是學園都市的制服吧，那件綠底短披風很具特色。底下的襯衫與長褲同款同色，繫了腰帶，領口打了個獨具一格的花樣領帶。

大大的圓眼鏡是為萌點。

「幸會，我是奧斯朋．皮考克，今天負責擔任各位的嚮導。能否讓我占用一點寶貴的時間？」

「這下有禮了。我是田中，代表佩尼帝國而來。」

我也起身寒暄。

「田中大人是嗎？還請您多多指教。」

「向你介紹。這位是艾迪塔小姐，站在那邊的是蘿可蘿可小姐。她們和我一樣，都是佩尼帝國的使者。如你所見，蘿可蘿可小姐是果果露族人，但我們之間沒有高低之分，還請一視同仁，謝謝。」

「知道了。也請兩位小姐多多指教。」

「好、好的，請多指教。」

「……請多指教。」

如同外表，這位少年口吻十分穩重。

很高興他見到果果露族人也能不改顏色地問候，真是個好孩子。在封建制度全開的佩尼帝國不可能會見到這種反應，少說也要從咂嘴起跳。

以後私底下叫他小皮好了。

「對了，這、這位精靈小姐……」

「……什麼事？」

「請恕我冒昧，我們是不是在哪見過？」

「沒有喔。第一次見吧？至少我不認識你。」

「說、說得也是。對不起，第一次見就鬧這種笑話。」

「沒、沒關係，誰都會有誤會的時候。是吧？」

老師徵求同意似的往我看來。這位精靈小姐居然也會用徵詢他人意見的方式甩話題，真是稀奇，樣子看起來還頗為緊張。難道這種中性風格的年輕帥哥是她的菜嗎？

話說回來，這根本是搭訕吧。

老師被帥哥搭訕啦。

我不容許這種事發生。不行，絕對不行。

「是啊，說得對。對了，請問嚮導是什麼意思？」

「咦？啊，好、好的！這個嘛，我這就說明。」

暫且將話題導回原軌了。

小皮端正姿勢，開口說道：

「實在非常抱歉，學園都市的代表目前因公外出，需由副代表代為會見。如果時間上方便的話，請隨我來。」

「既然如此，那就麻煩你帶路了。」

「謝謝田中大人。那麼，這邊請。」

小皮深深一鞠躬，展開一手指引方向。

和風臉就此隨他離開房間。

＊

來到的是看似辦公室的地方。

直通走廊的門後，有個約三十平方公尺的空間。中央擺了張大桌，桌前是一組相對的沙發。周圍三面全是一整排書櫃，包圍所有桌椅。

而靠外的一面則全是落地窗，外頭能鳥瞰學園都市的景致。這樣的房間，讓人不禁猜想東京都心的摩天大樓高層或許也是這種感覺。

購屋欲開始蠢動啦。學園都市不錯喔。

「歡迎蒞臨學園都市，我是中央區副代表克勞斯·布斯教授。」

「幸會幸會，我來自佩尼帝國，敝姓田中。」

坐在桌前的是個年約四十歲半的壯年子。

一身白袍相當亮眼，長相又高又帥，有一八〇吧。三七頭黑髮很有親切感，但他總歸是高加索屬性的帥哥，距離感遠比親切感高。

他和小皮一樣戴了眼鏡。小皮是圓的，他是細長方形。搭配上立體五官與銳利眼神，給人攻擊性頗高的第一印象。

「佩尼帝國的代表動作還真快，距離會議還有好幾天呢。」

「我在佩尼帝國僅僅是男爵地位，與其他大人相比恐怕是差了一截，所以至少要把我國對本次會議的誠意表現出來才行。」

「這樣啊。我相當中意你這率直的態度呢，田中男爵。」

「感謝您的賞識，布斯教授。」

他看起來是個知識分子，我便直接攤開來說，還真的得到不錯的反應。

附帶一提，果果露和艾迪塔老師都留在住房裡。我想帶黑肉蘿去見學園都市的高層是一件危險的事，便獨自前來先看看狀況。

「話說田中男爵，你對佩尼帝國的學校認識多少呢？」

「我認識的並不多，但我有那裡的學生身分。」

「哦？這就有趣了。聽說那裡大多是年輕人不是嗎？」

「即使到了這年紀，我還是有很多想學的東西。」

「原來如此，看來田中男爵你還是個熱心向學的人。」

「所謂活到老，學到老嘛。」

「是啊，一點也沒錯。」

不多念點書，我要靠什麼混飯吃呢？這就是競爭社會殘酷的運作方式。如果可以，我也很想放棄進修，當個多金幼女的小白臉，每天都在吃飯睡覺幼幼片的華爾滋中度過。

「以後有機會，我想跟你聊聊你們學校的事。」

「田中隨時歡迎。」

「嗯。」

其實，我犯了個錯——忘記跟艾迪塔老師問清楚，學園都市裡的教授與佩尼帝國貴族的高低關係了。現在是我一國代表的身分，表現得太卑躬屈膝也不好。

「距離會議還有好些日子，如果對學園都市感興趣，請儘管到處看看吧。皮考克這個人比較忙，我會再派其他人照應你生活所需。」

「非常感謝您如此費心。」

是女學生就好了。

不愛穿內褲又適合小短裙的女學生更好。

「有什麼問題嗎？」

「目前還沒有。」

「是嗎？那我接下來還有事情要辦，今天就先請回吧。要你走這一趟又要你配合我的時間，實在很不好意思。」

「我明白了。感謝您百忙之中見我一面。」

「哪裡，謝謝你走這一趟。」

經過一番節奏明快的對話，布斯教授的接見結束了。和他對話還挺輕鬆的。憑我粗淺的社會經歷來說，這種人辦事特別乾淨利落，打好關係絕不吃虧。

要好好記住他的名字。

*

從布斯教授的房間來到走廊後，帶我過來的小皮已不見人影。這裡與艾迪塔老師和果果露的住房並不遠，我便一派輕鬆地邁開步伐，想自己回去。而那是半小時前的事。

很明顯地，熱騰騰的迷路仔出爐了。

到現在我才體會到現代社會路標文化的美好。原來街道與建築物中隨處可見的各種圖示在非常多的情況下大幅節省了人們的時間。

「……怎麼辦？」

我只是記布斯教授房間的相對位置，不曉得住房樓層是哪一樓。而且每樓構造都一樣，上下樓幾次就搞不懂自己人在幾樓了。

頭伸出窗外直接數數看好了？

不行，這樣實在太悲哀。

去拜訪客戶卻在大樓裡迷路，簡直是職涯危機啊。

「…………」

這麼想著到處亂走時，連裝潢的感覺都變了。迷路成這個地步，恐怕真的難以獨力歸返。現在果果露一個人留在房裡，再這樣下去很危險，我便決定找人問路。

學校的關係人員都知道這裡要辦一場世界性會議吧。只要找個那種感覺的人問問留給來賓的樓層怎麼走，就能回到住房附近了吧。

最壞的情況，就是搬出小皮的名字，請他來接我。即使初來乍到就要丟這種大臉，也是沒辦法的事。要是果果露等不下去，自個兒到處亂跑就糟了，說什麼也得避。

「好，就這麼辦。」

我下定決心，斟酌該找誰問話。

最好是女孩子。

我要年輕可愛的小短裙女學生。

於是我到處走動，尋找合適人選。學園都市不是叫假的，到處是常見於地方大學的結構。大樓之間以空中走廊相連，構成一整個巨大建築。

既然決定要和可愛女生對話，就沒什麼好猶豫了，我往感覺學生較多的方向快速大步向前。隨著牆色與柱體變化，路人數量有增有減，裝扮也開始有所不同。

又走了一段路以後。

在某棟深樓的不靠窗走廊上忽然有吵鬧聲傳來。

「是不是看了就不爽？」「乾脆扒光算了？」「這招讚喔。」「好，脫光光後衣服丟掉。」「這樣就會乖乖認錯了吧。」「一定會。」「怎麼可能做出生命藥水啊。」「好，馬上來脫。」

好多令人心兒飛揚的提案啊。

被扒個精光而痛哭的悲慘女生可愛極了。

腳步自然地往聲音來處轉。在走廊走了幾公尺，拐個彎，發現還有更深僻的地帶。那裡是條死路，完全沒有其他人通行，很少會有人注意。

有三個年約十五的男生圍著一個年紀相仿的女生，每個都是學生吧。衣著與小皮不同，但同樣一眼就看得出是學生制服。款式應該有很多種。

三名男生成員如下：

一個大胖，一個書呆田雞，一個帥哥。

團隊性極強的組合。

然而這種金三角也只能維持到高中。我已經能看見不久的將來，隊長位置的帥哥將會因升學而離隊，和其他帥哥組成打炮團，留下的大胖和田雞就淪落為二次元或偶像宅。

可憐哪。

大胖和田雞太可憐了。

「你們幾個，放手！給我放手啦，變態！」

不過，被他們襲擊的少女更可憐。

「妳才是變態吧？」「妳不是說怕肅清嗎？」「就是說啊，她腦子一定有病。」「她裙子是不是比別人還短啊？」「啊，我也覺得。」「該不會是在等些什麼吧？」

「哇，太噁了吧？」

男生紛紛朝女生伸手。

讚喔，快脫。

我個人是很想好好鑑賞這整場脫衣秀。

可是一個中年大叔從走廊轉角探頭出去偷看性侵現場的畫面實在噁到不能忍，萬一被人發現就慘了。這裡扮演一個嚇阻霸凌仔的大人好了。

名曰在遙遠異國與美少女學生的香豔禁忌之戀作戰。

神啊，給我一個偏愛豬哥叔叔的女生吧。

我將希望賭在這微乎其微的可能上，大腳一跨。

「你們幾個做什麼，簡直丟人現眼。」

「！」

於轉角現身的同時，我出聲訓斥。

就讓他們見識見識大人怎麼玩小孩。

「你、你誰啊！」「這個人長得好奇怪喔！」「你看他，皮膚怎麼那麼黃？」「臉是不是很扁啊？」「簡直像蜥蜴人一樣。」「喂、喂，先等一下，那是貴族的衣服吧？」「哪裡的貴族？」「我哪知道。可是……」

太好了。幸好今天有穿貴族版的正裝。

人類真的是外表決定一切。刻骨銘心啊。

「我問一下，這在你們學校是日常現象嗎？我最近有個親戚要入學，很多事得向布斯教授問個清楚呢。」

反正我也不認識其他人，就借布斯教授之名一用了。內容完全是虛張聲勢。

「喂，真的是貴族啦！」「我、我也是貴族啊！」「衣服看起來很貴，可是長相很窮酸耶。」「只是小國的窮男爵吧？」「一開口就搬布斯教授出來，只是嚇唬人的吧？」

「你是哪裡的貴族！」

不會吧，傷害比想像中更小。

反而有種倒吃回馬槍的感覺。說對了，我就是個窮男爵。事情發展跟想像中不太一樣啊。還以為這三個小子會像蜘蛛寶寶一樣當場跑個無影無蹤。

沒辦法，借用一下理察的名字好了。

已經完全沒有大人玩小孩的感覺就是了。

「我是佩尼帝國的貴族，名列費茲克勞倫斯公爵家門下。假如有榮幸讓各位記得我，日後隨時歡迎透過理察大人聯絡，我隨時候教。」

「佩尼帝國的費茲克勞倫斯？」「真的假的，大貴族耶！」「喂喂，現在怎麼辦？」「問我咧，都、都怪你亂說啦！」「你自己還不是很跩！」「我、我們還是趕快道歉吧……」

三個男生的反應截然不同了。

費茲克勞倫斯家太厲害了吧。

在國外的影響力也大得跟什麼一樣。

根本是跨國企業。

「還有問題嗎？」

「！……」

我稍微壓低聲音問。只見三少渾身一抖，落荒而逃。是以為我們都沒報出姓名，跑掉後就沒事了吧。還挺聰明的嘛。

至於我呢，並沒有追上去的意思。

沒必要做到那種地步吧。

他們的身影轉眼就消失在轉角，噠噠噠的慌亂腳步聲也很快就聽不見了。最後只留下虛張聲勢的可悲窮男爵和衣物凌亂的美少女學生。

「學園都市比我想像中熱鬧多了嘛。」

我隨便說句話轉換氣氛，走向受欺負的女生。

仔細一看，還真是個美少女。與其他高加索人種相比顯得蒼白的皮膚，與紮成雙馬尾的烏亮黑髮給我深刻的印象。體型比艾絲特稍微小一些，感覺像剛入學不久的嬌小國中生。

眼神格外尖銳，威嚇似的瞪著我看。如果她是小岡那樣的大漢就恐怖了，但她體型嬌小長相可愛，反而讓人想疼她。怎麼說呢，就像很愛吠的吉娃娃。

我不禁想起剛認識的艾絲特，有那麼一點感慨。不好，忘了艾絲特吧。她的嬌嬌期已經不會回來了，現在一定是和亞倫恩愛地蕉往吧。

「妳還好嗎？」

「……哪、哪有什麼好不好，根本用不著你來關心！」

噢，很有精神嘛。
是個自尊心頗高的人。
「如果哪裡受傷，我可以幫妳醫治。」
「我才沒受傷！也、也沒人欺負我！」
「那就好。」
果然是霸凌現場啊。我欺負的欺都沒說出口，她卻先急著否定。多半是這樣的霸凌已是常態，讓她防衛意識變得太重了。
她遮掩著凌亂的制服衣襟，警戒著我後退半步。說不定在這次之前，她已有過慘遭輪姦的經驗。這妄想使我的心猛一振奮。輪姦是我心目中的幹炮最終型態啊。想到就興奮到不行。
「要我找女職員來嗎？」
「……為什麼？」
「女性有些女性才懂的問題嘛。」
「！……」
「還是說，妳真的有哪裡受傷……」
「很、很煩耶你！少來煩我！」
當我打算丟個魔法讓她帶著補時，對方卻更快。
幾句對話後，她拔腿就跑，還是全力衝刺。一回神時，她已衝過我身旁，往後一路狂奔。背影與剛才開溜的霸凌仔一個樣，瞬即消失在轉角另一邊。
真是太棒了。
受凌女子我最愛。
更進一步地說，那正港國中女生般的口吻在戀愛弱者心裡激起了悅耳的反響。不知吹了什麼風，逝去青春的一頁彷彿又翻回來了。談戀愛就是要找現任ＪＣ啊。
若真能實現，一定能完全治癒我處男的飢渴。
「……好。」
與小妹妹說到話，給了我那麼點鬥志。

＊

抵達學園都市的第二天。

毛毛蟲般起床的諸位佩尼帝國大使聚集在和風臉配得的住房，一起吃稍晚的早餐。餐點是前不久由隨房女僕用推車送來的。

得此國賓待遇，實在樂死我也。

我以前就好想過這種貴族生活，現在也成真了。

冒著溫暖白煙的湯品沁入剛起床的空腹，真是舒服啊。有些濃稠，像玉米濃湯的感覺。回想起不是超商便當就是牛肉蓋飯的前世，如今的桌況是充實得無與倫比。

「我、我問你喔！」

坐正對面的艾迪塔老師賜問了。

她將餐具擱在桌上，眼神頗為認真。

「什麼事？」

「既然距離那場會議還有很多時間，我、我們去觀光一下怎麼樣？你不是也要我當嚮導嗎？如果沒其他行程，我、我現在就能帶你出去走走喔？」

「真的嗎？」

「嗯！」

「不麻煩的話，請妳一定要當我的嚮導。」

「是嗎！很好！既然這樣，儘管包在我身上！」

好耶。擇日不如撞日，今天行程就是跟艾迪塔老師約會了。

就在我喜不自勝時，忽然感到房間角落有視線射來。不知何時開始，果果露之眼一直盯著我不放。原本不斷把早餐往嘴裡送的手也停了下來，抬眼盯著我，凝視著我。

大概是要我也帶她一起去吧。

順帶一提，她同樣是顧慮艾迪塔老師吧，沒坐在桌邊，一個人蹲坐在地上吃飯。想幫她準備桌子也被她拒絕了。

我們家果果露行為這麼奇葩，有點恐怖啊。

不過覺得虧待她的同時，果果露如此作賤自己的畫面仍不斷刺激著我心裡的雞雞。一旁就是溫暖的同桌天倫樂，這黑肉蘿卻連桌子也沒有，在地上吃裝在托盤裡的飯，可憐又可愛。

至少在晚餐幫她準備一整套桌椅好了，用不用是另一回事。

「可以讓蘿可蘿可小姐一起來嗎？」

「咦？喔，喔喔，好啦，沒關係。」

「謝謝妳。那我們三個一起逛吧。」

好，今天行程敲定了。

原本今天是想逛圖書館，好研究如何調製生髮劑。但既然老師主動開口，豈有不給面子的道理。反正還會留在學園都市好幾天，多得是機會蒐集資料，今天就以約會為優先。

「……對、對了，我問一下。」

「什麼事？」

「不，不是問你……」

老師視線指向果果露。

看來那是在對她說話。

「她怎麼了嗎？」

「……怎樣？」

「我之前就在想了，妳都不坐在椅子上吃，這、這樣真的好嗎……」

老師這幾天用餐總是時不時就瞄她幾眼。無論是從龍城到首都卡利斯，還是從卡利斯到學園都市，她都很注意果果露的用餐情況，好像很不自在。

而果果露本人卻毫不在意地說：

「沒關係。」

「可是，在、在地上吃飯未免也太……」

「不用替我擔心。」

「…………」

妳那是強人所難啊，果果露。

＊

早餐結束後，我們來到學園都市的鬧區。

學園兩字不是掛好看的，整座城一整年到處都有類似之前首都卡利斯那場學技會的發表會。規模有大有小，大至上千上萬人，小則幾十人那麼袖珍。

形式也是五花八門，有典型的限期演講，有所謂的海報發表，甚至辦成美術館般的展示會，非常多樣。

在這當中，艾迪塔老師帶我們去的是——

「這真是不得了啊……」

「是吧？這裡雖然不大，可是歷史悠久喔。」

五彩繽紛的藥水一排排陳列於眼前的畫面，實在令人大開眼界。

彷彿是將寶石博物館的寶石全換成藥水那樣。

「我看你對藥水這方面很感興趣，看看這裡的資料館應該不吃虧。過去的學者所錬成的各種藥水都在這裡展出，配方公開的也蒐集了不少。」

「這真是個寶貴的資料館，光是看這一眼就讓人手癢了。」

「嗯，說的沒錯。」

艾迪塔老師對我的隨口應聲滿意地點點頭。

「所以那個，怎麼說，我一直覺得很過意不去，想過一些方法。積極的就是摘取與治療，不然就是研究替代方案。當、當然，不管怎樣我都會全面協助……」

「過去的事讓它過去吧，我們繼續看下去。」

「啊，好！」

我促請忸怩起來的艾迪塔老師繼續往藥水博物館裡頭走。

果果露稍微保持距離跟來。

紅的、藍的、綠的、清的、濁的，有的還像蛇酒那樣泡了奇異生物。真的有很多種藥水。參觀起來比想像中有趣得多了。

藥水旁還會標示效用或配方，有的還附上研發過程等史料。沒想到這個世界也有這樣的文化設施。

還以為無論學園都市聚集了多少高知識分子，這裡總歸是劍與魔法的奇幻世界，輕視得很。說不定這世界的文明水準遠遠高過了我的想像。

然而很遺憾，看到現在都沒有生髮藥水的蹤跡。我是很想直接問老師，可是經過飛空艇那件事後，這我非得自己來不可。找老師談，她一定會要我別在意。

「單純這樣到處亂看也很有趣呢。」
「是吧？」
「謝謝妳帶我來這麼棒的地方。」
「沒、沒什麼啦，不需要那麼客氣！」
「這裡還真的讓我滿感動的。」
「……是喔。」
沒比這更好的約會行程了。
老師超讚。
豈不是要我愛上妳嗎？
「記得更裡面還、還有鍊製難度更高的藥水。」
我繼續跟從艾迪塔老師在館裡繞，心情真的和逛寶石博物館一樣。如果有紀念品區，感覺會一恍神就買個紫水晶回去。明明那種東西比三角旗跟鑰匙圈更沒用。
「這裡，應該是在這沒錯……找到了，就是它！」
老師指著一個雕飾精美的展示臺說道。
「……這是什麼？」
「目前公開的生命藥水研究中，最有效果的一個。雖然這配方已經有兩百多年了，到現在仍沒有更進一步的成果。」
「原來如此，真有意思。」
「其實還有完成度更高的東西，可是沒有留下配方……」
「妳見過嗎？」
「……不好意思，就只是親眼見過而已。」
「不必不必，光是這樣就很有用了。」
不曉得跟龍城的入浴劑相比，哪個治癒效果更好？
喔不，這樣比也太失禮。
居然起了總之先丟進浴缸裡試試的念頭。
日本人就是這樣的生物。
「無論哪個時代，都渴望著生命藥水的出現。可是從這樣的歷史背景也能看出，這項研究在學園都市已經淪為某種政治工具了。」
「怎麼說？」
「就算做不出來，只要錢花得夠多，聲音夠大就能成名。這麼多年的歷史不是白白累積的。即使生命藥水研發失敗，只要聲稱自己前進了一步，嗯，至少能博得不少名氣。」

就像前幾年的抗癌療法一樣嘛。

都是以不會有十足成果為前提下去研究的。

有點悲哀。

「所以我非常喜歡你的做法，你的入浴劑真的是個傑作。這個地方已經在所謂學園都市的框架中僵化很多年了，正是需要一點刺激的時候。不過呢，這不是一件簡單的事。」

「可見權力的形式不會只受貴族一詞的限制呢。」

「嗯，這件事實在是這無可奈何就是了。」

艾迪塔老師感慨地侃侃而談。

偶爾這樣靜靜地說話也不錯。

如此自得其樂時，一旁忽然有人叫出聲來。

「呃，又是他！那個黃皮貴族！」

是小孩的尖銳聲音，好像在哪聽過。

而且，那黃皮貴族十之八九指的是醜男我。我不禁往聲音來向望去，結果猜得沒錯，幾個面熟的人緊張兮兮地看著我。

不是別人，就是昨天在學校裡遇見的霸凌仔。

該說是果不其然嗎？那個被他們圍著欺負的女生也在。

那是柱子後面，難以察覺的地方。

看來霸凌仔三人組是先發現了和風臉的存在。我太專注於與艾迪塔老師對話，沒怎麼注意周遭。有果果露這最強保鏢在身邊也使我放鬆了警覺。

「可惡！我、我們走！」

指揮官帥哥吠道。

「走、走吧！反正沒什麼好看的了。」

「趕快寫完報告，把事情解決吧。」

大胖&田雞跟著應聲。

或許是上次以費茲克勞倫斯之名給的忠告見效了，他們一注意到我就快步逃離現場。田雞臨走前留下的話能看出他們此行八成是為了找報告作業的資料。

跑得又快又響，表示他們今天又圍著雙馬尾妹妹玩這玩那吧。做這種事，怎麼不找叔叔一起來呢？真想訓他們訓到嘴痠。而且還是在公共建設玩，羨慕死了。

於是乎最後留下的，即是被他們欺負的少女。

我的獎品蘿莉。

「……你認識啊？」

艾迪塔老師瞥她一眼問。

「說過幾句話。」

我簡單回答後，腳步自然往受凌少女走去。

「我們又碰面了，沒受傷吧？」

「！……我、我才沒有受傷！」

她站的位置有兩面牆遮著，旁邊再擺個展示櫃，即成了恰好的隱蔽處，霸凌的絕佳地點。從她連忙整理衣物的樣子來看，噢，已經被他們搞很久了。

這女生讚。很不錯喔。

「那真是太好了。在這種地方鬧大的話，會很難處理。」

「跟我無關！是、是他們自己來煩我的！」

「嗯，我也這麼想呢。」

上次被她跑掉，不過這次感覺能多說幾句話。大概是因為艾迪塔老師這個比獎品蘿莉更嬌小的人就在身邊，使她對和風臉的警戒層級降低了。

至於果果露呢，大概是出於體貼吧，裝成陌生人的樣子，在一邊看滿櫃的藥水。還伸手碰了碰那裝滿液體的燒瓶狀玻璃瓶，有點恐怖。摔了不知道要賠多少。

「那、那我就……」

然而她不像會久留的樣子。

受凌少女很快就想轉身離去。

死處男要全力挽留。

這是必須留人的場景。

「身邊就有這麼棒的設施，還能當成教室來天天使用，真是太令人羨慕了。剛聽他們提到報告，是學校作業嗎？」

「……是沒錯，所以你是有意見嗎？」

她一臉狐疑地看著我。

完全是面對可疑分子的表情。

要不是有艾迪塔老師跟著，早就去報警了。

「沒有。單純因為我不是學園都市的人，對學生怎麼上課，上什麼課有點好奇罷了。我也是有學生身分，自然會對不同學習環境感興趣。」

「……你也是學生？幾歲啦？」

「今年三十有七。」

「什麼嘛，有錢人找樂子而已……」

果然在這個世界，高齡學生也給人這種觀感嗎？我也不是不了解這種想法。我有個年過三十還去念繪圖學校的國中同學，在同學會成為一鳴驚人的傳說。

「我可是有在工作的呢，只是用剩餘資金投資未來而已。」

「說得比唱的好聽。」

「是啊，有這種感覺也是難免的事。」

話說這個雙馬尾妹妹的語氣真不錯。來到這裡後，遇到的都是口吻獨特的女生，這種日本標準式感覺新鮮極了。我是很喜歡鑽頭捲那種奇葩，但偶爾也會犯思鄉。

「這個大叔太噁心了吧」這種話，能給我等同醬油味的鄉愁。啊，突然好想看黑辣妹的A片。如果拜託果果露，她會通融嗎？好想看鬼婆版的果果露。

「那妳跑來這裡做什麼？」

「……要寫報告啊。」

噢，少女散發出想聊的跡象。

凡事都該先努力嘗試再說呢。

「報告？跟藥水有關的嗎？」

「都來這種地方了，這還用問嗎？」

「原來如此。」

「不過那也不是什麼了不起的報告啦。」

「這樣啊？」

「要我們選擇以正反立場，去說明到底有沒有可能合成出生命藥水，很無聊就是了。」

「生命藥水啊……」

這話題來得真好。

但考慮到艾迪塔老師口中的現況，少女所說的作業多半不是真的要學生判斷生命藥水的合成可能，而是讓他們習慣撰寫論文的理科作文。

這年紀就要做這種事，學園都市的教程水準還真不是普通的高啊，比我想像中進取多了。至少我花時間學這東西是二十歲前後，念大學時的事。

「我決定選有可能以後，他們就選不可能來找我麻煩……」

少女鬱鬱地說到這裡，表情猛然扭曲。

看來是想到了比作業內容更難處理的事。

「無論如何，這樣欺負人都不對。這其中有任何緣故嗎？」

「哪、哪有什麼緣故！純粹是他們想找碴！是他們的問題！」

「原來如此。」

對啦，霸凌都麼是這樣。

就算有原因，她也不會對素昧平生的和風臉說。

「夠了吧，以後你不要再、再來管我了！」

對話只多持續短短幾分鐘，少女又一溜煙跑走了。

烏亮的黑髮雙馬尾在背後搖晃的模樣，在那青澀制服的襯托之下，剎那間激起一股追上去的衝動。我想將發自內心的感謝，獻給翩然搖擺的裙子底下那忽隱忽現的白。

默默目送她離去後，艾迪塔老師低聲問：

「讓她跑掉沒關係嗎？」

「我們也沒有親近到那種程度。」

「是喔？那就好……」

接下來，我們這天都按照預定，在老師的學園都市巡禮中度過。

＊

時間就這麼又過了一天。

今天我打算按照原計畫，正式對生髮劑展開調查。為了查詢校外人士也能進出的圖書館，我獨自離開住房，而事情就在我踏上走廊沒多久時發生了。我遇到了一個意外的人物。

「啊……」

「哎呀～！在這裡遇到你也太巧了吧～」

有五個完整人影從轉角拐過來。

每一個我都認識。帶頭的是小皮，接著是艾絲特和鑽頭捲，最後是亞倫和Ｍ魔族。這是怎麼回事呢？

小皮還是老樣子，面帶穩重微笑問道：

「田中大人，怎麼了嗎？」

「皮考克同學，請恕我冒昧，這幾位是……？」

金髮蘿莉他們怎麼會出現在學園都市呢？

大叔有點想不通啊。

再說，讓魔族來參加討論如何對付魔王的會議真的好嗎？對人類來說是無限ＯＵＴ吧。看小皮一點也不覺得哪裡奇怪的樣子來看，應該是噁長毛把頭上角之類的東西藏起來，偽裝成人類了。

算他識相。

視線在兩者之間晃了晃後，Ｍ魔族默默地瞪過來。

放心啦，我不會掀你的底。

「各位該不會認識吧？」

「是啊，就是這麼回事……」

「這幾位貴賓是代表普希共和國的使者。」

「原來如此。」

其中兩名是佩尼帝國人，並不是普希共和國人呢。而且還有一個甚至根本不是人，滿滿的嘈點。抱著再也不見的心情離開，結果短短幾天又重逢了，讓人不由得感到命運的存在。

「你怎麼會在這裡？」

艾絲特搶先在他人前發問。

表情與這幾週看慣了的嬌嬌模式相差甚遠。吊得高高的眼眸射來強勁的目光。問話的語氣也有點硬，似乎摻了點厭惡。緊繃的臉頰是緊張所致吧。

心好痛啊。

「我是以佩尼帝國使者的身分來到這裡的。」

「……哼。」

看來依然是失憶狀態。

「話說伊莉莎白小姐，您怎麼會和亞倫先生來到學園都市──」

「就算你和爸爸關係不錯，也不能隨便喊我的名字。你是男爵，我可是公爵家的大小姐，麻煩你遵守最基本的禮儀好嗎？還是你對我把你當平民懷恨在心？」

「實在非常抱歉，費茲克勞倫斯大小姐。」

「哼……」

金髮蘿莉將頭往旁一甩。

完全是第一天認識的她。

難道蘿莉婊要重拾傲嬌稱號了嗎？不不不，我很清楚再也不見對她對我都好。對她爸爸說過的話，絕對不是逞強。

可是，我還是需要打探他們的動向。

「亞倫先生，晚點有空的話，可以向你請教幾個問題嗎？」

「好、好的，知道了。」

「亞倫？你該不會也認識這個男的吧？」

「嗯，認識啊，艾絲特。」

「……是怎樣？」

蘿莉婊的心情急轉直下。

但亞倫沒有打住，繼續說：

「田中先生，可以的話不需要等，現在就可以談談……」

「這樣好嗎？」

「沒問題。」

「那麼不好意思，占用你一點時間。」

「亞、亞倫等一下，什麼意思啊？你是把這個男的放在我之前嗎？臉那麼扁，皮膚又那麼黃，根本不曉得是那個國家來的耶！跟這種來路不明的人有什麼好說的！」

「對不起，艾絲特。這件事非得找他談不可，能讓我失陪一下子嗎？一下下就好了，我需要這點時間。問候副代表的這段時間就行了。」

原來如此，他們也要會見布斯教授的樣子。

他們正在解前天我們剛到這裡時遭遇的任務吧。

「……等會兒要跟我解釋清楚喔。」

「那當然。」

即使要正面反抗艾絲特，帥哥仍以和風臉為優先。

怎麼有這麼好的人啊！

這就是帥哥的餘裕嗎？

我絕對做不到這種事。

「那就不好意思了。」

「哼，隨便你們。」

「謝謝喔，艾絲特。這真的很重要。」

亞倫就此離開艾絲特身邊，來到我身旁。

「田中先生，麻煩請跟我來。」

「好、好的。話說，這樣真的好嗎？」

「接下來，艾絲特他們要向學園都市的代表打聲招呼。我只是一個小騎士，跟過去也只會礙事而已。再說有件事，我說什麼也得讓你知道。」

「既然這樣，那你就說吧，我也有事情想問你。」

「好，這邊請。」

我們就此逃離艾絲特似的另外找地方說話。

*

兩名男子在走廊走了一會兒，拐了幾個彎，來到人行稀少的地方才止步。接著不約而同面向彼此，分享現有訊息。

「原來是這麼回事……」

亞倫告訴我的，是實在很像艾絲特會做的事。

起因是艾絲特發現她爸知道亞倫的存在。其實那早就眾所皆知了，而失憶少女認為亞倫再這樣下去會有生命危險，便帶他來到這裡。判斷與行動都非常迅速。

不知幸是不幸，鑽頭捲正好在這時約艾絲特出遠門。

原因和和風臉一樣，要參加學園都市舉辦的會議。失去城堡而沒得經營領地，終日無事的她，接下了祖國所給的任務。

這鑽頭捲依然是愛做什麼就做什麼，揮灑她根本不像俘虜的自由。艾絲特也趁此良機，實現私奔之旅。

失憶的艾絲特應該不知道她成了俘虜吧。無所謂，不難想像她能夠離開怎樣都好的心情。一定是細節問都不問，總之先逃來學園都市再說。

「對不起，我態度應該更強硬一點。」

「亞倫先生，你不必道歉。艾絲特小姐的行動力是很高，可是理察先生畢竟是她父親，多小心一點比較好。他應該很了解自己女兒的個性。」

「等、等等，費茲克勞倫斯公爵並沒有特別找我麻煩……」

「請放心。回佩尼帝國後，我會親自跟他疏通。」

和風臉現在需以顧全眼前這暖男的性命為優先。

畢竟這一切未免太湊巧了。

就算鑽頭捲的邀約是真，亞倫與艾絲特同行仍顯得很不自然。單獨出現就算了，怎麼偏偏在這時與她同行呢？我實在不懂。

而且亞倫也知道艾絲特失憶。

因為理察事先聯絡過。

或者說，要脅。

因此，亞倫這麼做完全是賭命。

萬一被爸爸發現了，鐵定要殺頭，他自己應該也明白。而如今艾絲特戀愛模式全開，相信只要哄幾句就能輕易勸退。

直接告訴她，已經和爸爸見過面就行了。

至少，想保住小命就該安分一點。亞倫很清楚費茲克勞倫斯家權力有多大，我非常懷疑他真的敢冒險搞私奔。目前重回柔菲爸爸懷抱才是正途，才是正確答案。

為了他們倆好，真的是如他所說，需要強硬一點。

再給亞倫一年時間砥礪琢磨，相信理察也會明白這位帥哥的好。他原本走的就是這條路，只要多想想就會開竅了。眼前這位帥哥應該沒那麼愚昧。

「真的很抱歉，弄得像是找你求救一樣……」

「和艾絲特小姐相處本來就很容易遇到這種事。雖然我認識她沒你久，對被她的特異行徑耍得團團轉這種事也已經很習慣了。這點程度的話，多得是方法可以應付。」

「……真的很抱歉。」

實在很難不好奇亞倫來此的原因啊。

可是我又不太敢直接問，這該如何是好呢？

男女之間的這個那個，總是不太好開口嘛。

再分享幾個資訊，探探虛實好了。

「對了，亞倫。艾絲特小姐和朵莉絲小姐處得還好嗎？這段時間朵莉絲小姐身上發生的事，都從她記憶裡消失了吧。」

「啊，對。這部分應該是沒問題才對。幸虧朵莉絲小姐和艾絲特從以前交情就不錯，她又是不拘小節的人。即使稍微遲了點，但最後沒花多少時間就跟她解釋清楚了。」

「這樣啊，那就好。」

「就我在旅途上看來，她在各方面都有在注意失憶的事。」

真的假的，那個鑽頭捲也會這麼體貼。

有點難以想像。

還以為她會喜孜孜地拿這捉弄艾絲特呢。

「田中先生，你也跟朵莉絲小姐一樣，是來參加會議的嗎？」

「是啊，我代表佩尼帝國出席。」

「原來是這麼回事。你一個人來？」

「不，還有兩個人。」

「既然這樣，我晚點再去打聲招呼。」

「不用不用，不需要這麼費心啦。」

這可不行，絕對不行。

要是連艾迪塔老師和果果露都被亞倫睡走，我肯定活不下去，心態崩潰。玻璃心清脆地啪一聲折成兩半。這種事說什麼也得避。

一感到強烈需求，未來方針立刻就打定了。

我必須盡全力遠離亞倫和艾絲特這一對。如果可以，以後最好也不要有任何交集。然後會議一結束，就要火速返回佩尼帝國。

這位帥哥是個好帥哥，但這是兩碼子事。

他的下半身和蘿莉龍的爆肚拳一樣危險。

「謝謝你告訴我這麼多，亞倫先生。」

「你太客氣了。給你無端添麻煩，真的很抱歉。」

亞倫莊重誠摯地低頭道歉。

「話說回來，艾絲特小姐今天心情好像特別糟。」

「啊，沒有啦，那是因為……」

「該不會是跟理察先生吵架以後負氣離家的吧？」

「架是的確有吵，不過原因不在那裡。」

「所以是暈船嗎？」

之前她也吐得很厲害。

「跟你說這種事，我也很過意不去。其實是艾絲特在自己房間找到幾本算是日記的東西，內容對現在的她來說難以接受……」

「日記？」

「寫的都是她跟你相處的經過。從頭一天認識開始，寫了非常非常多。內容絕大多數她都不記得，也就是不存在的回憶，所以弄得她心裡很亂吧。」

「我的天啊……」

該不會就是那個吧。某天艾迪塔老師想寫書，艾絲特就說要寫全五十集的史詩鉅作與她較勁。想不到她真的動筆了，而且已經有好幾本，超猛的啦。

不過這種東西一般都是有助於尋回記憶，現在卻造成反效果，醜男業障重啊。根本就是治療不死怪物反而造成傷害那樣。

「怎麼說，實在很抱歉，給你們添麻煩了。」

「不、不會，這不是你該道歉的事！」

然而，我也不是不能理解。

現在的艾絲特見到那樣的東西，對和風臉的反感不急速飆高才怪。目睹那麼多對陌生中年噁男寫的情詩全是自己的筆跡，除了驚悚還會有什麼。

壓力一定是超乎他人想像地大。

若當事人是我，保證哭出來。還會禿頭。

「想不到她真的會去寫。」

「……艾絲特都是認真的啊，田中先生。」

「或許吧，但那都是過去的事了。」

「對你來說可能是這樣，可是我並不喜歡現在這種狀況。我想這對你和艾絲特小姐來說也一樣很不好。」

亞倫表情極為認真地對我說。

聽了這句話，我突然懂了。

原來如此，這帥哥依然是性情耿直到令人肅然起敬。就算要與艾絲特復合，也得在記憶恢復的情況下，堂堂正正的正面睡走她才會心安理得。

剛才的疑問就這麼超乎想像地輕易解決了。

鑽頭捲的邀約對亞倫而言也是場及時雨。他一定也從柔菲那聽說我到學園都市來了，這樣就能解釋他怎麼會跟艾絲特一起來到這裡。

但話說回來，只為了這樣就與爸爸作對，跑到學園都市來，這個人還是一樣那麼帥。同時也能感受到他有多愛艾絲特。紳士指的就是這種人吧。

真的是在賭命呢。

可是呢，你做這種事，很容易炸碎處男的玻璃心。就別太在意和風臉了，儘管去啪個過癮。你應該是個更衷於下半身的人才對。

現在這個可以贏了就跑的狀況，中年大叔我雙手歡迎啊。艾絲特喜歡亞倫，根本不認識什麼和風臉，不是很好嗎？就讓我這沒人愛的趁早告退辭去吧。

「可以的我，我是想和你公平……」

「亞倫先生不好意思，我等等還有急事。」

我將帥哥沒說完的話硬生生截斷。

人好的亞倫一定招架不住。

「這、這樣啊，抱歉耽擱你這麼久。」

他一時慌張起來，猛鞠不曉得第幾次的躬。

儘管那副模樣讓我有點心痛，我也得狠下心說再見。

「哪裡哪裡。那我就在這裡失陪了。」

「好的。謝謝你。」

見亞倫點頭之後，和風臉夾著尾巴離開現場。

原定的圖書館之行就取消了。既然知道M魔族在這裡，說什麼也不能離開果果露身邊。萬一他們在沒有我這緩衝物的狀況下遇上，事情就大條了。

學園都市不比龍城，完全是客場，弄不好還會爆發非人大戰，演變成國際問題。不能給理察和國王添麻煩啊。

我這就快步返回住房，通知她這件事。

*

她們倆一樣在我房裡。

果果露趴在我床上，從門口能以斜上四十五度角偷窺她的下半身。在內褲呼之欲出的邊線上，一瞥、一瞥地玩賞那健康的褐色大腿。

老師在那次吐露心聲之後，始終不露內褲給我看，果果露便成了我稀少露底補給源。但是自始至今，我一次也沒能攻入最深處的異色地帶。好個固若金湯的小短裙。

而且隨著果果露左滾右滾，她的黑肉也在床單上蹭來蹭去。濃濃地蹭來蹭去。床單一定會沾上滿滿的果果露香，我已經等不及今晚的睡眠時間了。怎麼還不天黑呢？

「……你不說了嗎？」

「對、對喔，差點忘了。」

果果露讀了我的心，催我快說。

我便在此要求下，對她們說明為何提早回房。將鑽頭捲和M魔族一起來到這裡，艾絲特和亞倫也與他們同行，暫時會同居一地都交代一遍。

「知道了。」

「謝謝妳的體諒。」

這種時候，果果露真的好方便。即時讀心讓她一瞬間就能通盤理解。鄭重頷首的神態也變得很像樣了呢。冷面妹萬歲。

另一方面，艾迪塔老師聽了說明之後開心地說：

「那個貴族也來了嗎？我們去打聲招呼吧。」

說完便從沙發站起來。

我這才想起老師也見過艾絲特。在魔導貴族主辦的學技會上，她們曾一起觀會，蘇菲亞說她們關係十分友好。有社交障礙的老師會提出這麼主動的要求，即能十二分地證明這件事。

然而很不巧，事情沒那麼簡單。

接在M魔族的存在後，我也說出了艾絲特失憶的事。省略雜七雜八的過程，直截了當地對老師說明狀況。

「原來發生過這種事啊……」

「是的。」

另一件遺憾的事，就是老師沒在床上打滾，而是坐在沙發上校稿什麼的。什麼稿呢，即是前幾天她讓我拜讀的新書原稿。她是打算利用旅行時間完成這本書吧。

「可是這麼一來，她也不記得我了吧……」

「看來過去一段時間內的事，她全都不記得了。」

「這樣啊……」

老師表情好遺憾。

也許她覺得她們之間有不少類似友情的感覺。

「那、那這樣的話，你怎麼辦？」

「什麼意思？」

「就是，怎麼說。和我在這浪費時間不要緊嗎？即使她失去記憶，也不是完全無法挽救吧？如果你有需要，我也很樂意提供幫助……」

她是在說和風臉對蘿莉婊的執著嗎？

若真是如此，那答案是NO。

「這樣誰也不會幸福，所以我主動退出了。」

「……為什麼？」

「她和亞倫在一起才是最幸福的。」

先不論亞倫的想法，這意外將他們倆的事圓得非常漂亮。再來只要帥哥拿出一點骨氣，理察一定遲早會接受，柔菲爸爸也會鼎力支援吧。

亞倫雖然是個下半身品行極為不良的男人，心腸卻極好，也有年紀輕輕就成為騎士團副隊長的實力，又受部下信賴。最厲害的就是他萬中無一的長相了，即使在同性眼裡也是無可挑剔的大帥哥。

「……你真的接受這個結果？」

「真的。」

「都做過那麼多努力了耶。你不是為了她吃了很多苦頭嗎？」

「努力和苦頭都沒有意義。至少對他人是如此。」

重要的是自己滿意。

就當是這樣行不行？

不趁現在跟艾絲特斷得乾淨，以後恐怕會很難受。說起來，這可是個大好良機。不過是一開始就料想到的日子在今天來臨了而已。

「可是你、你不是……一直都很喜、喜歡她嗎？」

「我喜歡艾絲特小姐？」

「對、對呀，你們不是經常在一起嗎？」

老師說的沒錯，我們時不時就一起行動。

不過那都是艾絲特主動接近我。儘管確實也會有不禁想出手的時候，處男仍拿出源自處男的強韌意志力，不斷抵抗到今天。

如今回想起來還真是可惜。好歹該摳個幾次屄的。

「不是，事情不是妳想的那樣。頂多只有尊敬她的為人而已。」

「咦？是、是這樣的嗎？真的？沒騙我吧？」

「沒有，真的是這樣。」

過去的事就像處女一樣，回不來了。

就當她是過往雲煙，在腦中告別她的笑容吧。

永別了，艾絲特。

「既然你自己都這麼說了，我、我也不好多說什麼……」

「謝謝。」

艾迪塔老師低語著坐回沙發，寡歡的表情表示她遠不能接受。然而這一連串騷動都是我和艾絲特的問題，思想成熟的老師沒有再出意見。

於是乎，我又將注意力轉回床上。

當然，是為了磨練攻打果果露小褲褲的技術。

難度比老師更高。

但有挑戰的價值。

「遇到她害我好緊張，我先躺一下喔。」

我隨便找個藉口，坐在果果露所趴的床緣，若無其事地做幾個伸展動作，緩慢但確實地所短與目標的距離，最後以自然的動作躺下。

這張加大雙人床實在很寬，即使果果露在一邊扭，也仍有能躺一個人的空間。我便善加利用這點，要將黑肉蘿的下半身納入視野角落。

果果露對著枕頭趴得直直的。

若比作成熟的竹子，躺在一邊的我就是竹筍了。

長在竹腳下的嫩筍。

腳仍從床緣垂向地板，只有背部以上躺在床上。結果就是，我的頭部正好位在果果露腰部一帶，空前絕後地精準。

眼珠咕嚕一轉，偷看旁邊。只見從民族服裝小短裙底下伸出來的健康大腿，就在幾十公分遠之處。糟糕，比想像中更有魅力，忍不住就想滾過去了。

距離這麼近，她應該全都聽見了。

可是我不管。

不管，我要繼續看。

果果露的褐色大腿，魅惑的果實，就在伸手可及之處。

能感到與艾絲特對話而受傷的心正以驚人速度修復。能不能請她用這對褐色大腿，勒住這顆亞洲腦袋呢？用力，再用力。請將貴公司的小腿肚存放在敝公司的後頸上。

就在愉悅剛開始膨脹不久，事情發生了。

「糟糕……」

房裡響起艾迪塔老師的聲音。

同時嘩啦一聲，有東西散落。既然她這段時間都在校閱原稿，多半是紙疊從手上滑落了吧。聽起來有點麻煩啊。對照頁碼收拾也很累這樣。

「不好意思，有幾張飄到你那兒去了，能幫我撿一下嗎？」

唔，好想再多享受一下褐色大腿。

但這也是沒辦法的事。

拯救老師於危難也是我的義務之一。

我很快就起身了。

「……這邊嗎？」

客廳和床所在的臥房地面沒有高低差。金髮肉肉蘿老師說得對，有一張原稿溜呀溜地跑到了床邊來。其他還有幾張散落在她腳邊。

猜得沒錯，是原稿散了。

趕快幫她撿完，趕快回來鑑賞果果露的大腿吧。

就在我這麼想的下一刻，老師的下半身忽然有了動作。

她為了撿拾落在腳邊的原稿而挪動身體，大腿隨之左右張開，動作大到可以配上唰地一聲。接著保持張開大腿的姿勢，伸手一張又一張地撿起原稿。

這也使得老師緊閉到今天的大腿，以坐在沙發上的姿勢完全敞開，小褲褲全都露。全都露警報！全都露警報！安定的黑色，感人的低腰，中央的小夾縫甚至能清楚地看到細節。

在前往首都卡利斯的馬車上歇業的地方露底鋪，此時此刻重新開張。

沙發桌另一邊，全然忘記閉合的雙腿將老師的羞人之處毫無保留地暴露出來。連大腿內側那個叫什麼來著，因肌肉構造而凹陷的部位都看得見。我超愛那邊的。雖然不知道名字，可是超愛。

「來，是這張吧。」

「唔、嗯！謝謝。」

我故作鎮定，將撿來的紙交給她。

老師答話前後，腳一樣是那麼地開。而且走過去送貨時，她藍色的大眼睛轉了轉，最後直視著我。由於位置一高一低，變得像抬眼那樣。

「……我想拜、拜託你一件事。」

「咦？啊，好哇。什麼事？」

我居然一恍神就死盯著看了。

千鈞一髮之際，我總算將視線移開。

說什麼也不能讓她發現。

「我想裝訂起來。這需要一些設備，能請你用貴族身分幫個忙嗎？」

「這樣啊。現在有得是空閒時間，真的是得好好利用才行呢。」

「就、就是說啊。」

我在首都卡利斯沒待多久就趕到學園都市來了，老師也沒什麼時間處理這本書吧。從帶來原稿這點，我也猜到她會找個適當時機做這件事。

「既然這樣，我就去問問皮考克同學吧。」

不過就是替她問點事，不必露底我也會爽快答應，老師卻故意露給我看，真是個好人啊。做人這麼海派，讓人忍不住想一輩子跟隨她。果然露底就要找艾迪塔老師，令人安心信賴的金字招牌。

而且還扮演為了撿東西而不得不露的角色，實在太棒了。

撿東西嘛，露個內褲也是難免的事。

啊，難免的啦。

「那真是太好了。」

「我也很想早點看到這本書成行，不如就現在去吧。」

「可、可以嗎？你看起來很累的樣子……」

「沒什麼大不了的，妳這件事重要得多了。」

果果露這邊皮膚黑，深一點有影子的地方就看不見了，所以我一次也沒見過那塊布。即使這幾天都陪著她大半天，能從刁鑽角度偷看的機會高頻率發生也一樣。

就這點來說，老師是白肉蘿，黑色內褲率又很高，簡直完美。

「是、是嗎！既然這樣，那、那就拜託嘍！」

「好的。」

我大大地點頭答應。

接著，感到一股視線憑空射來。

最近幾天挺習慣這種感覺了。轉頭一看，只見果果露不知何時坐了起來，在床上直勾勾地看著我。是健康大腿從小短裙下大膽露出的女生坐姿。

「……蘿可蘿可小姐，要一起去嗎？」

「要。」

「知道了，我們三個就一起去吧。」

答得真快。

這個怕寂寞的小丫頭。

＊

想不到拜託小皮後，我們輕易就借到了製書設備。

地點在中央區令一棟大樓一隅，見到的是一整片有如戰前紡織工廠的畫面。有第一次見的機械式，也有不可思議的魔法式印刷機。操作員站成一排，書本一冊冊成形的景象教人讚嘆不已。

研究設施的招牌不是亮假的。

魔導貴族見了八成會樂得跳起來。

然而殺雞焉用牛刀，我們不需要這麼高產能的地方。

說明量少後，人員便介紹我們到另一個地方。那是再穿過幾扇門，一個約十坪大，所謂印刷室的地方。

這裡還有零星幾個手工製書的學生和教職員，是專門提供給個人出版等少量印製的吧。工具一應俱全，感覺用起來很方便。

「嗯？田中男爵？」

「咦？」

突然有人叫我名字。

嚇得轉頭一看，那人居然是副代表。

「這可真巧。受您照顧了，布斯教授。」

「怎麼會來這種地方？」

「我們這有份稿子需要盡快製作成冊，所以我問皮考克同學能不能替找個地方，他就介紹這裡給我們。」

「書？男爵也寫書嗎？」

「不，要印的是這位小姐的著作。」

我順勢向他介紹艾迪塔老師。

「我、我叫艾迪塔。請恕我冒昧，可以跟你們借一下設備嗎？不需要印刷，只是要裝訂成冊而已。」

「這樣啊，太好了。」

「如果只是這樣，儘管用無所謂……」

艾迪塔老師臉上浮現笑容。

而布斯教授看了看她的臉，猶疑地問：

「……請問，我們是不是在哪見過？」

「沒、沒有！」

「是嗎？抱歉，問了個怪問題。」

「沒關係，不、不要緊。可能是我大眾臉吧，常有人這樣說。」

前幾天也見過同樣情境啊。

該不會布斯教授也搞搭訕吧？都一把年紀了還喜歡艾迪塔老師這種肉肉蘿蘿的女生？醜男超愛的，我就是一把年紀了還超愛艾迪塔老師這種肉肉蘿蘿的女生。

話說學園都市蘿莉控還真多，一刻也不能鬆懈。

「方便的話，能借我一閱嗎？」

「好呀，沒問題。我就趁這段時間熟悉一下設備怎麼用好了。」

聽艾迪塔老師這麼說，布斯教授立刻對小皮下指示。

「皮考克，向貴賓介紹設備用法。」

「好、好的！」

小皮挺直背桿，向我們走近一步說：

「設備在這裡，我大致介紹一遍。」

他聽從指示，什麼都替我們說明清楚。所需工具在哪裡，如何使用，能用哪些材料等，介紹得無微不至。

整套聽完後，我們便去找布斯教授拿原稿，準備動工了。他讀得很認真，原本只是簡單翻翻，現在卻一字一句仔細詳閱。

等我們走到身邊，他立刻有所反應。

「不好意思，這真的是妳寫的嗎？」

他直視著艾迪塔老師問。

「不，這是我跟他的共同著作。不是有寫上去嗎？」

金髮肉肉蘿以視線指著封面說。

在那裡，我倆的名字相親相愛地排列在令人有些害羞的標題底下。

在老師旁邊耶，好開心。

「田中男爵是第一作者嗎？」

「因為發現關鍵的是他，並不是我。我不過是寫書說明過程而已。鑑於這點，我在這本書裡所占的比重其實一點也不大。能與他齊名，純粹是他的好意。」

「話雖如此，若不是艾迪塔小姐願意，我也沒法寫出這本書。所以在我心中，艾迪塔小姐才是作者。就請妳別太計較細節，跟我們說好的一樣，當作共同製作吧。」

「唔、嗯……」

要是沒有老師，我根本不會有寫書的念頭。對我而言她才是順當的第一作者。可是不管我說多少次，自尊高的金髮肉肉蘿老師都不願點頭。

「這樣啊？無論妳是否以作者自居，內容品質還是很高。」

「是嗎？這、這個嘛，聽人家這樣說，感覺還不壞嘛……」

當場害羞起來的艾迪塔老師好可愛。

難得一見。

布斯教授看著她繼續說：

「我有個提議，能請妳就書中內容辦場演講嗎？」

「演、演講？」

「我會提供中央區的講堂給妳。距離那場會議還有很充裕的時間，假如有空，還請田中男爵與艾迪塔女士給這裡的人一個增長知識的機會。」

沒想到他會提這種事。

「當然，這也表示這本書的存在將公諸於世。」

「這個，演、演講實在是……」

艾迪塔老師不知如何是好地看過來，抬眼直直地看。而那張臉除了困惑外，似乎有不少好奇心似的味道。她應該也是很有興趣，想挑戰看看吧。

「我尊重妳的決定。」

「我、我決定嗎？」

「對呀，妳怎麼說？我都行。」

「可是……」

「當然，要辦的話，我一定全力協助。」

「…………」

我坦然說出想法後，老師低頭思索了起來。

她腦裡究竟是怎樣的思緒在打轉呢？或許是在想像會場中的大批觀眾，以及站在他們面前的自己吧。會不會緊張到搞砸，能不能正常說話等。

畢竟老師是個拿到哪都響叮噹的怕生蘿莉。

一會兒後，她又抬起了頭。

雙眼正面直視布斯教授。

「好吧，我接受您的提議。」

「感謝妳答應得這麼快。我想這對城裡每個人而言，都會是一次很棒的刺激。」

領首的布斯教授，表情嚴肅的臉上摻了點笑容。心情很不錯的樣子嘛。可見不是場面話，而是真心喜歡書中內容。

能見到老師揚名於世，我也很高興。

但若說信心十足，那就是撒謊了。老師可是活脫脫的社交障礙者啊。

「晚點就來討論相關事宜吧。天黑以後，我會派使者到妳那去。」

「知道了，我等著！」

她頭點得很有自信，真的沒問題嗎？

「嗯。那我還有其他事，先告辭了。」

簡述要旨後，布斯教授快步離去。

不愧是有副代表頭銜的人，很忙碌的樣子。儘管如此，他依然到處視察網羅資訊，讓人充分感受到高層資深學者的氣質。對同樣來到責任者立場的我而言，是非常憧憬的形象。

有種我也得好好努力的感覺啊。

「好、好吧！我們趕快把書做出來！」

「好。有哪裡需要幫忙就儘管說。」

就這樣，即使遭遇一段意外的小插曲，我與老師的製書作業仍順利進行。作業本身不費多少工夫，約是準備晚餐的時間就大功告成，一本熱騰騰的書出現在我們手中。

話說製書這檔事，我還是有生以來第一次呢。

成就感比想像中大好多。

＊

幾天後，布斯教授所提的演講會當天。

我們在帶領下來到學園都市中央區眾多講廳之一。原本只是打算辦一場幾十名聽眾的演講，當時與教授討論時，他也是這麼說的。

可是事先開放聽眾報名後，人潮蜂擁而至，居然幾乎要破千了。在這個沒有電視與網路等大眾媒體的世界，兩三天就有此成果實在是很不得了的事。有種窺見學園都市本質一角的感覺。

因此，教授替我們準備的講廳也比其他地方大上不少。即使與首都卡利斯的學技會會場相比也不分上下。裝潢同樣莊嚴，貴氣逼人，都懷疑自己是不是來錯地方了。

「真、真的要在這裡演講嗎？」

「看來是這樣。」

或許是這個緣故吧，艾迪塔老師發揮出前所未有的抖速。規模與想像中差太多的緣故吧。畢竟她是剛剛才聽說更換會場的事，不只是冷水澆頭，根本是水球砸在臉上了。

「如果妳狀況不好，我可以去把這件事推掉。」

「人都來這麼了，現、現在哪推得掉啊！」

「那要怎麼辦呢？不然就用延期的方式來削減聽眾……」

「我上！我要上！說什麼我都要上！我行的！」

順道一提，果果露留在住房看家。

帶讀心系黑肉蘿來這種場合，恐怕容易招來不必要的誤會。

「知道了，那我就盡量在一旁支援妳吧。」
「真的嗎？你、你要跟我一起上臺嗎？」
「不礙事的話，那當然。」
「好吧！沒問題，拜、拜託你嘍！好嗎！」
「好的。」
聽魔導貴族說，艾迪塔老師在學技會上說得慷慨激昂。更進一步向蘇菲亞詢問細節，她說老師當時抖到不行。有這麼一個能比任何人都近地觀賞這場表演的位子，我怎麼能放過。
要尿褲子也可以喔。
如此在側臺等待時，司儀說到了我們的名字。
在布幕緩緩拉起的這一刻，往舞臺中央進發的時候到了。

*

一開始，我還很擔心艾迪塔老師的處女秀會有悽慘結果。
她整個人是不出所料地腿抖肩也抖，一點也不像會停下來的樣子。儘管如此，老師依然正面面對聽眾卯足了勁去說。就算從她登臺，臺下就不時傳來聽眾噗嗤嗤的無心竊笑，她也拚命說下去。
在她的努力下，隨著演講漸入核心，笑聲也愈來愈少，最後每個人都凝神注目地傾聽老師的演講。看來老師的理論就算來到學園都市也是完全通用。
見到這一連串變化，我心中滿是為她高興的喜悅。
真不愧是金髮肉肉蘿老師啊。
和風臉的戲分也就不多了。順著老師說明，交換或舉高臺上幾面事先預備好的看板即可。
演講按照當初預設的配時平靜地進行。一回神，講程已經消化了大半，只剩下最後一個段落，請人實際飲用紫非所製的魔力藥水。
我是打算隨便挑個聽眾，請他一口氣喝光我昨天製造的藥水。假如沒人舉手，布斯教授才會主動上臺。而事情就在演講即將步入高潮時發生了。

會場一角突然爆出響徹全場的聲音。

「田中田中田中，你整天講他的事做什麼！我們難得一起出國耶！現在跟我在一起的是你耶！不是別人，就是你，亞倫！」

是艾絲特。

原來她也來聽講了。

仔細一看，亞倫、鑽頭捲和M魔族也在一旁。距離會議還有幾天時間，他們是閒來無事才來聽講的吧。我也是同樣的狀況，很容易就能理解他們的想法。

可是，他們怎麼會在這種場合吵起來？

「艾、艾絲特妳冷靜點！在這時候這樣未免……」

「不然怎樣？你要我去跟那個男的在一起嗎？我才不要咧！死也不要！那個男的到底哪裡厲害啊？那本噁心兮兮的日記也絕對是別人編出來的！」

看樣子，是艾絲特與亞倫之間的情愛糾葛又照例炸裂了。偏偏在艾迪塔老師的演講上sparking，很行嘛，蘿莉婊。

「艾絲特！」

亞倫拚命安撫，卻怎樣也無法控制過熱的金髮蘿莉，話照樣整場都聽得見。大貴族的女兒不是白當的，她就是這樣一路耍強橫，能拗的就叫對方把道理吞下去，直到今天的吧。

「都是你一直說他有多厲害，我才勉為其難到這裡聽一下的耶，結果不就是做出了難喝到喝不下的藥水嗎！那種東西在戰場上有什麼用？太難喝而皺眉頭的時候，就會被魔法打死了啦！」

全場聽眾的視線也全聚在艾絲特身上。

「如果真的為了士兵好，就算貴一點也要提供優質藥水才對啊！敢用便宜的劣質藥水就試試看，嘗到甜頭以後下一次、再下一次都只會繼續砍預算而已啦，根本爛透了！」

她還是很會說帥氣的話啊。

非常一針見血。

一度壓低的事，往往很難恢復到原來的高度。所以廁所洗手臺的水才會變弱，休息時間燈光黯淡，深夜沒人開計程車，只有社畜的勞苦與日俱增。

如此說來，或許這門技術還真的不是能隨便公開的東西。

醍醐灌頂啊。

「總之我、我們先出去吧！艾絲特，先出去！」

亞倫不想再多受矚目似的，起身要把金髮蘿莉帶出講廳。牽著她的手不停向周圍鞠躬道歉的模樣，實在很符合他的作風。

另一方面，鑽頭捲和M魔族是鐵了心裝作不認識。

原本坐在他們旁邊，金髮蘿莉一抓狂就火速退到兩個座位外，還用一副「她是不是有病啊？」的臉完美扮演第三者。個性真的好。

「既然要在這麼正式的地方發表，就應該拿更有用的東西出來吧！我看是那個男的急著邀功才會這樣！肯定是這樣沒錯！不止長得醜，內心也很醜陋嘛！」

哎呀，和風臉有被甩到颱風尾的感覺。

對艾絲特的指謫有同感的人想必絕不在少數。這類型的議論本來就不太可能人人都能接受。再加上我和艾迪塔老師都是外地人，恐怕不會獲得太大的支持。

畢竟連我自己都頗為同意。

「艾迪塔小姐，請別介意，繼續說吧。」

於是和風臉從旁向老師如此建議。

在這裡著墨過多準沒好事，最好還是當作一種聲音帶過。那邊有亞倫在，相信能找到合適方法安撫她。今天是布斯教授推我們上臺，得顧及他的顏面，處理得不好會死傷慘重。

然而這種情況下，流出老師口中的卻是對罵。

「……這我可聽不下去。」

「怎樣？」

講臺與觀眾席，互瞪的金髮蘿莉之間火花四濺。

艾迪塔老師難得展現出如此好戰的一面。

可見對老師來說，鍊金術實在是非常重要呢。

「看來妳真的不是我認識的那個人了。」

「哎呀還真巧，我也不認識妳啦！」

這可不妙。

焦慮是我的注意力自然轉向觀眾席最前排的布斯教授。可是這樣不對，現在可不能向他求救。艾迪塔老師和艾絲特都不是學園都市的人，屬於我這邊。

怎麼能找學園都市的副代表解決我這邊的內部紛爭呢。

非得自己想辦法不可。

於是我奪占艾迪塔老師的位置，立於舞臺中央說：

「這位小姐的寶貴意見的確是很有道理，剛才那些指謫全都非常地切中要點。您代表各位指出在戰場上應以怎樣的性質為優先，我在此向您致謝。」

「你、你做什麼啊？」

始終扮演背景人員的我突然開口，引起臺下一片譁然。

連老師都出聲制止。

我無動於衷，莊重地繼續說下去。

「那麼各位聽眾，有誰膽子夠大，敢親自嚐嚐這滋味究竟有多糟嗎？成分保證與方才所述完全相同。或許很難喝，但對人體絕對無害。」

「喂，我還有話要跟那個女的說耶……！」

「怎麼樣？怕有毒的話，我可以先喝一半……」

結果很幸運地，觀眾席上稀稀落落地有人舉手了。太好啦。

看樣子是過得了這關了。

艾迪塔老師和艾絲特都先擺一邊。

我就此硬幹到底，將原定的演講推進到最後一幕。

*

在和風臉的努力與亞倫的支援下，這場因艾絲特大失控而幾乎出軌的演講會總算避開了最壞的結果，最後平安獲得觀眾掌聲而落幕。

「……對不起。」

恢復冷靜的老師一下臺就向我道歉。

「不必不必，妳會憤慨也是當然的。」

那可是理論遭人否定呢。

「不管怎麼說，還是給你造成了很大的困擾……」

「整體而言，那其實是個很好的轉折，一點問題也沒有。」

離開休息室之際，來探視的布斯教授也說這是場很棒的演講，表示我的判斷並不魯莽。或許有些人會認為那是場良好的刺激，抑或是適切的批評吧。

「所以現在，我們應該為演講成功高興。」

「……唔、嗯。好吧。」

肉肉蘿老師不太情願地點了頭。

太好了。

這樣我們也告一段落，剛離開休息室，走在返回住房的路上。儘管沒有明確的獎賞，完成一項重要工作的成就感仍在這一刻使我滿面春風。

今天可以睡個好覺的感覺。

然而，放心也只是一瞬之間。

往住房走的途中，我們在走廊撞上了，拐過一個彎就不期而遇了。對方是誰呢，正是這風波的中心人物艾絲特，亞倫仍在她身邊。

至於鑽頭捲和M魔族就不在了。

「唔，是你……」

「……糟透了，想不到又看到這張臉。」

居然在丁字路口偶遇。

更倒楣的是，我們要走同一個方向。隨著雙方都踏出一步，她們也立刻察覺彼此目的地相同，表情自然就垮了下來，看得我是心驚肉跳。

「我才想那麼說呢，妳這個不懂禮儀的臭丫頭。」

「……妳說什麼？」

「妳不只在演講中大聲喧嘩，甚至偷換議題概念，以外表否定他人的品格。只要是學者，不，只要是人，都不應該有這種行徑吧？妳剛才的所作所為，簡直汙辱了貴族兩個字。」

「！……」

艾迪塔老師連聲批評。

艾絲特表情滿是憤怒。

緊緊握起的拳彷彿隨時會打過去。

「不、不錯嘛，敢汙辱貴族，妳給我等著瞧。」

「艾、艾絲特！妳冷靜點！」

夾在中間的亞倫就可憐了。這次實在是艾絲特的錯，無從反駁艾迪塔老師的指責。就算如此，男友這悲情角色就是非得設法辯護不可。

感同身受地安慰女友，用盡各種方式哄她開心，最後帶回自己家，來場「你是我的唯一」的獎勵炮這種事，一次也好，我也好想體驗看看啊。發射時有很高機率是受精巨蟹鉗。

「兩位，要吵等回國再吵，這裡是學園都市。在國內就算了，現在我們可是代表國家來到這裡，可以謹言慎行，不要做出讓國家名譽掃地的事嗎？」

縱然這對艾迪塔老師不太公平，但現在還是先各打一巴掌吧。

不然艾絲特會爆炸。

「我是無所謂。」

「唔……」

還是老師懂我，愛死妳了。

而艾絲特則是被和風臉說得無力辯駁，一臉不甘。

「對呀，艾絲特。田中先生說的沒錯。」

「又來了！你又說了！田中田中田中，你為什麼滿嘴都是他的名字啊？今天你明明是在跟我約會耶！整天提那個莫名其妙的破男爵做什麼！」

「對、對不起，艾絲特……」

原來如此，我開始明白艾絲特在氣些什麼了。

這顯然是亞倫神經太大條。會是他故意為之，就算死馬當活馬醫，用點強硬手段，也要讓艾絲特恢復記憶嗎？

回想起幾天前的對話，非常有可能。

看來他是真的想正面擊破和風臉啊。

有此風骨實在難能可貴。

教人敬佩。

但在醜男眼中，那簡直是惡魔的行徑。

「哼！我、我跟你們沒什麼好說的！」

蘿莉婊丟下這麼一句話就搶先開溜似的加快腳步離去。

亞倫急忙追上。

不過挑這時候落跑算她倒楣。沒走幾步，走廊另一頭傳來劈哩啪啦的跑步聲。丁字路口的第三方向，也就是我們的前進方向，有人從轉角跑出來。

是幾個學園都市的學生。

最前頭的肩膀與正好走出轉角的艾絲特撞個正著。

「啊！……」

「！」

對方似乎跑得很快，撞得兩人失去平衡。

「艾絲特！」

亞倫眼明手快地抱住蘿莉婊。

撞人的一方則是正面跌個狗吃屎。

「唔……」

可愛的黑髮雙馬尾與跌倒而飛揚的裙襬下那有點卡肉的白色內褲頗為眼熟。正是這幾天我在各地不期而遇的受凌少女JC。

往後面的人看去，照樣是大胖、田雞和帥哥那三個霸凌仔。他們一看到我就嚇得血液倒流，臉色唰地一下發青。

看來她是在躲他們。

「這還真巧呢。」

「妳、妳是怎樣！怎麼撞人啊！」

氣噗噗的艾絲特矛頭自然轉到撞人凶手上。

至於被貴族千金吼的受凌少女——

「！……」

則是在發現自己集周圍矚目於一身時連忙跳起來，同時試圖遮掩一身凌亂的衣物。眼睛急匆匆地東轉西轉，將此處所有人掃視一遍。

「…………」

最後在看清貴族裝扮的和風臉與艾絲特時瞪大眼睛，連道歉的話也沒說就飛也似的逃走了。隨著起跑，裙襬又飄起來露出小褲褲。

「是怎樣，自己撞過來連一句對不起也沒有？」

見到她這舉動，蘿莉婊更氣惱了。

「好了啦，艾絲特妳別氣，那好像是有原因的。」

「……什麼原因？」

亞倫視線所指之處，是那三個霸凌仔。

他是在那瞬間發現少女服裝凌亂，意識到發生什麼事了吧。

*

霸凌仔也和少女一樣打算開溜，卻被亞倫笑瞇瞇地抓回來，詢問究竟出了什麼事。隨之曝光在天底下的，居然是這四位少男少女之間，超乎和風臉想像的曲折關係。

「也就是說，原本都是她在欺負你們？」

「就、就是啊！她仗著自己是家世好的貴族，又是跳級入學，成績還保持得不錯，就整天跩得跟什麼一樣，動不動就取笑我們！」

隊長地位的小帥哥代表三人答話。

「原來如此，實在是很要不得的行為。」

「是吧！」

「那你們為什麼現在能反過來欺負她呢？」

「因為她家道中落，沒有貴族當後盾，自然也沒人願意當她的跟屁蟲了。我們這麼做也、也只是讓她嚐嚐我們的痛苦而已啊，算正當報復吧……」

小帥哥似乎也知道那是不好的行為，話愈說愈小聲。

而亞倫這邊，是以開導的語氣繼續對話。

「我能體會你們的心情。」

「是、是吧！」

「不過，以怨報怨並不是一件好事。」

「！……」

極為平和的語氣，配上充滿慈愛的眼神，簡直帥翻了。小帥哥也是一副無話可說的臉。這就是帥哥的手腕。讓和風臉來做同一件事，八成馬上就一拳砸在臉上。

聽了小帥哥的自白，蘿莉婊則是很不屑地低語：

「說起來，根本是她自己活該嘛。」

根本就不感興趣吧。

擺明關我屁事的態度，實在有夠艾絲特。

剛認識她時就是這種調調。

「因為那在他們雙方心中就是那麼重要的事吧。就像妳在先前的演講痛批臺上的他們一樣。」

「！……」

亞倫這傢伙，是鐵了心想喚回艾絲特的記憶啊。

執著比想像中深多了。

感覺這次真的不是受到下體驅動的決策機關作祟。

「無論你們怎麼欺負她，都得不到真正的幸福。」

「這、這種事我當然知道！但我們真的被她……」

小帥哥這時的表情說有多懊喪就有多懊喪。

貴族欺負起人來，往往極為毒辣。他心中的痛苦恐怕會一輩子跟著他。往大胖和田雞瞄一眼，他們也是一臉糾結地盯著自己的腳尖。

「話說，她是哪一家的人？」

大概是亞倫的話發揮作用了吧。

艾絲特轉移話題似的接下去問。

「好像是佩尼帝國的奧夫修耐達家……」

「咦，她是奧夫修耐達家的？」

「以前她還說自己是老么。」

小帥哥喃喃地回答。

奧夫修耐達，怎麼這麼耳熟啊，究竟是在哪聽過？爬到喉嚨邊的姓氏，使我翻遍記憶的角落。啊，對了，小岡那個滅亡的家族好像就是叫這個。

作夢也想不到他們是親戚啊！

「是喔，奧夫修耐達家……」

「……艾絲特？」

「記得他們不只是家破人亡，還落得抄家滅族的下場。她能活到今天，可能是因為那段時間剛好在國外留學，才躲過了極刑吧。」

聽見那姓氏，艾絲特的眼神變得頗為感慨。

「抄、抄家滅族……」

她的話使霸凌仔的臉色有些變化。

對這幾個小朋友，這字眼似乎太刺激了點。

「那個家族其實非常優秀，潔癖也比任何一家都重。」

「…………」

「所以惹來其他貴族的反感，被他們聯手搞垮了。」

看來小岡他家的人都背負著超乎想像的沉重過往。這種事從公爵千金口中說出來，可信度特別高。說不定費茲克勞倫斯家也參了一腳。

「對了，你們也是來聽剛才的演講嗎？」

亞倫也許是認為再說下去不太好，改為轉移話題。主動排解現下的氣氛。

「對、對呀，想拿來當報告的題材……」

「報告？」

小帥哥答得意外地坦率。

接著以受凌少女也對和風臉說過的話，向不解歪頭的亞倫解釋。那是學校的報告作業，主題是論生命藥水可能與否。

「是喔，還有這種作業啊。」

「我們是認為生命藥水是絕對不可能做出來的啦。」

「這樣啊。」

小帥哥說得很有自信。

是查過很多資料才敢這麼說的吧。

然而金髮肉肉蘿老師有不同看法。

「劈頭就這樣斷定其實不太好喔。否定是無所謂，但你們實驗做到什麼程度了？絕對兩個字，是需要足夠的努力和結果才能說的。」

看來小帥哥的無心之言，牴觸了她心中炙熱的部分。

「不是這樣嗎？人家都已經研究了幾十幾百年，到現在都不懂倒底該怎麼做耶。這樣就表示不管怎麼研究都做不出來吧？」

「過去的成果是這樣沒錯，可是那並不表示未來也是一樣。」

「不、不然是要怎麼寫嘛！」

「如果要用你剛說的話來這篇報告，就必須把『何種程度的技術水準下不可能做到』這種期間與環境的條件也一併寫進去。」

「期間與環境？」

「沒錯。」

喔喔，艾迪塔老師給出了很有老師味的建議耶。平時她蘿氣沖天，看了就想傻笑。外觀與言行差異這麼大真是太香了，整顆心都熱呼呼的。

只可惜，有人想破壞這名場面。

「哼，那還不簡單！期間就永遠，環境就到處都行啊！」

正是蘿莉婊。

事到如今，我才感受到位於她人格基底的價值觀。非常有貴族的樣，或者說不愧是理察的女兒，對內寬宏大量，對外則具有無比強烈的攻擊性。我曾有踏進那條線的經驗，感受特別深。

艾迪塔老師的注意力自然也轉向她。

「可能絕不是零。這個人，讓我看見了一線光明。」

老師往和風臉瞥一眼並且如此聲稱。

她指的是紫韭入浴劑吧。

可是老師，那種話在這種時候完全說不得啊！

「瞧妳說得很不得了的樣子，可是生命藥水是不可能做得出來的啦。妳知不知道有多少人在研究它？當然是不可能的啊。」

「這種事要實際嘗試以後才會知道。」

「嘗試再多也沒用，歷史已經證明一切了。妳居然要學生拿出比這更有力的證據，天底下還有比這更浪費時間的事嗎？」

「所以我之前說的假設與論證就很重要了。」

「對，以報告來說很重要，不過這樣永遠接觸不到正

確答案。即使它合乎報告的旨趣，也與能否做出生命藥水無關。」

「唔……」

兩人丟下小帥哥，逕自鬥起嘴來。原來艾絲特論戰力這麼高。整個上鉤的艾迪塔老師氣得直發抖，有夠可愛。

說來說去，原因都出在蘿莉婊自己寫的日記上吧。作夢也沒想到她真的會寫。早知道就事先提醒理察，在她看見之前先處理掉了。

算了算了，現在後悔這個也沒用。

應該以未來的美好為目標，積極樂觀地走下去。

啊，有了。

如果藉這件事鬧個不歡而散，我與亞倫的距離自然就會拉開。而亞倫遠離我，就等於遠離艾迪塔老師和果果露。

而且拿她們吵的報告作業作文章，可以輕易地把ＪＣ拖進來。如此一來就能保護老師與果果露免於自走炮觸手的侵害，又能得到與現任女學生共處的時間，簡直是一石二鳥之計。

年紀這麼小，有膜率應該很高才對。

校園青春戀愛羅曼史，我來了。

「就讓我買了妳這筆帳吧，費茲克勞倫斯大小姐。」

「幹、幹嘛？你這是什麼意思？」

「田中先生？」

「喂、喂……」

不僅是艾絲特，在場所有視線一起往我射來。

「我支持奧夫修耐達家小姐的論點。在發表報告那一天，我要讓她的報告戰勝他們的報告。我會以此向妳展示實現生命藥水的可能。」

「！」

能感到就在身旁的艾迪塔老師渾身一顫。

「哼，那好！我就維持我的主張，把你可笑的想法鞭個體無完膚！你們幾個，跟我一起來！我來幫你們作報告！」

艾絲特兇狠的視線猛然轉向三人組。

對方表情甚為困擾。

滿滿是「有沒有搞錯～饒了我吧」的眼神。

「艾絲特？話說田中先生，這樣不好吧……」

亞倫似乎全然沒料到事情會如此發展，顯得頗為慌亂。

對不起了，帥哥。現在我要來硬的。

「先說清楚，我可不會放水喔。」

「那最好！要是我贏了，就等著舔我的鞋底吧。」

「我無所謂。」

很好，蘿莉婊漂亮上鉤了。

我還想舔爆妳咧。

其實這種競爭的狀況挺不錯的嘛。

＊

與艾絲特抬完槓的幾小時候，艾迪塔老師、果果露和ＪＣ都聚到了和風臉住房的客廳。ＪＣ是我拜託小皮，透過布斯教授指名她當我的顧問而找來的。

「為、為什麼要我當你們的顧問啊……」

她有氣無力地坐在沙發上。

對面是我和艾迪塔老師。

果果露是不想讓我們進入讀心圈吧，照例以體育課坐姿窩在房間角落。民族服裝風的小短裙底下露出的香嫩大腿教人口水直流。

當初將這坐姿命名為體育課坐姿的人根本天才吧。大多數人都容易將注意力放在前滾翻分腿的功績上，但我認為體育課坐姿的名稱與角色的普及，也應該獲得同等的讚賞。

不過，王者絕非低單槓的地球迴旋莫屬。

發明這招的肯定是蘿莉控。昭和的怪物。

「接下來幾天，請讓我和妳一起完成報告作業。」

「為什麼你們要來幫我寫作業？」

「因為我們和費茲克勞倫斯家的千金小姐打了個賭。單方面做出這種要求，我也覺得很抱歉，但還是請妳務必要幫我們這個忙，好嗎？我們真的沒有惡意。」

「！……」

「怎麼了？」

「沒、沒事，你想太多了！」

「這樣啊？那就好。」

她是對費茲克勞倫斯家有心理陰影吧。有不錯的牽制效果。

可以說她們家不是被肅清假的。

「那你們幫我寫報告，是打算怎麼幫？」

「這個嘛……」

我還沒有具體想法。

不過既然決定要做了，就要戰勝蘿莉婊。我並不排斥舔她的鞋底，但本次作戰也是為了驅離艾絲特，我需要贏得一場在任何人眼裡都無庸置疑的勝利。

「先把妳對生命藥水的了解都寫下來吧。我們再從中挑選適合作主軸的題材，例如在什麼條件下可能達成這樣，為立論鋪路。」

「……怎麼說話突然變得像老師一樣。」

「是喔，像老師嗎？」

鐵定有搞頭。

被這年紀的女生喊老師，是我長年來的夢想。

「幹、幹嘛？」

「既然這樣，以後叫我老師也行喔。」

「不要，聽起來好噁心。」

「…………」

好噁心來啦。朝思暮想的好噁心標籤來啦。

果然很震撼。

不過有點爽。

「話說大叔，有件事我要先問你。」

「什麼事？」

「先前在演講上鬼叫的女生是、是哪家的貴族？」

「她的父親算是我的上司。」

「那該不會就是你剛說的費茲克勞倫斯家的……」

「對，就是當家。」

「啥？大叔，你在耍什麼白痴啊！花再多力氣都沒用好不好！腦子沒問題吧？哪有人會去找上司的女兒麻煩啊！根本找死吧！知道自己幾歲了嗎！」

「這裡不就有一個？」

「少開玩笑了！不要拖我下水好不好！」

「我跟她父親感情很好，這點程度不會有事的。」

「就算是這樣，這場賭已經不是賭了啦！」

「和我一起努力看看吧，絕不會白費力氣喔。」

「跟費茲克勞倫斯當家的千金吵架？怎麼可能贏得了啊，內容根本不重要！貴族就是這種生物，所以才叫貴族啦！你連這種事都不知道嗎？」

「不，我會贏。」

「我、我不要！我不想白費力氣！」

「那妳要在什麼時候才願意花妳的力氣？」

「就是，那、那個，在覺得贏得了的時候用盡全力！」

「……這樣啊。」

完全是尼特心態呢。做都沒做就已經放棄了。

一個強到跳級入學的資優生變成這樣，可見家族覆滅真的打垮了她的心靈。只因為他人一個不高興就落得抄家滅族的下場，不知對這年紀孩子造成了多大的打擊。

但若就此自暴自棄，失去的可就不只是家族，還得賠上自己的未來。她還這麼年輕，又撿回了一條命，不妨就再積極一點地向前走吧。

替她下點猛藥好了。

「其實除了妳之外，我還認識一個奧夫修耐達家的人。」

「……咦？」

「即使家族毀了，他也仍堅守信念，坦蕩蕩地面對自己的人生。如今，佩尼帝國的冒險者沒有人不知道他的名字。」

「真、真的嗎？我們家還有人活下來……」

少女的眼赫然睜大。

「奧夫修耐達家的人不是最擅長化不可能為可能嗎？至少，我所認識的那一位是這樣的人。」

「！……」

這絕不是瞎扯。

別看小岡那樣，他規格可是高得很。

沒有他大力相助，就不會有龍城了吧。

「而現在，我還不能把名字說出來。」

「咦，為、為什麼？快說！」

「等妳全力完成這項作業以後，我才會告訴妳。」

「什……」

ＪＣ一時語塞。

接著道出的言詞，是當然的質疑。

「你、你是騙我的吧！對不對！」

「我並沒有騙妳。我能替妳準備單獨會面，不讓任何人打擾。以我現在的地位，這只是小事一件。甚至能用飛空艇送妳去佩尼帝國。」

「……咦，真的嗎？」

「對，真的。」

我想她受到的震撼絕不算小。

於是和風臉乘勝追擊，一鼓作氣攻陷她。

「如果妳真的是奧夫修耐達家的人，現在就是值得妳全力以赴的時候了，難道不是嗎？只要妳還沒遺忘怎麼努力，相信在不久的將來，一定能見到家人。」

「！……」

我繼續隨便煽動ＪＣ幾句，她就上鉤了。

前貴族不是白當的。

即使沒落了，自尊心依然相當高。

「那好！我知道了！就做給你看！」

「那我們就開始動手吧。照剛才說的那樣。」

「可惡……」

儘管唸唸有詞，少女仍老實聽從指示，往完成報告踏出一步。用我從印刷室討來的紙筆上，流暢寫下一串串文字。

很好很好，就照這樣子鞭策下去。

有種當家教的感覺，我也有點樂在其中。

學生就是要挑可愛女生啊。

學園都市（二）

Academic City (2nd)

與艾絲特宣戰的第二天。

ＪＣ與和風臉按照預訂計畫，在學園都市提供的中央區來賓住房中製作報告。從主題到結論的大綱已大致完成，再來就是充實內容了。

「報告的骨架完成了呢。」

「這真的補得滿嗎？」

「當然補得滿。我們這就去蒐集材料吧。」

「不、不可能吧……」

艾迪塔老師也不時在途中給予建議。

看這情況，應該能寫得很順利。

「低調一點比較好吧？」

「這類的作文，先用一大堆引用把人唬住也是很重要的。引用得多，不止比較會有人去讀，也更有評論的價值。

某些教職員還會認為那表示妳的用心程度。」

「就算這樣，這種弄得像書一樣的報告也不會贏吧……」

ＪＣ一度高漲的鬥志才過一晚就節節倒退了。家族毀滅直落尼特道的經歷恐怕對她造成了超乎想像的心理陰影。

如果能繼續墮下去，取得妓女屬性也不錯。

不過現在就以戰勝艾絲特為目標吧。

「既然妳還有疑慮，我們就實際鍊點藥水如何？」

想著想著，艾迪塔老師忽然提議。

她和昨天一樣，不知何時溜進和風臉房間，坐上沙發就開始喝茶。而果果露也一樣在我上打滾，一樣看不見內褲。

兩人明明都有自己的房間，大多時間卻在我這混。

ＪＣ剛來那時，在床上打滾的黑肉蘿小姐立即投來懷疑的眼光，嚇我一跳。但在和風臉若無其事地繼續招呼她後，果果露很快就移開了注意力。

「也對，這樣或許比較好。」

「啊？為什麼要特地做這種事，好麻煩喔。」

「妳有鍊製藥水的經驗嗎？」

「怎麼可能有啊？」

「那趁現在體驗個一次也不吃虧吧。」

「不要，鍊金術師這麼俗氣，我才不想當呢，這個報告也只是作業需要才弄的。做藥水這種事，不就是沒魔力的人為了混飯吃才搞的嗎？我絕對不幹。」

這丫頭，根本是全力否定艾迪塔老師啊。

「哦？妳這偏見也太嚴重了吧……」

看吧，生氣了。

金髮肉肉蘿老師氣噗噗了。

「當然啊？鍊金術早就退流行了。」

「不然妳想要當什麼？」

「那還用說，我以後要成為魔法師。可以連發足以搖撼大地的大魔法，連龍都能一擊打倒，甚至在暗黑大陸也吃得開的強大魔法師！」

「哼～？大魔法啊？」

「怎、怎樣啦！」

ＪＣ的夢想惹來艾迪塔老師的嗤笑。

我就愛妳這種孩子氣。

「這世上的確是有幾種足以搖撼大地，且凡人肉體所能負荷的大魔法。可是，妳有足以連發這種魔法的資質嗎？在戰場上，沒什麼比要靠魔導具輔助才能放大魔法還難看的喔？」

「資、資質靠努力彌補就行了！」

「努力？」

「對呀，只要夠努力，總有一天用得出來！」

「連一瓶藥水都懶得做的人也敢說這種話？」

「唔……」

受凌少女被戳到痛楚而一臉的不甘，垂在背後的黑髮雙馬尾都氣到抖個不停。這種惱怒的表情也是相當可愛，一如其年齡的率直稚嫩反應，在老師心中敲起悅耳的響聲。

至於孩子氣到不行的艾迪塔老師，也是燦爛極了。駁倒小妹妹的表情，是那麼地清爽。

再這樣下去說不定真的會吵起來，就讓我來仲個裁吧。儘管不至於打起來，使房裡的氣氛繼續惡化也不好。大家一起開開心心做藥水嘛。

「魔法師在學園都市很熱門嗎？」

「那、那還用說嗎？之前我聽人家說過，佩尼帝國是有一個貴族女生，好像是碧曲家的希安吧，大概十五六歲就當上魔法騎士團的副團長了。而且她在民間的知名度也很高喔。」

「妳知道得真多。」

公主婊還滿出名的嘛。

「啊，既然說到佩尼帝國，就不能不提法連閣下了！我好想變成他那樣，他就是我心目中最理想的魔法師！能出生在有他的時代真是太幸福了！」

「原來如此。」

ＪＣ的神采愈說愈飛揚。

其實我認為那位大叔真正的厲害之處並不是魔法高強，而是對魔法相關知識與技術影響之廣泛，以及他將其運用於實際生活上的強大行動力。從房間隔音到飛空艇都親手打造的ＤＩＹ精神肯定是舉世無雙。

只是我也不想破壞懵懂少女的夢想，細節就別提了吧。

「所以在鍊金術這種根本沒人要玩的東西上花那麼多時間也是白搭，再努力也沒意義啦！這樣說來，我的想法才比較合理，而且好得多了吧！」

不過話說回來，動不動就找藉口偷懶實在讓人聽不下去。

這部分非得糾正她不可。

「鍊金術或許是比較俗氣沒錯。」

「是吧！」

「可是俗氣也有俗氣的樂趣。」

「絕對很無聊啦！」

「既然妳這麼說，那就更要讓妳親手嘗試看看了。」

「！……」

我不由分說地將話題拉回原軌，ＪＣ不願得臉都歪了。

這是老師提的議，已經是既定事項。

再說親手做過實驗，對報告肯定有加分。或許我跟她會在報告結束後就此別過，但能萍水相逢也是種緣分，很希望多少為她點一盞明燈。

「那麼，今天的行程就是鍊製藥水了，知道了嗎？」

「絕對很無聊，絕對很無聊啦……」

受凌少女滿腹牢騷唸個不停。

非常不服的樣子。

但是，我怎樣也不會給妳拒絕的權利。

*

我就此帶領尼特妹離開學園都市中央區。

艾迪塔老師和果果露也一道前往。

在老師的帶領下，我們穿過棋盤狀的下城。同樣是大城市，這裡與首都卡利斯風情截然不同，怎麼看也看不膩。對初來乍到的我們而言，儼然是段小而美的市內觀光。

「先、先等一下，妳要走到哪裡去？」

離開住房，已經過了幾十分鐘。

不久前，抱怨的話就從ＪＣ的嘴雞歪個沒完。受凌人士大多有避免外出而嚴重缺乏運動的傾向，而她似乎正是如此，喘得又急又重，肩膀上下起伏。

看她這副德行，我心有戚戚焉。

我來剛來到這世界那段時間，也因為缺乏運動而喘得跟狗一樣。像進森林採草藥這種事，真的把我累慘了。即使隨著數度往返首都卡利斯，我也漸漸習慣，但在那之前實在是吃足苦頭。

「快到了啦，就快了……看到了！就是那間店！」

難掩喜色的老師所指之處，有一間像是雜貨店的鋪子。

這棟石砌的雙層樓房看來年事已久，乍看之下建地約為三十平方公尺，比周圍建築嬌小幾分。感覺有個走路搖搖晃晃的老婆婆住在裡面，非常可愛。

「這是什麼地方？」

「這一帶品項最齊全的店。」

「這樣啊。」

果然是店鋪沒錯。

賣的八成是製造藥水的材料吧。

「來這裡就能一次買齊。」

「知道了。」

艾迪塔老師迫不急待地走向店門。

至於ＪＣ，表情更臭更不滿了。

「這什麼地方，有夠破的……」

可是她似乎沒有開溜的膽，乖乖跟在老師後頭。我看著她們倆，也一併進門。噹噹，清脆鈴聲隨店門敞開響起，歡迎我們的到來。

緊接在跨過門口後，果果露的動靜就從背後消失了。轉頭一看，發現她杵在店門口，只是看著我們。一樣用半閉的眼神，注視前方的我們。

「蘿可蘿可小姐？」

她是發覺有人圖謀不軌嗎？

很快地，她的回答讓我知道自己想多了。

「裡面很窄，我在外面等。」

「知道了，謝謝妳。」

店面的確如同外觀一般狹窄，要是含和風臉在內四個人一起進來，肯定會很擠。如果去過秋葉原那邊混合大樓裡的雜貨店，就是那種感覺。或許是因為如此，果果露將空間讓給老師，自個兒在外面等。

真是個好孩子。

「我去去就來。」

「好。」

向黑肉蘿告別後，醜男的腳才終於走進店裡。

＊

店裡氛圍與艾迪塔老師的工作室有點類似。

櫃檯設在深處，桌面另一邊能見到店員的身影。猛一看是二十五歲左右的女性，然而她尖尖的耳朵透露出她是實際年齡少說破百的精靈。

那身寬鬆的長袍使身體曲線模糊不清，胸部明顯的隆起仍深具魅力。長相也是溫柔穩重型的大姊姊，與豐滿的肉體十分匹配。

從頸側垂下的亞麻色辮子令人印象深刻。

而老師對她詫異地問：

「羅匈草賣完了？」

「對。很抱歉，一株也不剩。」

「這種草也會賣完，太難得了吧。」

「有個中央的教授做研究要用，就全買走了。」

「……這樣啊。」

看來是材料之一賣完了。

老師表情很是沮喪。

「那個教授說用量很大，跑了很多間呢。所以我想不只是我們這，其他地方也都賣光了吧？如果對採藥有自信就別等我們進貨了，自己去採會快得多。」

「知道了。」

「對不起喔。」

「哪裡，這也是沒辦法的事。」

語障老師毫無窒礙地與店員對話，可見她們應該見過不少次面，而這想必也是她優先挑選這間店的原因之一。說不定她們還是同一個精靈族群的呢。

「雖然麻煩，我們還是自己去採好了。」

「小心點喔。不過妳應該沒問題吧。」

「嗯……」

聽了穩重大姊姊的話，陰影蒙上金髮肉肉蘿老師的臉，令人想起剛來到學園都市時的她。老師表情豐富，一點小小的變化都很顯眼。

果不其然，店員姊姊問起了。

「怎麼啦？」

「沒、沒什麼！別在意！」

「是嗎？」

「嗯！」

「等妳安頓好了，要再來我們店裡逛逛喔。」

「這個嘛，那、那個，我想到就會來。」

「好，我等妳。」

嫣然微笑的精靈姊姊好美啊。

和老師聊了會兒藥水材料後，精靈姊姊將注意力移向她背後，也就是和風臉和受凌少女的所在之處。她時不時瞥過來，像是在觀察我們。

「對了，那兩位是妳這次的隊員？」

「對、對呀，可以這麼說。」

「嗯～？又在做好玩的事啦？好好奇喔。」

「沒有啦。」

「哎呀，真冷淡。這麼久不見了耶。」

那夾雜不少懷疑的表情肯定是因為她意識到和風臉的存在。在一海票高加索人種裡的蒙古人種，果真是顯眼到不行。這扁臉黃皮猴是什麼人之類的問題，正在她腦裡打轉吧。

既然老師沒特別介紹我，我還是別多嘴的好。

「那就這樣，先走啦。」

「哎呀，這麼快就要走啦？」

「要買的東西賣光了，再待下去也沒用吧。」

「難得來一趟，多坐一會兒再走嘛。」

「我還有事要忙啦。」

「真可惜。」

「下次見嘍。」

兩人就此結束對話，早早離店。和風臉對櫃檯後的豐滿精靈姊姊點頭致意，也帶著受凌少女跟上領頭的艾迪塔老師。

＊

於是，沒能取得目標材料的我們聽從材料行精靈姊姊的建議，離開學園都市來到位於郊外的森林一隅，要採獨缺的羅匈草。

離城市有幾十公里遠吧。

為縮短交通時間，我們直接用飛行魔法飛過去。

「以、以老大不小還在啃老的人來說，你還滿行的嘛！」

路上ＪＣ還沒事就吠幾句。

她對飛行魔法似乎頗有自信，起飛就搶先衝在前面，抵達時卻喘得跟什麼一樣。看來一般而言，飛行魔法就是這麼耗體力。跟魔導貴族說的一樣。

而和風臉和艾迪塔老師則是一臉的雲淡風清，使ＪＣ對我們的眼光前後有些不同，不禁期待她是否多少另眼相看了。但我想那大半是不爽而已。

「這邊。羅匈草大多長在森林深處，遮蔭多的地方。」

「這樣啊。」

我一路聽艾迪塔老師傳授知識，往林中前進。

總之先記下來，以備不時之需。

和老師一起活動，真的能學到好多。

「哼，這種東西平常就買得到，記這些有何用！」

ＪＣ這不可一世的態度就不能改改嗎？個性完全跟負能量尼特一個樣。真想讓她穿上擺明是成人用途的便宜布料水手服，大白天拉到人多的公路上遛遛。

「現在不就派上用場了嗎？」

「或、或許是這樣沒錯啦，可是為了機率這麼低的事記這些有的沒的，根本脫褲子放屁！精靈這種長壽種族就算了，我們人類壽命這麼短，不用有效率的方式去記東西怎麼行！」

「這麼嘛，說得也是有道理啦……」

「看吧，還是我說得對嘛！」

馬上就被她駁倒啦。

可惡，有點不甘心。

好想揪住那對搖得神氣巴拉的黑髮雙馬尾，掐爆她喉嚨。

「而且大叔啊，年紀都這麼大了還來上什麼學，應該要多幫自己的人生規劃一下吧？就算現在花得起，爸媽的錢可不是永遠都會在那裡的喔。」

而且她還把我瞧扁了的樣子。

我在她眼裡完全是飯桶。

「想學什麼，去學就對了。如果有需要加強，多得是方法能補。」

哎呀，老師那射來一句好帥的話。

酷到不行啊。

「鍊金術師這種底層職業還敢說大話……」

「可是經驗這種東西就非得是自己的不可。妳可不要弄錯嘍。」

「妳又不是老師，說什麼教啊？」

「…………」

然而，尼特妹依然聽不進去。

太可惜了。

我們就這麼在團隊氣氛始終尷尬的情況下穿越森林。值得慶幸的，只有本次探險有果果露相伴，我不怎麼需要提防四周吧。

既懂事又能打，這黑肉蘿比當初想像的有能太多了。考慮到果果露的讀心能力，我們的布陣是讓她打頭陣，後面隔一段長矛的距離才是艾迪塔老師和受凌少女。

走了一陣子之後——

「……有東西。」

果果露忽然止步。

其他人跟著停下，注視她所看的方向，但找不到哪裡值得注意。頂多是地面略為傾斜，周圍繞了一圈低矮植物，只有那裡裸露土地。

那在果果露眼中似乎不太對勁。

「另一邊好像有東西。」

「妳說另一邊？」

「意志薄弱，心緒很不穩定。」

原來如此，是讀到心了。

可是她的反應和平時不太一樣。

「對方該不會不是人吧？」

「大多時候是低等生物。」

「這樣啊。」

不曉得實際是怎樣，總之是生物的樣子。

也許是智能低到無心可讀吧。會不會是冬眠中的熊那類呢，感覺很有可能。畢竟她盯著看的地方是在地底下。

這麼說來，當作沒看見才是上策。這世界的野生動物大多生性凶暴，沒必要故意吵醒。萬一挖出了高等怪物就糗大了。

才這麼想，一旁ＪＣ突然大喊：

「爆風術！」

「啥……」

根本來不及阻止。

衝擊波拔地而起，炸開了果果露所指之處。

炸開的地面下，一扇大門出現在煙塵中。門與地面約有三十度夾角，大概是魔法的關係，表面略顯凹陷。如此金屬製的厚重門扉，無疑是出自人類或類人生物之手。

「這真是意想不到的發現呢……」

「感覺不見了。」

看來果果露是感到這扇通往地下的門後有生物存在，不過被ＪＣ剛放的魔法嚇跑或消失了。

總之，這扇門底下肯定是別有洞天。

「……會是遺跡嗎？」

不禁想起在暗黑大陸發現的魔族設施。

我盯著如此出現在森林一隅，出現在破碎地面之間的神祕門扉。若不是果果露指點，我絕不會發現。不管誰來看，都會認為這是故意藏起來的。

「這種地方有遺跡？」

艾迪塔老師來到我們身邊並提出質疑。

「妳沒聽說過嗎？」

「至少我從沒聽過。」

「這樣啊。」

連老師這學園都市迷都不知道，那麼這扇門究竟有何祕密？

學園都市這麼大，有一兩個瘋狂科學家那樣的教授在郊外偷偷建立都市不允許的危險設施也不足為奇。以位置來看，不太像是未曾發掘的遺跡，魯莽擅闖恐怕很危險。

但ＪＣ根本不懂我的憂慮，叫道：

「遺、遺跡耶，太酷了吧！」

叫得好興奮的樣子。

遺跡一詞似乎是她的關鍵字。

黑髮雙馬尾隨頭部動作活潑跳動。荳蔻年華的青春毛髮與某圓形脫毛狗大不相同，柔柔亮亮、閃閃動人。歷經金髮與褐髮占大多數的異世界人種問題洗禮後，使我重新體會到黑髮的美好。

老實說，好想射她滿臉。

「是嗎？」

「那當然啊！快、快進去看看！快點！」

「呃，這樣不好吧……」

要是有警報系統怎麼辦？

這裡可是住了一票好奇寶寶的學園都市近郊，門後肯定是相關人士的財產。蓋在門上的土連草都沒長，十之八九是故意掩埋的。

不過冒險心旺盛的年輕少女油門已經踩到底了。

「喂喂，大叔你這麼大了還會怕喔？」

「…………」

激將法咧。騎在我臉上激咧。

都說成這樣，那我也沒轍。

非要讓她好好見識中年大叔認真起來是什麼樣不可。

「那好吧，我們去調查看看。」

「是吧！很上道嘛，老師！」

好耶，被她叫老師真爽。

被黑髮雙馬尾少女叫老師真的爽。

其實妳很懂得怎麼使喚醜男老師嘛！

現任學生妹感覺滿點的態度超讚。

「呃，喂！」

感覺很對不起想制止我們的艾迪塔老師。

然而我自己也對這種事頗為興奮。這可是遺跡耶，是地城耶。當然，我多少能猜到會發生什麼事，可是男人這種生物就是會想挑戰看看嘛。

＊

藥水材料蒐集都還沒一撇，我們卻先踏入了遺跡。

先確定一下隊員布陣。

最前頭的是果果露。由於她能遠距感應心思，肉體能力又高，應該能獨力解決大半麻煩。隔一段長矛碰不到的距離，才是艾迪塔老師與雙馬尾妹。

和風臉則位在她們後方幾公尺處。

十分完美。

「原來遺跡這、這麼暗啊……」

ＪＣ有點緊張地喃喃低語。

如她所言，史跡內沒有光源，從入口走了十幾公尺就是一片黑暗。飄在和風臉身旁的小型火球，與果果露和艾迪塔老師的正統照明魔法，是我們用以照亮前方的少數光明。

這裡就拿出點成人風範給她瞧瞧吧。

「稱得上遺跡的地方，每個差不多都是這樣。光是能這樣毫不費勁地往裡頭走，就算是不錯的了。如果是深入地底的遺跡，泡在水裡的還不少。」

其實我根本沒什麼探索遺跡的經驗啦。

只去過暗黑大陸那個Ｍ魔族在維護的物件，以及鑽頭捲城堡的地下遺跡而已。

不由自主地，我回想起探索後者時遭遇的樹繩妖。牠與正巧也進入遺跡的梅賽德斯肉便器版那場聯手演出，如今依然陪伴死處男每一個寂寞的夜晚，屢建奇功。

那麼這座遺跡究竟是如何呢？

要是金髮肉肉蘿老師遭到觸手凌辱，鐵定更可愛。

「這、這樣啊……」

而ＪＣ不懂大人齷齪的想法，讚嘆地說。

說不定她會覺得我是個老練的冒險者，賺了不少分數。

「這裡與學園都市近在眉睫，再加上入口的門這麼容易就能打開，表示最近肯定有人進出。比起遺跡，這裡更像是某種隔離設施。真正該注意的不是怪物，而是陷阱。」

哦呼，老師授課了。

說得也是。的確可能有陷阱。

「陷阱……」

「陷坑或毒氣一類的還算好，有魔法裝置就麻煩了。這其中最慘的就是讓身體不能動的魔法。把人在動彈不得的情況下活生生慢慢壓死的陷阱，事實上相當常見。」

「妳……妳幹嘛，想嚇唬我啊？」

「再來，同樣用魔法把人綁在滑輪或齒輪上，轉動的同時在牆上磨碎的陷阱也差不多常見。大多時候，陷阱都是用來嚇阻入侵者的東西，必然會有一些惡質的設計。」

「！……」

即使ＪＣ表情緊繃，金髮肉肉蘿老師仍繼續追打。

說不定是鍊金術頻頻遭她詆毀，想還以顏色。

「怎麼啦？臉都僵住嘍。」

「我、我才沒有緊張呢！」

「是喔？那妳走最前面，多享受一點冒險的氣氛嘛。以後不是想當大魔法師嗎？一兩個陷阱就在怕，想打倒暗黑大陸的龍恐怕是痴人說夢喔。」

「這個，我，那個……」

尼特妹原本就很蒼白的臉色變得更白了。

實在有點可憐啊。

因為醜男自己也很怕。人肉泥咧。

「不用不用，今天交給蘿可蘿可小姐就行了。」

產自暗黑大陸的她，一次來一兩個陷阱也能輕易暴力破解吧。萬一讓學園都市的學生受傷就糟了。我現在的身分是佩尼帝國大使，怎樣也不能胡來。

就在我加減釋出點善意時——

「我說大叔，你躲最後面也太爛了吧？啊？」

「咦？」

尼特妹轉向我這邊，拉高音量嗆聲。

「讓女人走前面，自己躲後面，未免太丟臉了吧？」

「要這樣說的話，那個，我也沒法反駁……」

我可是準備幫妳們擦屁股耶。不是偶爾會有那種大石頭從背後滾過來的陷阱嗎？鑽頭捲城的地下遺跡也有這種的。

不跟她計較了。

反正ＪＣ可愛。

我們就這麼東聊西聊，和樂融融地深入遺跡。在林中漫步變成遺跡探險的那瞬間，受凌少女的心情突然就好了很多，行進氣氛也愉快了些。

然後不知走了多久。

果果露忽然發出警報。

「……有東西來了。」

低沉蘿莉聲窸窣地傳進醜男耳裡。

狀況緊接著發生。

通道另一頭有東西來勢洶洶地逼近。

十幾公尺外就是一片黑暗，以致看不清細節，但仍能看出有個體型頗大，外觀上恐怕不怎麼友善的生物，用四條腿往這裡奔來。

當然，我們已是備戰架勢。

「艾迪塔小姐，麻煩顧好她。」

「啊，喂！」

我以飛行魔法浮起，從最後端飛往最前線。

來到果果露身邊。

對方的身姿也因此鮮明地映入眼中。

十足地稱得上是怪物。

牠具有大型貓科動物的軀體，背上長了一對鳥類羽翼，尾巴的部位長的卻是蛇一般的長條狀生物，且不知為何咬在牠背上。

從那畸形模樣看來，恐怕遠不是正常生物。

而且腹部內臟還流出體外，垂在地上拖著跑，簡直是滿目瘡痍的最佳寫照。然而其戰鬥本能仍極為強烈，毫不減速地往我們撲來。

「！……」

果果露承受了牠的第一擊。

張大的嘴。

伸出嘴外的兩根巨牙。

全都被向前踏進幾步的果果露用雙手穩穩抓住。

「蘿可蘿可小姐！」

喔喔，戰鬥蘿莉超帥的啦。

即使體格有好幾倍差距，臉上卻沒有絲毫懼色。

面若冰霜地撐住怪物的嘴。

「……沒問題。」

「真、真的嗎？」

「嗯。」

哇喔，迷死人啦。

威力型酷妹實在太棒是也，簡直一把抓住了弱雞型男生的心啊！完全被她抓住啦。緊緊地抓住啦。怎麼說，就是那個，好想被她用蠻力強行硬上。

「……那只是換個說法而已。」

「沒有啦，那個……對啦，是沒錯……」

感謝妳冷靜的吐嘈。

看來她真的是游刃有餘。

就在我重新迷上果果露時——

「你們還好吧！」

怪物出現的方向有另一個人的動靜。

那聲音感覺有點耳熟。

不知又有什麼狀況的眾人注意力全往聲音來向移了過去。隨後在黑暗中現身的，噢，居然是小皮。小皮用魔法飛過來了。穿的還是同一款制服，披風劈哩啪啦飄得好厲害。

「麻煩妳抓好牠！」

隨此一喊，小皮朝前伸出的手放出光芒。

怪物腳下浮現魔法陣。

當我們不知發生何事而戒備時，魔法陣升起一道光柱。

從地面直達通道頂端，颼一下包住對象的感覺。

突來的眩目光輝使習慣了黑暗的我們自然地瞇起眼睛。在狹小幾許的視野中，遭光柱吞沒的怪物嘎嘶一聲發出哀嚎般的咆哮，肉體逐漸崩潰。

羽翼剝離，尾巴斷裂，內臟融得稀爛。

僅照射幾秒時間，怪物便完全失去原來的形體，變得像是醉漢的嘔吐物，或下水道的淤泥那樣。當光輝消退，眼皮抬回原來的高度時，怪物幾乎是液狀了。

認得出的只有果果露抓住的牙齒吧。

「都還好嗎？」

小皮解除飛行魔法，雙腳落地。

並詢問我們的狀況。

「皮考克同學，這到底是……」

「應該是奇美拉。」

「奇美拉？」

「果然沒錯……」

相較不解歪頭的和風臉，艾迪塔老師則是露出不出所料的表情。怪物的遺骸把ＪＣ嚇得躲得遠遠地，只有果果露不改其色，用平時那對鄙視眼看著所有人對話。

「看來是有人在這個地方進行非法研究，我也是接到通報才來的。像這樣的實驗體，我已經看過好幾次了。」

「這種怪物不止一隻嗎？」

「我還沒有特別調查，不過這地方至少有二位數的實驗體在四處遊蕩，非常危險，各位快請回吧。」

「這樣的確是很危險，我們趕快回去比較好。」

「對呀，回去吧。」

只有我和果果露就算了，這次有艾迪塔老師和ＪＣ同行，冒然深入而遇險就不好了。這裡還是老實聽勸吧。

「對、對呀！在來路不名的遺跡裡待太久不好！」

所幸最執著的人也擺明了想走。

反正我們原先的目的是採集藥水材料，並非探索遺跡，沒有深入的打算。不過是想藉探個半小時的險，拉抬ＪＣ的動機而已。

於是我們趁此良機，離開了這個地方。

＊

【蘇菲亞觀點】

今天，我在久違了的女僕工作上盡心盡力。

最近做的全是文書工作，完全怠忽了本業。以打掃房間來說，每天維護是基本功。哪怕只是幾天沒碰，每個角落都會堆起灰塵汙垢。

自螺旋捲小姐幾天前出城以來，我少了個陪她玩的雜務，可以早點整理好帳目。所以，我想應該將這段空下來的時間用在本業上。

即使是打掃，能動動整天辦公而生鏽的身體也是件很舒服的事。比起坐辦公桌，我果然還是比較適合到處活動的工作。

「換打掃艾絲特小姐的房間吧。」

龍城開張後我一直很忙碌，好久沒這樣巡視大家的房間了。像精靈小姐的房間就很髒，她都窩在房間裡不出來，餐具什麼的放得到處都是。

「打擾了。」

儘管明知房間主人不在，我還是姑且出個聲再進門。門後的房間當然只是個空殼，艾絲特小姐離開以後就不曾有人整理過的樣子，隨處可見生活的痕跡。

例如扔在床上的浴袍、掛在椅子上的毛巾。

最引起我注意的，是散落在桌面上的一大堆紙，以及被揉爛的紙團塞滿的垃圾桶。話說，前陣子艾絲特小姐發表過寫書宣言呢。

原來如此，看來她是真的在寫。

「…………」

進了房間，我後手就把門關上，腳步自然而然往書桌走。桌上的紙大半空白，寫好的原稿多半都帶回首都了吧。

但寫得不滿意的就留在這裡了。

「…………」

有點好奇耶。

不，是非常好奇。

「……有、有些沒丟進垃圾桶的垃圾耶。」

我往垃圾桶邊的紙團伸手。

慢慢攤開後，果然沒錯，裡面有字。隨紙張展平而逐漸顯現的，是一行行筆跡優美的字句。艾絲特小姐，字寫得好漂亮喔。

我的眼自然左右掃視起來，逐字看下去。

*

從為期數日的獵龍之行歸返後，我在旅舍房間歇息。亞倫想找我說說話，我卻請他讓我靜一靜，獨自趴在床上。這都是為了整理心中一連這幾天下來亂糟糟的思緒。

會想當冒險者，是基於幾個原因。

第一、我對無聊的校園生活已經膩了。第二、學了這麼久魔法，我想實際用一用。第三、想讓爸爸看看我的實力。其他瑣碎的又多又雜，兩手都數不完。

對於自身周遭環境的不滿，最後以邀朋友一起當冒險者的方式表現出來。不，到了這一刻，我才正確了解到我這樣根本不叫冒險者，只是所謂的冒險者遊戲罷了。

沒錯，只是遊戲。

只因我是遊戲心態，才會遇上高等半獸人就尿濕內褲。因此，我根本想不到他會找我做獵龍這種傳說中英雄的行徑。即使是佩尼帝國，配得上屠龍士稱號的也屈指可數。

事到如今，我還是不能接受自己也擔任了這種角色的事實，當然，我絕不是只有在一邊看而已，也用盡全力使出了希安教我的魔法。我敢以名譽擔保，這是我有史以來最棒的一擊。

可是，那對龍的影響微乎其微。

而法連閣下則是打出了很大的傷害。

他正是配得上屠龍士稱號的人。

不過，連他的魔法都失色的世界，竟然出現在我的眼前。

打倒我們要找的紅龍之後，超越人類理解範疇，稱為古龍的生物現身了。牠是那麼地強大，我一眼就覺得自己死定了。後悔怎麼只把後面給亞倫，前面也該給他的。

在場所有人也都和我一樣，沒有一個說得出話。

在這當中，只有他向前邁進。

光是回想當時的情境，我的股間就開始發疼了。

因為他真的是太帥了。

對方比我們搭往沛沛山的飛空艇還要大，而他面對這麼巨大的怪獸也毫不恐懼，挺身而出。更驚人的是，他竟然與古龍打得不分上下。

真的好帥。

獨處一室的我想起當時的經過就好興奮，自然就回憶起他的重要部位。那已烙在我的腦海裡，揮之不去。回到首都卡利斯後，我幾乎是每晚都會夢見，嘴裡不自覺堆滿口水。

所以，想起我成為人質，害他任由古龍玩弄那時，我就好心痛。

感覺非常對不起他。

儘管如此，他還是沒輸給牠。

更驚人的是，他甚至壓倒了古龍。身在風暴般呼嘯的魔法中也絕不倒下，真的一次也沒有出手，與古龍周旋到底。

而且一句怨言也沒有。

只為了認識以來連一下下都不肯對他笑的我。

所以那讓我打從心底覺得他好帥，無法自拔。

使我的心不自禁地渴求他。

那衝動與我對亞倫的感覺有著根本上的巨大差異。

我已習慣被愛，被愛對我來說再普通不過。父親是強勢貴族的我總是受人追求的一方。因此，我強烈感受到這樣的我應該追求的男性就是他了。

從今以後，我要成為追求的一方。

還強烈渴望懷上他的孩子。

好想結婚，好想懷孕，好想在這層肉底下孕育他的孩子。

真的好想好想，想到都快要發瘋了……

＊

讀到這裡，文章就斷了。多半就是在這裡揉掉的吧。能深切感到字裡行間充滿了艾絲特小姐的愛，那熱情得過火的愛。

「…………」

可是這似乎還不夠，紙張最底下寫了「廢」，再補一句「對他的愛還不夠」。由我這第三者看來，她的愛都滿到噴出來了，她自己卻還沒說夠的樣子。

「……田中先生，艾絲特小姐太厲害了。」

我的主人真的是個罪孽深重的人呢。

把大貴族的女兒迷到這種地步還這樣折磨人家。

實在太過分了。

艾絲特小姐好可憐喔。

「…………」

我將其他揉爛的原稿一一撿起，懷著罪惡感攤開來看。不管哪一張，都寫滿了艾絲特小姐對田中先生的愛的獨白。

即使它們全都標示為廢案，但從中仍能十二分地理解她的心意。只要田中先生能見到任何一張，現在說不定就有不同的未來了呢。

「…………」

請恕我斗膽，這些手札暫時先讓我保管起來吧，艾絲特小姐。

＊

採集藥水材料兼遺跡後的隔天。

佩尼帝國大使之一的扁臉黃皮男爵，再一次將學園都市的學生叫來住房寫報告作業。為了能趕在即將到來的發表會前完成，進行著各式各樣的作業。

然而，現在出現了一個昨天還沒有的懸念。

「好想把大叔換掉，找那個人來教我喔～」

「…………」

相較於探索遺跡前，ＪＣ對和風臉的態度明顯惡化。

她是想起了昨天小皮一擊消滅奇美拉的英姿吧，對什麼表現也沒有的大叔態度非常之差。甚至會故意看我一眼，然後「唉～」地重重嘆氣。

完全把我當啃老玩票的廢物貴族。

「他真的好帥喔～誰看了都會愛上他吧。」

問題果然是臉嗎？是臉嗎？

才覺得感情剛有起步，就被帥哥的介入狠狠地拆遠了。我是難得遇到對等的女生耶，之前沒遇過的普通女生耶！

這就是現實嗎？必然的嗎？

「要當魔法師就要像他那樣吧。大叔你說對吧？」

「就、就是啊。皮考克同學的魔法的確很棒。」

被她徵求同意啦。

老實說，我根本不懂那是什麼魔法，也不曉得效果怎麼樣，奇美拉強不強。但若在這種時候否定小皮，肯定會被她貼上吃醋到惱羞的可悲中年人標籤。

我怎麼會落得如此非得同意不可的下場呢？

「昨天那個閃光魔法，以他的年紀來說是很厲害沒錯。」

連艾迪塔老師都吹起他來啦。

這對死處男傷害有點大。

莫非連老師也愛上小皮了吧。

「但是，奇美拉出現在那種地方實在超可疑。」

「可疑是、是什麼意思？」

ＪＣ對艾迪塔老師的低語提出疑問。

「學園都市郊外的設施裡出現奇美拉，這怎麼說都不會是巧合吧？地點設在這麼近的郊外，有可能被城裡的學者注意到，究竟是什麼原因讓他不挑個更偏僻點的地方呢？」

「原來如此，這麼說來的確很可疑。」

看來艾迪塔老師是在懷疑昨天的怪物是人工產物，而且製造者就在學園都市。更進一步地說，其研究目的恐將造成危害。

「學者脫序的事是這類學術機關必然發生的嗎？」

「不至於必然發生，但不算少。」

就是所謂的瘋狂科學家吧。在日本的大學已經是瀕危動物了，在這個世界說不定分布很廣。不管怎麼說，這類倫理觀都得以劍與魔法的奇幻世界為基準。

「不過我們現在是大使身分……」

做什麼都不太方便啊。

要是魯莽行動而闖禍，面子就丟大了。會變成國際問題。與棘手案件撇清關係是很重要的事，開會就找藉口開溜，收到信過兩三天再回，替自己打造一個遜得恰恰好的形象。

這就是有能社畜的鐵則。上司也在酒席上講過。要緊的是好像是天天走安全路線，在關鍵時刻全力投球就好。然後就是拍上司馬屁。

可是全然不懂企業社會之黑暗的尼特妹卻說：

「什麼嘛，大叔。你真的是遜到不行耶。」

有種ＪＣ評價跌到最底的感覺。

原本應該是成為受她尊敬的老師啊，世事真的是難盡人意啊。

「多少跟皮考克同學看齊一下怎麼樣？」

「…………」

「你就是這樣，才會到現在都還一事無成啦。」

被她說成這樣實在很嘔。

不過，爽卻大過了嘔。

對中年人來說，黑髮雙馬尾ＪＣ主動搭話的機會超級稀少。能和這種女生免費對話真的超開心的啦。再加上那輕蔑的語氣，有種失落的青春回來了的錯覺。

放學後，女生在社團室就是這樣聊天的吧。

「是喔。既然妳都說成這樣了，那好吧。」

「你、你是在好什麼東西？」

醜男深深點頭，從沙發站起。坐對面的她表情僵了一下，投來抗拒的眼神。那該不會是在警戒我吧。

接著，我正面注視她的雙眼，告訴她這個好消息。

「既然妳都說成這樣了，就來揭露真相吧。」

「咦，你認真？」

「我是認真的。」

「不用故意勉強啦，大叔。沒、沒人對你有期待的啦。」

真心怕我出醜的感覺，實在有點哀傷。

話說回來，我看起來有那麼老嗎？啊，該不會她發現我禿頭了吧？一想到這，手就差點往頭髮摸，最後靠我強大的意志力才在千鈞一髮之際避開。

「我沒有勉強。可是相對地，妳要答應我，真相揭露以後要認真念書，可以嗎？」

「要是你真的做得到，不管是念書還是做什麼我都答應啦。倒是你真的沒問題嗎？不要亂來閃到腰喔。」

「都說我是認真的了。」

我是有點椎間盤突出啦，但現在有治療魔法，根本不怕。

永別啦，神經根阻斷術。再也不想見到你了。

「……真的假的？」

「反倒是妳，可別忘了剛才的話喔。」

「好、好啦……」

很好，她答應了。

「那麼事不宜遲，我們這就向布斯教授報告這件事。」

「啊？是、是怎樣！要告密嗎？」

「那當然。學校監督不周之處，就要由學校來收拾。再說，我可沒有指定誰來解決，請別見怪啊。」

「！……」

面對錯愕的ＪＣ，我一臉得意地這麼說。

我只說要解決這件事，並沒說過要親自主導。

「太、太賤了吧！」

「其實不用我去報告，管理階層應該也已經收到消息了。」

畢竟小皮自己都說他是收到通報才來調查的嘛。在校方已經有所行動的狀況下，外行人無端插手只會給人家添亂而已。有常識的人，一般都該自制才對。

「唔……耍、耍這種騙人的手段，太沒大人樣了吧……」

「凡事都要冷靜地仔細思考之後再下決定。妳這個人就是缺了點沉穩。」

和風臉無視於ＪＣ的吠叫，就此離開房間。

＊

我直接來到布斯教授的辦公室找人，可惜他不在。

無奈放下敲門的手而離去，是幾分鐘之前的事。原想就此回房，但忽然想到除開會之外，我還對自己這趟學園都市行訂了第二任務。

腳步自然往圖書館走去。

「喔，找到了……」

至於原因，即是調查生髮劑。

上次是途中遇上艾絲特，剛出房間就斷念了，這次才總算抵達目的地。不過這段路上，我迷了幾十分鐘的路。

好想念指路幼女。

不知道她在首都卡利斯過得好不好？

進圖書館沒多久，醜男就在門邊的櫃檯查到鍊金術相關書集的架位。管理員是男性，東西問到了我就閃人，快步走向目的樓層。

影響人體的藥水位在三樓深處。

走過令人神迷的莊嚴陳設，一路往館員指示的位置前進。

到了目標架位附近，突然有聲音傳來。

「嗯、啊……在、在這種地方……不好啦……」

「小騷貨，都這麼濕啦？」

「啊……」

聲音是從我要去的方向傳來的。

好鹹濕的對話。

「…………」

但是，我兒子一點反應也沒有。

這是因為傳入我耳裡的全都是男性音調。我下意識挺直背脊端正身姿，轉動雙眼掃視四下。最後在一座書架後，書與書的縫隙之間發現了人影。

「……有沒有搞錯啊。」

是小皮和布斯教授。

「嗯、那、那裡，就是那裡……」

「這裡嗎？這裡爽嗎……」

布斯教授把小皮弄得嬌喘連連。

具體說來，布斯教授是從背後抱住小皮。利用彼此身高差距，雙手伸過小皮腋下，扣住他頸部以上，主要是下巴的部位。

這樣的畫面肯定會讓喜歡美形ＧＡＹ片的人血脈賁張。然而對我這熱愛女生的死處男而言，傷害甚鉅。居然讓我撞上這麼不得了的事。這種記憶絕對是會在夢裡跑出來的那種啊。

而且是會在我跟女生恩愛時偷偷掉包那種。

「呵呵，你還是這麼淫蕩。今天也主動跑來挑逗我……」

「因、因為我好想要教授的那個，想到快受不了了……」

「你也太可愛了吧。」

不幸中的大幸是他們衣服都還穿在身上吧，就只是隔著衣物互摸而已。也就是前戲的淫語時間。若是圈圈叉叉的當下就哭了。

「教授，給我。快把你勇猛的那個，給我……」

「你的性慾還真是無底洞。想不到我也有為男性痴狂的一天啊……」

「因為……教、教授的雞雞實在太厲害了嘛……」

不行了，再聽下去我腦袋會爆炸。

當場向後轉，溜之大吉。

結果一轉身，卻發現身邊多了一張熟人的臉，不知何時摸到我身旁來了。

「哼～？長得那麼乖，沒想到挺愛玩的嘛……」

是鑽頭捲。

鑽頭捲以樂此不疲的眼神，注視交纏的男子。

M魔族不在她身邊。

「妳、妳是什麼時候來的？」

「我看到你走進圖書館，一時好奇就跟來啦。」

「……這樣啊。」

完全沒發現。

想不到她會跟蹤我。

「這也是為了打發時間？」

「對呀～莉茲心情不好，都不陪我玩。找跟她來的騎士說話，她果然馬上就吼我。早知道就帶蘇菲亞一起來了，她很能配合我的需求喔～可以送給我嗎～？」

看來蘇菲亞在龍城裡還負責陪她聊天呢。被麻煩人物纏上，真是難為她了。這女僕那麼膽小，八成是畏懼她的貴族頭銜，小心翼翼地與她來往吧。

「假如蘇菲亞小姐願意到妳那邊去，我也不會阻止她。但是，要是妳想利用權力逼她就範，我從這一刻起會成為妳的敵人喔。」

「我、我知道啦～！只是開個小玩笑嘛～？開玩笑的啦～！」

稍微威嚇一下，鑽頭捲就表現出好好玩的反應。

大概是那場戰事中的火球依然深烙在她的腦海裡吧。

「嗯，我知道。朵莉絲小姐妳總是很會開玩笑。」

「就是啊，喔、喔呵呵呵！我總是非常懂得開玩笑喔～！」

「對了，有件事想問妳一下。他怎麼沒跟妳在一起？」

「給羅士嗎？他說感覺到奇怪的波動，不曉得跑去哪裡了～」

「原來如此。」

波動是什麼意思？

以前上司也說過一模一樣的話，隨後就消失在夜晚的洗澡街了。

希望他不是想要詭計。他知道和風臉也在學園都市，對上次那件事我也充分抗議過了。相信他至少在我看得見的範圍內，應該不會故意製造混亂。

「怎麼啦？該不會是開始注意給羅士了吧～？」

「我只是覺得不能忽視他的動向而已。」

「哎呀，難道你也對男人有興趣嗎～？你喜歡這一路啊～？」

鑽頭捲眼睛一瞥，以視線指示小皮與布斯教授那邊說道。

他們似乎還沒發現我們。

對他人的視線渾然不覺，熾烈交歡。

「怎麼會呢。說來抱歉，有他在時很難放心跟妳說話，所以需要先問清楚。前幾天剛見面就被他瞪，連跟妳說話的機會都沒有呢。」

「難道說，你想追求我？」

「那妳想被我追求嗎？」

「喔呵呵呵呵，等你換張臉再來跟我囂張吧～！」

死鑽頭捲，嗆得很精準嘛。

看我遲早睡了妳。

話說回來，現在狀況不太妙。就在幾公尺外，有兩個男人以隨時會脫之勢互相交纏，嘴都親下去了。而且是舌頭喇在一塊兒，很濃很濕的那種，從剛才就親個沒完。糟糕，我不行了。

「好了，我差不多該走了。」

「哎呀，你不看到最後嗎？」

「小姐何出此言？」

「這樣就有小辮子啦。」

「……就算如此，這種辮子我還是免了。」

其實她挺冷靜的嘛。

假如這是艾絲特與鑽頭捲在搞蕾，我也會這麼想吧。保證會欣賞到最後。然而我們注意力所在之處，正打得火熱的兩位都是男性。

無論小皮長得再可愛再像女生，我也受不了，辦不到。

「哼～？那我也一起走吧～」

「為什麼？」

「因為我很無聊嘛。」

「…………」

麻煩了。

我要查的東西很敏感，讓鑽頭捲跟著不太好。原本這是個開心的提議，現在卻令人傷腦筋。這蘿莉這麼大嘴巴，都能看見她到處放送給人聽了。

「不好意思，我還有其他事要忙……」

「有事？什麼事啊？我可以幫你喔～」

「不了不了，謝謝妳的好意。」

是怎樣，為什麼查個書會這麼多阻礙啊？圖書館咫尺天涯、看見男人搞基、被鑽頭捲纏上這些，會不會都是最近ＬＵＣ狂降所致呢？

不不不，是我想多了。一定是我想多了。要努力往這裡想。在龍城那時候，明明就沒有那麼低啊！反而還看破理察的計謀，經營方面也是無往不利，幸運得很。

「那麼，我先告辭了。」

「啊，慢著，你等一下！」

禿子將鑽頭捲丟在這裡，夾著尾巴跑走了。

*

逃離雞雞劇場後這段時間，我都在圖書館裡四處亂晃，為應該離開還是繼續調查苦惱。鑽頭捲已經順利甩掉了，若繼續調查，就要設法避免再遇上她，往目標書架前進。

該怎麼辦才好呢？

我就這麼來來回回苦惱了好幾分鐘。

最後在一樓一角聽見熟悉的聲音。到處望一望，發現幾個人聚在由書架所環繞，擺了幾張桌子的地方。他們圍著一張桌子，像是在Ｋ書。

「你停一下，這邊弄錯了。」

「咦？請、請問哪邊？」

「這邊啦，這邊。我不是才剛說過嗎？」

「啊，對、對耶！謝謝！」

是艾絲特。

周圍還有其他人，我同樣也見過。就是欺負ＪＣ的大胖，田雞和帥哥三個小弟弟。他們和蘿莉婊共圍了一桌，拿著筆面對桌上紙張。

該不會艾絲特真的在指導他們寫報告吧？

「啊，等等，又弄錯了。這邊不能這樣……」

「對、對不起！」

一遭糾正便頻頻低頭道歉的是帥哥隊長。

艾絲特睜大了眼睛檢視著他們的筆尖，一有錯誤就立刻挑出，往正確方向引導。口氣聽起來有些嚴格，但她協助那三人做報告的熱誠，也流露出她溫柔的一面。

那群神氣的少年面對艾絲特也是敬語前敬語後。

但那不是拍貴族馬屁，單純是順從的樣子。

「那個，費、費茲克勞倫斯大小姐……」

書呆田雞戰戰兢兢地向艾絲特說話。

「什麼事？」

「費茲克勞倫斯大小姐，那個，您懂好多喔……」

「哼哼，還好啦。我好歹也是佩尼帝國王立學校的學生，你們這年紀的課程內容，我多少還能教一點。只要是我答得出來的，儘管問沒關係。」

「佩尼帝國的王立學校？好厲害喔！」

「是、是嗎？」

「那裡不是歷史悠久格調高尚，學生都是萬中選一嗎？在學園都市，也有很多學生想進佩尼帝國的王立學校！也有很多教授因為那裡待遇好，想去那教書呢！」

「有這種事喔？都沒聽說過。」

「那個，其實我自己也、也是其中一個！」

臭書呆田雞，你是愛上艾絲特了吧？看蘿莉婊的眼神悶熱到不行。而且視線動不動就往大腿呀胸部跑，這小鬼挺早熟的嘛。

偷看他們這樣，我的心一陣一陣刺痛啊。

忍不住會想，要是自己跟他們一樣年輕就好了什麼的。

不行，我放棄回春了。潑出去的水收不回來了。

「請、請問學費大概要多少？」

「學費嘛……那個，到底是多少啊？每年五百枚金幣左右？」

「咦！需、需需、需要那麼多嗎？」

「學校不就是這樣的嗎？這裡要多少？」

「…………」

我能聽見書呆田雞心靈裂開的聲音。看樣子，他的家庭狀況恐怕負擔不起。他多半是有意利用這個機會，到佩尼帝國王立學校洗學歷吧。現在，他知道這世界不是那麼好混的了。

接著大胖代替說不出話的田雞回答問題。

「這裡高低差距很大的，費茲克勞倫斯大小姐。同樣都是入學，待遇也會因個人能力或技術而變動。優秀一點的，領學校獎學金念書的人絕不算少呢。」

「獎學金？」

「對，這類人大多會成為助教，等於是將來已經有保證了。一般而言，他們會在教授的介紹之下成立研究室，開始在學園都市執教。我們這樣的普通學生也很嚮往這種事呢。」

「嗯～？不愧是學園都市，對出路的想法相當先進嘛。」

「對、對呀。」

頷首的大胖看艾絲特的眼神也閃亮亮的，跟書呆田雞大概是同樣心境吧。只有帥哥佯裝平靜嗎？帥哥果然厲害，對異性的抵抗力不是蓋的。

這時艾絲特對他們一派輕鬆地說：

「假如你們有機會到佩尼帝國來，記得跟我打聲招呼喔。」

「咦？可、可以嗎！」

「真的嗎？」

「可、可是，您不是公爵家的……」

三人答得很是錯愕。

但她本人一點也不覺得那有什麼大不了。

「能這樣一起做報告，也是種緣分嘛。」

全然不當一回事。

聽了這句話，少年們滿懷感激地答話。

「謝、謝費茲克勞倫斯大小姐！」

「謝謝您的抬愛！」

「不敢當啊！費茲克勞倫斯大小姐！」

即使由第三者看來，大胖和田雞也是一副快升天的笑容。這蘿莉婊罪孽真重啊，他們晚一點絕對會傷心的啦。例如看到她和亞倫在一起，而且還是在旅館房間之類的。

「…………」

不過怎麼說，他們氣氛比想像中愉快得多了嘛。

只要沒有和風臉，艾絲特就是個良家少女。別看她那樣，其實她很照顧人的。說起來，她跟蘇菲亞感情也不錯。對於亞倫，她也願意接受柔菲這小三的存在，胸懷十分寬大。

艾迪塔老師演講時，她從觀眾席提出的批評也很有道理。考慮到她在不遠的將來也會是管理群眾的身分，她的針砭或許對她的立場而言是非常重要的事。

繼承要素捲土重婊啊。

即使失去記憶，她的人格也沒有改變。

「…………」

回想起過去種種，突然有點心酸。

我的愛是屬於蘇菲亞的。

這點絕對堅定不移。

但是，見到她與這些少年和樂融融交談的樣子，我心裡也開始期盼和她恢復到能正常對話的關係。不行不行，她都主動與我拉開距離了，我主動接近不就前功盡棄了嗎？

「…………」

和風臉的心愈來愈涼，只好轉身求去。

人就是這樣漸漸變成紳士的吧。

拜託了，我相信你。

*

天黑後一段時間。

晚餐吃了，澡也洗了，再來只剩睡覺。這時候來到的，是每天必不可少的果果露對話時間。這幾天，我們都是一對一並肩坐在床邊對話。

這是聽從她要求的結果，理由是在沙發面對面，我老是會想些髒東西。在我看來，這樣距離更近，頻率應該會更頻繁才對，但她似乎不這麼想。

故於此無聊之夜，坐蘿可蘿可之側，心中不由得雜想紛呈，乃隨口話來。不過平穩的對話稍縱即逝，果果露的小嘴很快就吐出驚人之語。

「……皮考克同學說了謊？」

「對。」

小皮的名字出現在話題中了。

他們應該沒見過幾次面，若說哪裡有交集，就只有剛到學園都市那當下，以及昨天到郊外森林採集藥水材料的途中，在遺跡遭遇怪物那時了。她八成是在後者讀到他的心吧。

「……最好小心一點。」

「這樣啊，謝謝妳的忠告。」

自從在王立學校宿舍打飛柔菲以來，她就不曾指名某人拉警報了吧。平常她口風那麼緊，說這種話是非常難得。

「有人在那個遺跡保管很不好的東西。」

不好是什麼意思？

說不好奇是騙人的。

「對皮考克同學而言，那很重要嗎？」

「……大概。」

我也覺得有點奇怪。

我們那時候在遺跡相遇，說起來也是挺巧的。

這下豁然開朗了。

「既然這樣，遺跡的事就說到這裡吧。」

「為什麼？」

「任誰都會有一兩個想保密的事嘛。要妳說出來，就等於違反了我自己立下的規則。而且我們現在是以代表國家的大使身分來到這裡的。」

對方是學園都市高層的情婦兼學生菁英，難度與檢舉一般學生惡行是天壤之別，弄不好會變成國際問題。到時候，田中男爵就吃不完兜著走了，事情一定會傳到上頭耳裡去。

我還是代替理察來這開會的呢。

「……那非常危險。」

「妳放心。在一定範圍裡，我會設法自力解決。現在，怎麼去避免妳因自己的能力而遭到他人忌諱，遠比這重要得多了。」

在暗黑大陸就算了，這裡是人類的生活圈，應該不會發生太誇張的事吧。只要不是紅龍大批襲來那種末日級災害，相信是不會有事。

倘若冒然行事而被捲進雞雞劇場，那才是真的慘兮兮。

要是小皮背後有布斯教授撐腰，弄不好還會破壞學園都市與佩尼帝國的關係。不止要連累理察，恐怕連陛下或宰相也會遭殃，這樣事情就大條了。

後果太可怕，我怎麼也出不了手啊！

這種時候，重點就是裝瞎裝聾裝啞。

所以醜男要以與果果露對話為優先。

「我沒關係。要是你死了，我只是回暗黑大陸而已。」

「就算我會死，也至少要給妳留個安身之所再去死。」

「…………」

剛這句話怎麼樣？我覺得十分紳士喔。

為了實現這句話，說服蘿莉龍是必不可少。

只要她願意，果果露起碼還能待在龍城。

果果露族壽命再長也長不過蘿莉龍吧。倘若蘿莉龍能將果果露看作畢生之友，我就能放心翹辮子了。

「如果有必要，屆時我一定會請妳協助，不會客氣的。」

「真的？」

「對，真的。我不是請妳協助過好幾次了嗎？」

尤其在首都卡利斯那邊，真的找她幫了好幾次忙。

「……知道了。」

「三天兩頭就向妳求助，我也很不好意思。假如有哪裡做得不夠好，別客氣儘管說，我一定盡力滿足。最近我能照應的範圍愈來愈廣了。」

都是我在受果果露的恩惠。

多優待她一點也不為過吧。

替喜歡的女生買這買那，一直是我的夢想。是我的夢想啊！

「只要你……這樣陪我說話就行了。」

噢，果果露實在太客氣了。

當然，那對她而言或許是最大的享受。但至少此時此刻，我不認為自己做了什麼大不了的事，也想像不來，所以很鬱悶。

今晚想陪果果露一整晚。

「蘿可蘿可小姐，妳喝酒嗎？」

「……不喝。」

「這樣啊。我很喜歡喝酒，方便的話不如……」

「…………」

「不喜歡喝醉嗎？」

「……我考慮一下。」

「謝謝妳，我好高興。」

真希望哪天能帶她去喝點小酒。

對了，也要找艾迪塔老師才行。三個人一起喝個痛快。

*

【蘇菲亞觀點】

最近幾天，龍城的貴族區有件事蔚為話題。

說是某座浴池的溫泉格外舒服，在這到處都是舒服溫泉的城市中舒服出一片新天地，強烈刺激著我的好奇心，好想知道究竟是舒服到什麼地步。

於是小女僕在完成一天工作後，在夜晚時分來到了那裡。

然後，我簡直不敢相信自己的眼睛。

「啊……」

我一眼就想起來了。

這裡就是以前王立學校舉辦學技會時，法連大人等來自首都卡利斯的貴族所泡的浴池。螺旋捲小姐還聲稱自己在這裡見鬼了。

我自己是沒泡過，只確定她帶我來這看過。

夜很深了，四周沒有其他人的動靜，除了我以外沒半個人影。最近貴族旅客增加不少，能這樣獨占浴池真的很幸運。可以慢慢地泡個夠。

沖身體這步就跳過吧。

身體乾乾就一口氣泡下去是很舒服的一件事。

田中先生交代過，要洗去身上汙垢才能泡。可是現在不用怕被人看見，就讓我放縱一下，在浴池裡洗身體吧。女僕就是一種偶爾會想使壞的生物。

「啊啊啊啊啊啊啊。」

噗通一聲泡過肩膀後，感覺來了，馬上就來了。

怎麼這麼舒服啊！

「啊啊啊啊啊啊啊……」

真的跟其他浴池截然不同呢。

效果好強，忍不住就呻吟起來了。

有一整天的疲勞轉瞬就消除了的感覺。

「……受、受不了啊。」

嘗過一次就要上癮了。

這樣讓我好想尿尿喔。全都是浴池太舒服惹的禍。就這樣唰～地放開心尿出來，會不會更舒服呢？一這麼想，我就躍躍欲試了。

「…………」

不可以。一個青春少女怎麼可以做這麼不檢點的事。

可是，這個爽度好危險。

好像風吹一下，下半身的肌肉就要鬆弛了。

啊啊，不可以。不可以做這種事。

這裡是貴族的浴池啊啊啊！

「！……」

舒坦。

舒坦到了極點。

在浴池裡尿尿超爽的。

好像會上癮——

「……誰在浴池裡偷尿尿～」

「！」

突然有聲音憑空出現。

嚇得我跳了起來。

同時，浴池裡有一道人影冒出來，而且是彷彿之前都溶在水裡的那種冒法。完全沒有激起水花，就像一部分池水隆起來一樣，很軟嫩的感覺。

距離大概是伸出手就摸得到吧。

「咿！」

「是誰～？是誰在浴池裡偷尿尿～？」

乍看之下是人類，而且是女性輪廓，年約三十幾歲。全身半透明，可以看見背後的景物。而且沒穿衣服，一絲不掛。這裡是浴池，不穿衣服才是對的就是了。

「那個，我、我這是，就……」

「…………」

難道這就是那個鬼？

我不禁想起螺旋捲小姐說的事。我一直以為是她誤會了，想不到是真的有鬼。

話說，我好像在哪裡見過她。

不會吧，應該是錯覺。

我才不認識什麼鬼。

「……這裡只有妳一個。」

「不、不是啦，那個！我是……！」

沒錯，現在整個浴池只有我一個。

被她抓到了。

被鬼小姐抓到我在浴池裡偷尿尿了。

「對、對不起！對不起！」

「喂～給我站住～！」

小女僕倉皇跳出浴池。

身體也不洗了，直接逃出去。

出了澡堂，鬼小姐就沒追過來了。該不會是出不了澡堂吧，還是她沒有氣到抓狂？不曉得耶。

無論如何，我暫時是不敢來這裡泡了。

＊

又過了幾天清閒的安逸日子。

來到的並不是我與艾絲特那場把學生拖下水的報告競賽，而是在那之前，我來此的原先目的，因魔王即將復活而召開的國際會議當天終於到了。

今天我穿上貴族服飾來到會場。

這是理察為我準備的，超高級啊。

寬敞的會議室位在約有一百平方公尺的高樓層，不靠走廊的三面全是落地窗。擺設金碧輝煌，一整個年收五千萬以下謝絕進入的感覺。

房裡有數十名與會者，圍繞大圓桌而席。

「感謝各位參加本次會議。」

看似議長，身穿法袍的男子說道。

這位壽星位子的仁兄，好像就是最近常耳聞的大聖國大使。學園都市的代表布斯教授也來了，和我們一樣扮演支撐這圓桌的角色。

「就在幾個月前，聖女大人預言魔王即將復活。於是今天，我們才會召開這場第七十九屆魔王防治會議。為守護世界和平，還請各國不吝鼎助。」

語氣很誇張，像演戲一樣。

這下我懂了。

見到那樣的舉手投足，立刻就能明白佩尼帝國國王為何說那些話。

「本次會議還一併邀請了前去調查魔王復活跡象的勇者一行。由於調查地點遠在暗黑大陸，搭乘高速艇也難以及時趕到，所以會議才一直延到今天，在此向各位致歉。」

暗黑大陸四個字一出，房間頓時一片譁然。看來對世上的這些大人物而言，暗黑大陸同樣是十分棘手的地方。實際走過一遭的我能深切理解他們為何會是那種反應。那實在不是人去的地方。

而且找勇者一行當特別來賓這點也頗出乎意料。

「由聖女大人之預言所選中的勇者與其同伴，請入內！」

法袍男呼喊的同時，房門大為敞開。

現身的都是才在幾週前告別的臉孔。

西方勇者與東方勇者，以及與他們一同冒險的隊員們魚貫進入會議室。每一個我都見過，即使不知道名字或已經忘了，長相仍留存在記憶之中。

「哎呀~還滿帥的嘛。」

坐我身旁的鑽頭捲有些不高興地說。

他們的確帥氣得不得了。男的都是大帥哥，女的都是絕世美女、美少女和美幼女應有盡有。不曉得還剩幾塊膜。

「有妳喜歡的嗎？」

「外表都只是虛假的喔~？我看人都是看內在的呢~」

「那真是太好了。」

妳前幾天不是這樣說的喔，鑽頭捲。

其實她腦袋裡什麼都沒裝吧。

「西方勇者閣下，請您代表各位說句話。」

法袍男以主持人身分對西方勇者如是說。

但勇者本人卻在發現和風臉的存在時嚇了一跳。

滿臉驚愕地注視我。

「田、田中……！」

不只他有此反應，他的隊員、東方勇者團隊也是一個樣。看來他們沒想到會在為打倒魔王而召開的會議上見到扁臉黃皮猴。

這是當然，這場會議也不在我計畫之中。

更沒想到跑去暗黑大陸那種偏遠地方的他們，也會為了今天折返。有飛空艇能搭，這的確不是不可能。自從與他們別過以來，也過了一段充足的時間，但無論如何我還是很驚訝。

　飛空艇是不是跟富翁的私人噴射機一樣普及啦？

「勇者閣下？」

　法袍男對西方勇者的反應感到不解而問。

「啊，沒事，這個嘛……」

　西方勇者一時慌了手腳，不知如何面對眾人。畢竟這會議室裡，他們等同是踏上選拔會場的賣藝人。而代表各國前來與會的我們這些人，即是節目的贊助商。

　單就佩尼帝國國王提供的資訊而言，所謂的勇者在財政兩界都沒有太大的實權。不管世人如何看待他們，至少對知曉魔王、勇者與大聖國三者關係的當權者來說，勇者絕不是值得期盼的人物。

　假如過去曾有過這種時候，也是所謂五百年前，魔王的大舉進攻成為現實那段時間吧。儘管悲哀，但無論哪個時代，真正的強者都是掌控財富的人，這點實在難以改變。

「抱、抱歉，我只是暈了一下下。」

「是嗎？我知道您此行很辛苦，不過現在就咬牙撐一下吧。」

「不礙事。那麼話不多說，我們這就開始報告。」

「嗯。在座的都是各國代表，好好表現喔，勇者閣下。」

「知道了。」

　在主持人促請下，勇者有條不紊地開始報告。

　他的登場，多半也只是用來請在場所有代表慷慨「相助」的表演罷了。我悄悄掃視桌邊眾人，每個都擺出煩悶的臉看著臺上一連串來來往往。

　有大叔在挖耳屎，還有大嬸在磨指甲。

　我都忍不住要替西方勇者可憐了。

　不過這世界就是這樣呢。我不禁想起社畜時期。每週一次的經營會議上，臺上小職員拚命呈報，臺下上司一臉無聊。這般慵懶應聲的模樣，即使在不同世界也是滿地都是的景象。

於是我田中男爵，想表示自己與其他人不一樣。

「原來如此，能有這樣的成果真是太棒了呢，西方勇者閣下。」

「！……」

當西方勇者的報告告一段落，我高聲說道。

房間裡沒其他人說話，使得和風臉聲音格外響亮。先不論成果如何，我想先藉這個機會給他們一點讚賞。我十分明白他們付出過怎樣的努力，那真的是賭上自己的性命。

「對於暗黑大陸是個怎樣的地方，我也自認多少有點了解。因此各位不僅成功生還，還對我們分享各種寶貴知識，我也不該吝惜掌聲，在此感謝各位的付出。」

儘管只有這麼一點點，但聊勝於無吧。

「哦？佩尼帝國要贊助勇者閣下的義舉嗎！」

法袍男當場就上鉤了。

為了募款，他們也是火燒屁股吧。

真麻煩啊。

有種一根異男針同時釣上美少女和基佬的感覺。

即使資金還有些餘裕，那也是理察提供的錢財，總不能浪費在這種地方。這樣用錢，肯定是最差的層級。

「也不算佩尼帝國，純粹是我個人的感想。」

「這樣啊？就算如此，還是感謝您溫暖的嘉許。神的心也會被您的心意所感動吧。我相信，神也一定希望您的心意能以確切的方式與信仰相連結。」

「對了，有件事請別誤會。」

「怎麼說？」

「我是因為也曾在暗黑大陸闖過，對勇者與其團隊的辛勞感同身受，才忍不住說剛才那些話。」

「！……」

我輕描淡寫的一句話使大聖國大使表情忽然緊繃。

其他大使也頗為訝異地轉頭看我。

「不過那當時我沒能踏入中段區域，很快就折返了。那裡真的太危險了。當天住的旅舍在我面前被襲來的龍壓成廢墟的景象，即使離開那裡後無法忘懷。」

沒發生過的我也瞎唬一通。

結果，這幾句話的影響力比我想像中大了不少。

法袍男都說不出話了。

「一想到勇者閣下等人在那樣的地方日夜苦心調查，我一個小小的使者是能提供些什麼樣的貢獻呢？假如各位有機會蒞臨我國，請務必向我打聲招呼，我一定竭誠款待。」

「這、這樣啊，原來您曾去過暗黑大陸。」

「能有現在的身分，也是受費茲克勞倫斯公爵賞識的結果。」

「這真是太、太了不起了……」

聽見理察的名字，對方的表情抽搐了一下。

看來這姓氏在遙遠的大聖國也是如雷貫耳。不知是不是這個緣故，總之法袍男似乎明白繼續勸我捐錢也沒用，很快就將視線從和風臉上移開。

「話、話題扯遠了！我們繼續議題。」

並轉向其他人打起圓場。

會議室中的各國代表們大概是受到剛才那番對話的影響，對勇者一行關注多了不少。儘管我這麼做有點高調，但若將此視為對他們的預先投資，應該算是及格了吧。

各國對勇者團隊的非議也會降低一些。

這場會將開得更順利。

我們這位醜男真是好傻好天真。

「關於當代魔王……」

就在法袍男回歸正題重新開口那一刻。

一陣轟然巨響打撼了整間會議室。

「！……」

所有人霎時面色一繃。

聲音來自室外，圍繞會議室三面的巨型落地窗另一邊。當場跳起來的與會者也不少，聲音就是那麼大。就連和風臉的肩也聳了一下。

「討厭啦～現在又怎麼了～？」

「是啊，怎麼了呢？」

我與鄰座的鑽頭捲簡單對話。

她與其他與會者不同，絲毫不為所動。

好個坐懷不亂的小妮子。

「從外面傳來的呢～」

「嗯，聽起來是這樣沒錯……」

會場位在學園都市中央區某大樓相當高的位置，自然能透過玻璃俯瞰下方城景。房中所有視線都投向室外，查看城市出了什麼事。

不久，有個座位離窗邊較近的與會者出聲了。

「喂、喂，你們看！」

他似乎有所發現，指著城市一處這麼說。

包含我在內，所有視線也往那一端聚集。

「哎呀～挺大的嘛～」

「就是啊……」

有個巨大物體正朝布於眼下的學園都市街景進逼。其外型難以形容，只能說整體氛圍很接近我在郊外森林的遺跡中遭遇的生物。那怪物般的軀體八成不是經過反覆正常進化得來的結果。

基本上是由數百條不怎麼長的腿所支撐的蛞蝓狀軀幹，以及背上長出的觸手所構成，滿滿寒武紀的味道。剛才的巨響就是牠揮掃觸手所造成的。

轟！轟！

背上的觸手每次拍擊大地，都發出響徹全城的地鳴。

隔了這麼遠的距離都能看出牠恐怕比蘿莉龍的龍模式還要巨大。現在牠只是往城市邊緣接近，掃爛了外牆與周邊建築而已。要是讓牠在城中肆虐，後果將不堪設想。

「那是什麼東西呀～？」

「我也不清楚……」

這當中會議室的門猛然開啟。

來人竟是小皮。

而由他口中說出的——

「有強大的奇美拉體要、要攻進城裡來了！」

是這麼一句話。

奇美拉體，好像在哪聽過呢。

*

在討論如何應對魔王復活的國際合作會上。

與會者們赫然收到怪物猛襲舉辦地的消息，且由於會議場地位處高樓，我們能以肉眼清楚看見那狂暴怪物的一舉一動。

理所當然地，各國代表紛紛出聲非議。

「這是怎麼回事！哪來的怪物！」「找各國代表來還發生這種事，學園都市的警備是都在混嗎！」「開、開什麼玩笑！我要回去了！」「應該不會跑到這裡來吧？」「飛空艇！把飛空艇準備好！」

會議室頓時充斥恐懼與憤怒，原先的沉著不知全上哪去了。

儘管還有很長一段距離，窗外的觸手蛞蝓仍具有使場中眾人發抖的壓迫感。移動速度不快，可是體型實在太巨大了。

遠比一般建築大上太多。我們所在的大樓在學園都市裡已是特別巨大的一群，然而截面積恐怕只與牠的頭部相當。居然能長到這麼大，使我不禁讚嘆起所謂奇美拉體的可能性。

然而，其行動感覺不到半點智能，就只是用觸手摧毀眼中所及的一切而已，不像有目的的行動。實際上究竟是如何呢？

「請各位先保持冷靜！」

這時布斯教授出聲了。

場地不是出假的。

「根據報告，已經有一批學校的教授前去處理，狀況應該很快就會平息。若真有萬一，飛空艇也已經在港邊待命。驚擾到各位，我們也深感抱歉，但還是先請各位保持冷靜。」

他環視諸位大使後繼續說道：

「與勇者閣下一道歸國的學園都市代表澤諾教授，也一併出面處理了。東西雙方的勇者閣下，也在剛才動身

了，狀況應該很快就會解除。再說那裡離這很遠，沒什麼好緊張的！」

布斯教授說得有恃無恐。

他畢竟是學園都市的副代表，也沒其他的好說吧。

即使是引導群眾避難，也得先聲稱路線絕對安全。

「喔、喔喔，澤諾教授出動了嗎！」「就是那位三大智者之一，人類智慧的頂點嗎！」「既然如此，這裡就是能看教授發威的頂級觀眾席了吧。」「嗯，的確是不必慌張。」「再加上東西勇者都出動了，再糟也能撐上好一陣子吧。」

與會者情緒逐漸穩定。

見狀，布斯教授也鬆一口氣。

問題是，事情真是如此嗎？

「…………」

我看著窗外的觸手蛞蝓，怎麼也抑制不了泉湧的不安。

想到最近隨ＬＵＣ暴跌而發生的各種鳥事，心裡就靜不下來。

「你怎麼啦～？」

「沒什麼，只是有件事放心不下。」

「嗯～？無所謂，再糟有也給羅士可以善後。」

「都忘了他也跟妳一起來了。」

那是當然的啦。此時此刻，這ＳＭ搭檔特別值得信賴啊。一旦主人遭遇危險，就算是他也會二話不說就開幹。

和風臉沒必要多做些什麼，引來不必要的注意。

儘管如此，該確定的還是得確定。

這種時候，沒錯，方便的屬性視窗要出場了。

隔著窗戶遠眺著嘿咻一下。

名字：艾霖

性別：男

種族：奇美拉體（高等惡魔）

等級：３２０５

職業：前魔王

HP：21950000／21950000

MP：18900000／18900000

STR：2537500

VIT：4677402

DEX：622994

AGI：14442

INT：4778030

LUC：123329

哎呀，這下沒戲了。

澤諾教授死定了。

「…………」

我望著猛烈地蠕動起來的觸手蚯蚓，思考該如何應對。我是有想過說不定會發生這種事，但這未免超出預料範圍太多。突然冒出一個比克莉絲汀還大的怪物，實在有夠扯。

考慮到數值這麼不平均，只要應對得宜，蘿莉龍說不定也能輕鬆撂倒。但她現在在龍城開鎮長模式，根本來不及回去叫她。

怎麼辦？

「你現在又怎麼啦～？」

「朵莉絲小姐，不好意思，能麻煩妳叫給羅士回來嗎？」

「這是為什麼呢～？」

「那個怪物有點棘手，我想和他一起處理。」

「咦，連你都這麼說～？」

「對。」

「……是、是喔？」

見我表情認真地點頭，鑽頭捲似乎也明白事態嚴重了。即使平時的從容笑容仍留在臉上，臉頰卻繃得一抽。她也知道醜男跟噁長毛感情不太好吧。

「對不起，我要先一步到那裡去。」

「啊，你、你等一下啦～！」

「給羅士那邊就拜託妳了。」

我就此起身離席，快步離開房間。抱歉了，布斯教授，現在留我也沒用。穿過小皮敞開的門來到走廊後，就近找個窗口以魔法飛向室外。

「…………」

需要跟果果露說一聲嗎？不了，不能跟她講，不能讓黑肉蘿扯上那麼危險的事。在這種時候流血流汗，自古以來都是男人的責任，這裡就靠醜男和噁長毛雙箭頭幹掉牠。

算盤已定。

火速趕往現場。

＊

飛了一小段時間，我來到能鳥瞰觸手蛞蝓的地點。

「……還真大。」

接近一看，壓迫感全然不同。觸手細的有人的身體那麼粗，粗的比房子還大，尺寸多得是。這些觸手瞎揮一通，在怪物從外牆網中央前進的路上一一粉碎周遭所有建築。

人們倉皇逃難，慘叫聲不絕於耳，還有火舌從廢墟中竄起，小有地獄圖的架勢。若放置不管，學園都市明天就化為一片廢墟也不奇怪。

這場破壞究竟有何目的？

前魔王這關鍵字，為這狀況招來更多謎團。

「…………」

順帶一提，這裡有很多人以飛行方式逃難。學園都市的名號不是響亮假的，民間也有許多善使魔法的人吧。數量應該破百。

我稍微左右張望，澤諾教授與勇者一行尚未抵達的樣子，看來是和風臉第一名。對手大成這樣，他們說不定還在開作戰會議。

無論如何，我要做的事都不會變。

那就是施放廣域治療魔法之餘，不停扔牠火球。雖然也考慮過石牆圍住牠，可是牠ＳＴＲ那麼高，八成會不堪一擊，飛散的碎片還可能對周圍造成二次災害，還是先忍忍比較好。

「好……」

訂好當前計畫後，下一步就是開打了。

不過呢，醜男的人生總是充滿阻礙。

「不會吧……」

我在距離觸手蛞蝓相當近的位置發現了一道熟悉的身影。一個感覺即將倒塌的建物旁，艾絲特倒在地上，書呆田雞也在她身邊。

轟殺蛞蝓的事得往後擺了。

得以救人為優先。

即刻催動飛行魔法，趕往兩人身邊。

＊

隨距離縮短，因遠離而看不清的畫面逐漸鮮明。就在半毀樓房邊，艾絲特的下半身壓在崩趴的石牆下。腰部以下完全壓扁，紅色物體滲出地面與石牆之間。

「費茲克勞倫斯大小姐！費茲克勞倫斯大小姐！」

書呆田雞拚命呼喊她的名字。

觸手仍在他們頭上甩得呼呼響，下一擊不知何時會砸過來，狀況極為緊急，此起彼落的哀嚎也更添焦慮。艾絲特底下的血泊一圈一圈地慢慢擴大。

「你、你快逃！這裡很危險！」

「可是，我怎麼能丟下您不管……！」

「少廢話，快走！」

「您是為了保護我才這樣的耶！」

「少臭美了好不好！哪裡有公爵之女會為了保護你這種邊緣貴族跑去給牆壁壓的啊？想太多了啦！所以少、少廢話！快給我走！快點！」

「可是……」

「我很快就會爬出來追上去！快走就對了！」

艾絲特扯開喉嚨大喊。

同一時刻，觸手從非常近的位置掃過，削中半塌的樓房。無數拳頭大的石塊隨之迸散，其中一顆子彈似的擦過書呆田雞的臉頰。

幾秒後，傷痕垂下一道鮮紅。

「！……」

見到摸過臉頰的手指沾滿了紅色液體，書呆田雞嚇得渾身發抖。

「快去追他們兩個！現在還來得及！快點！」

「對、對不起！對不起！」

艾絲特再三叫喊。

書呆田雞也撐不下去了。他反覆低頭道歉，跌跌撞撞地倉皇逃離觸手蛞蝓盤據的位置。從剛才那句話，可見另外兩個霸凌仔前不久也在這裡。

是愛情讓他留到了最後。

很帶種嘛，書呆田雞。帥喔，田雞。

我醜男將會繼承你的意志。

「真是的，我已經痛到快哭出來了耶……」

書呆田雞消失在視線中的同時，艾絲特的眼角湧出淚水。

扭曲的表情透露出她遭受了多麼巨大的痛苦。

「好痛、好痛，啊啊啊啊啊啊，好痛，好痛喔……」

看來是痛到哭了。這也難怪，腰部以下都壓爛了嘛。和風臉有對戰蘿莉龍的經驗，很了解那是什麼感覺。真的是痛得亂七八糟。

「真、真的是喔，我到底在幹嘛啊……嗚嗚……」

失去他人的視線，使她露出真正的容顏。

漫出眼眶的一顆顆水滴順著臉頰滑落。

「我不要這種結局，我不要這種結局……」

瀕臨崩潰的情感表露無遺。

即使在這樣的狀況下，她仍顧及書呆田雞而故作堅強，這勇氣真是不得了啊。一定能成為一個好媽媽。不禁想像長了高一點的蘿莉婊抱嬰兒的畫面。

「啊啊啊，我，嗚嗚……不想死……好痛喔……」

天啊，艾絲特這女人真的太棒了。

她嬌化以後，我見到的都是快娶我上我，整個有病的一面，如此英勇的艾絲特非常新鮮。好感度跟著就上升了，傷腦筋啊。得趕快治好她才行。

「放心吧，妳絕對不會死。」

「！」

我在降落地面的同時發動治療魔法。

並以飛行魔法撤除壓爛蘿莉婊表處的石塊。在嗡一聲浮現的魔法陣上，她腰部以下的肢體爛得有剩，實在慘不忍睹。

而這樣的肉醬，也在治療效果下逐漸恢復原狀。

骨骼重組，管線增長，肌肉與脂肪再將它們包覆起來。不用多久，下半身就完全復原了。更棒的是治療魔法治不了衣服，圓滾滾的小翹臀暴露在白日底下。

趴姿下的屁屁簡直就像從模型倒到盤子裡的布丁一樣，水嫩Q彈。可惜，我應該站在腳尖那邊治療她才對，這樣才能從後面，透過大腿之間欣賞她的小縫縫。站在頭這邊真是失策。

「你……你怎麼會……」

「幸好趕上了。」

我說句場面話，脫下披風交給她。

再見了，蜜桃小屁屁。好想多看妳兩眼啊。

「！」

當腰部以下完全治癒，蘿莉婊立刻跳起來。用披風遮掩下半身並整理衣物，不讓醜男看見。反應有如在夜路遇上色狼的年輕少女。

「你、你這是什麼意思！為什麼要救我……！」

「我當然要救妳呀。」

「……因為我是費茲克勞倫斯家的女兒？你應該很恨我吧？」

「怎麼會？」

「不然是、是為什麼！」

「我答應過某個人，無論會以怎樣的人物為敵，我也絕不會拋棄妳。說這話的當下感覺是很帥氣，事後回想起來倒還挺害羞的呢。」

「是怎樣，簡直莫名其妙。爸爸拜託你的？」

「很接近。」

「…………」

「怎麼了嗎？」

「……沒有怎樣啦。」

「那麼請恕我不多給您一點時間自理，我們快點離開吧，留在這裡太危險了。學園都市這邊也開始準備反擊，我們得盡快保持安全距離。還要找機會弄點衣服來穿呢。」

「那、那我要先告訴你一件事……」

「什麼事？」

「……我遇見你的朋友了，就在前不久。」

「咦？在這附近遇到的嗎？」

「對、對呀。就是那個精靈和奧夫修耐達家的女生。」

「這真是……」

想不到艾迪塔老師也出門了。等等，假如有果果露在，只顧逃的話應該不會有事。雖然黑白雙蘿最近都保持一定距離，兩人一起行動的次數其實還不少。

「跟我一起來的果果露族女孩也在嗎？」

「應該是不在……」

「這樣啊。」

怎麼會這樣，果果露偏偏挑這時候看家嗎？既然如此，那就得趕快找人了。艾迪塔老師曾經說紅龍是個強敵，不太可能抵擋得了觸手蛞蝓的全力揮掃。

「不好意思，請妳跟我一起來。」

「啊，喂……等一下，你做什麼！」

現在豈是廢話的時候，我趕緊以飛行魔法起飛。當然，也帶了艾絲特一起走。為躲避蘿莉婊的尻尻攻擊，我曾對飛行魔法加緊特訓，現在不用碰觸目標就能使物體浮起。

與方才移除石塊是同樣伎倆。

說起來，處理空盜時也自然就用上了。

「費茲克勞倫斯大小姐的安全是第一優先，請隨我來。」

「不、不用你照顧我，我自己也跑得掉啦！」

「妳的飛行魔法目前是什麼水準？」

「！……」

觸手在空中呼呼作響。我是為安全起見而問，結果不太妙，答覆並不樂觀，表情也愈發凝重。看來她飛行魔法的技術也隨記憶遺失了。

有點哀傷。

說不定只要經過一些練習，就會以肉體仍有記憶的方式復活，但現在沒有讓她挑戰的餘裕。於是很抱歉，和風臉要強行帶她走了。

「出發嘍。」

「你有沒有、在、在聽人說話啊！你做什麼！」

魔法力量使蘿莉婊輕飄飄地浮起。

我無視於她吱吱喳喳的抗議，開始搜尋艾迪塔老師和JC。

＊

在我低空飛行躲避觸手的途中。

附近冷不防地發生爆炸。轟地好大一聲，內臟都為之震撼。轉頭往遙遠高處望去，查看究竟出了什麼事。只見幾個人影浮在空中，與狂暴的觸手蛞蝓對陣。

每一個我都見過。

是澤諾教授與東西勇者團隊。

有幾個舉著杖之類的東西像是正在使用魔法。他們周圍的空中，有數面過去魔法貴族對戰翼龍時用過的屏障型魔法陣。

「等等，那、那該不會是……」

見到他們，艾絲特顯得很驚訝。

知道他們是誰的樣子。

即使被飛行魔法強制懸空，她仍靈巧地指著空中一點。至於姿勢呢，是懸空的大姊姊坐姿。一手按著裙子，不讓它亂飛。

如果是嬌嬌期的艾絲特，會是怎樣的反應呢？

多半是裙子按都不按，全力曬●還一副理所當然的樣子，對我可愛又淫蕩地微笑。妄想到這裡，啊啊，有血液不由自主地往下半身集中的感覺。故意露出型的攻擊對處男效果十分卓越。

「是東西勇者和澤諾教授呢。」

「天啊！我是第一次看到東西勇者並肩作戰耶！」

「那是很稀奇的事嗎？」

「那當然啊！說什麼傻話啊？」

「這麼稀奇啊？」

「對呀！平常都只會選出一名勇者，只有這次選了兩個耶！而且他們還是來自已經互相征戰很多年的兩個國家！」

「這樣的人選還真是令人頭痛啊……」

簡直是女性向動畫的雙主角那樣。

自然而然就想起在暗黑大陸見到的那場爭吵。

難怪他們會一見面就互噴。

「既然這樣的勇者都合作了，很快就能解決這場騷動吧，太好了。好不容易才跟亞倫跑出爸爸的監控，要是落腳的城市沒幾天就毀滅，未免也太可悲了。」

「…………」

艾絲特對勇者抱有極大期待。

我悄悄地觀察四周。

這一帶的學園都市居民也在空中發現勇者團隊的身影而歡呼起來。如同我當初所擔憂，勇者頭銜在任何國家都十分響亮，是種至高的榮譽。

這讓我對他們經過暗黑大陸那些事之後是如何看待我感到不安。或許不至於敵對，但我也沒當面問過。考慮到今後的關係，最好避免動用果果露。

不管哪方面都讓人好悶啊。

但是，我現在更擔心他們的性命。

長年敵對的兩個主角在面對強敵時互相幫助，實在是熱血到不行，醜男我也很愛這種情境。然而，他們所面對的觸手蛞蝓卻能將這份感動破壞殆盡。

「啊，你看！勇者進攻了！」

「…………」

艾絲特眼帶星光地注視東西勇者。

如她所言，東西勇者藉飛行魔法衝向前去，以絕佳默契同時殺向怪物。帥哥們勇氣四射的模樣如優秀電影的一幕般映在凝望他們的群眾眼中。實在是帥呆啦。

「對勇者來說，這麼噁心的怪物根本一擊就——」

下一刻，敵方巨大生物揮出觸手。

霍！

一條飛快的觸手將兩人一併擊落。啪嘰一聲後，兩人轟、轟轟地猛烈墜地。簡直像打蒼蠅一樣。

落點處建物倒塌，二次災害轟隆隆地擴大。

「這、這麼噁心的怪物根本……」

連艾絲特都不知道怎麼說下去了。

目瞪口呆地望著空中的短劇。

這當中，澤諾教授與勇者的夥伴也開始行動。或許是剛剛那一擊使他們明白了敵我的力量差距，幾個盡快撤離而在後退中展開防禦，幾個飛去救援墜地的兩名勇者。

然而觸手蛞蝓沒有輕易放過他們。

幾條在他處肆虐的觸手集中到他們這來，靈敏地左鞭

右掃，將空中人影一個又一個地擊落。他們啪啪啪地被觸手掃中而接連墜地的模樣，簡直與飛蟲無異。

「…………」

「…………」

不消幾分鐘，東西勇者團與澤諾教授便告滅團。

哎呀呀呀，事情大條啦。

治療魔法出場的時候到了。

要是勇者死了，誰來接打倒魔王的任務啊。

「哼……」

我朝他們墜落的地帶施放廣域型治療魔法。從這裡難以辨識目標位置，只好一口氣將那方圓幾公里的範圍放好放滿，把他們強行納入魔法範圍。

「等、等一下，你做什麼？」

「馬上就好了。」

艾絲特見到和風臉腳下浮現魔法陣，立刻緊張了起來。

我一邊應話，一邊請他們吃治療全餐。時間約數十

秒，都市一角浮現巨大魔法陣，輝煌的白光帶來不分對象的治療。只要不是當場死透，都能恢復原狀吧。

「白色的……光？」

「我很擔心艾迪塔小姐，要加快腳步了。」

四周群眾見到勇者敗退，叫得更絕望了，每個人都爭先恐後地逃亡。再加上到處發生火災，眾多樓房崩塌，彷彿是地獄第一站的景象。

說什麼都不能在這種情況下丟下艾迪塔老師不管。

我愛老師。和風臉要全力找人了。

「咦？啊，等、等等！」

我無視於慌張的蘿莉婊，加快飛行魔法的速度。

＊

飛了幾分鐘，我總算是成功發現艾迪塔老師。

ＪＣ也在她身邊。

不妙的是，這裡的狀況也非常刺激。老師正獨力以防護罩型的魔法支撐正在倒塌的斷垣殘壁。那是個形似巨塔的建築物，從根部整個折斷了。

老師撐得表情岌岌可危。

感覺上，她面前的魔法陣光輝還在慢慢減弱。

「唔唔唔唔唔……」

在她背後的ＪＣ平安無事。

癱坐在地，雙腿發軟的樣子。但發抖也只是幾秒鐘的事，見到高塔黑壓壓地壓在上頭，她立刻明白眼前的危機，連忙站起來脫兔似的逃跑。

「不、不關我的事喔！不關我的事喔！」

「啊，喂！等一下！不要丟下我！」

「吵死了！顧自己才是最重要的啦！」

尼特心態不是放好看的。

真是優秀的情境判斷能力。

簡直是勝利組的想法。

照樣是失敗組定位的艾迪塔老師好可愛。

「喂、喂，這樣太奸詐了喔！太奸詐嘍！」

「沒看到勇者都打不贏了嗎！不快跑還能怎樣！」

「跑、跑也不要丟下我一個人跑啊！這樣太奸詐了啦！」

這裡與艾絲特和書呆田雞的美談截然不同，上演著一場現實的殺伐，反而讓我安心。一般都是這樣的吧。同時有種頗為搞笑的印象，多半是艾迪塔老師的性格所致。

ＪＣ看也不看支撐斷牆的老師，自顧自愈跑愈遠。

金髮肉肉蘿老師視線緊追那背影，不知吼了幾次站住。儘管嘴上抗議成那樣，她仍沒有餘力分配給其他地方，腰腿都細細抖個不停，肯定是瀕臨極限了。

「唔、唔唔唔唔唔……」

彷彿隨時會垮下來。

非趕緊救人不可。

「那、那個精靈……！」

艾絲特發現就快被壓在巨塔底下的人是自己也見過的精靈，忍不住叫出聲來。前幾天演講上，她才跟舞臺上的老師對嗆過而已，不會這麼快就忘了她的臉。

「艾迪塔小姐！」

「啊……！」

見到飛天婊和死處男出現，老師表情立刻出現變化。有如在地獄中見到佛祖，嘩～地一整個發亮。老師這率真的個性實在太可愛了。不過這變化也只有一下下，她馬上就恢復危急的表情，朝我們大吼。

「不、不要過來！會被壓到！」

逞什麼強嘛。

蘿莉婊也好，金髮肉肉蘿老師也好，怎麼和風臉身邊都是這麼棒的非處女啊。尤其是老師，最近老是看到她很遜的一面，此刻這燦爛的英姿真的帥到極點。愛死妳了。

「我馬上幫妳移走！」

「！」

維持艾絲特飄浮的同時，我催動另一個飛行魔法。

使巨塔倒下的方向移往看不見人蹤的位置。不久之後，路線大幅改變的巨塔轟隆隆地發出低緩地鳴聲橫臥大地。被害者應該是零，我是看清楚落點才放下的。

「什麼……」

「還好嗎，艾迪塔小姐？」

「這、這是……」

老師錯愕得睜大了雙眼。

說起來，我好像幾乎沒在老師面前用過魔法呢。

「艾迪塔小姐？」

「沒事。也、也對啦，你的力量足以打倒紅龍嘛。被空盜盯上那時，你也搬過飛空艇的殘骸，用魔法懸浮這點程度的建構物並不是不可能的事。」

「抱歉打斷妳思考，我們還是盡快離開這裡吧。」

「好、好的，說得對！」

勇者上陣成了一場空，觸手蛞蝓依然健在。周圍還有很多高樓，不難想像留在這裡只會重複同樣遭遇。

然而醜男最近的破爛ＬＵＣ告訴我，事情不會這麼簡單。

「嗚、嗚啊啊啊啊啊啊啊啊啊啊啊啊！」

不知何處傳來一陣淒厲的慘叫。

而且有點耳熟。

這也是當然的。往聲音來向一看，只見ＪＣ被觸手蛞蝓一竿釣起。細細的觸手捲在腳踝上，像逆向高空彈跳那般從地面猛然甩上空中，頭下腳上晃來晃去。

這丫頭在搞什麼鬼啊。

「唔，變成那樣是要怎麼……」

艾迪塔老師也是不知如何是好的表情。

而艾絲特對她開吼了。

「拜託！那不是跟你們一起做報告的那個女生嗎！你、你們有責任顧好她吧！」

「是、是她自己要亂跑的耶！不然誰會沒事跑去撐那麼重的東西？妳憑什麼怪我啊？」

「可是這樣下去，她恐怕……」

「唔唔……」

我也了解蘿莉婊想說什麼。

也就是說，和風臉該秀一手了。

現在正是賺好感度的時候。

之前艾絲特會罹患想婚症候群，十之八九也是獵龍那次賺太多分惹的禍。那麼這次對象換成ＪＣ會發生什麼事呢？肯定是要喜迎狂愛屬性的八成有膜小妹妹啦！

太棒了。ＧＲＥＡＴ。

這一刻終於來了。

我就是在等這種發展啊。

真的、真的是等好久了。

普通地拯救普通女孩，就是這麼普通的一刻。

我要跟ＪＣ結婚了。

「我要上了。」

「咦？啊，喂！等一下！」

雖然對不起艾迪塔老師和艾絲特，現在還是讓她們留在這等我比較好。我從地上抽起石牆包圍她們，再找一面開個夠一個人通行的洞，能自由進出的簡易避難所就完成了。

如此一來，至少不會被倒塌的建築物壓死。

「這、這什麼！該不會是石牆術吧？」

「這是什麼意思！你、你想做什麼！」

我將吵鬧的兩人留在避難所裡，就此出發。

滿懷色心的死處男催動飛行魔法，往ＪＣ的所在地颯爽起飛。

＊

死觸手蛞蝓，我轟死你。

升空後，我立刻瞄準抓住ＪＣ的觸手根部，招呼一顆火球過去。伸向前方的手掌前，發自魔法陣的全力一擊隨和風臉的呼喊迸射而出。

「看招！」

並且巧妙地掌控追蹤功能，左搖右晃地射向觸手根部。

結果很倒楣，同一時刻有另一顆火球從地面某處射向觸手蛞蝓。大概是某個勇敢的當地居民想要報老鼠冤吧。

其他觸手為擊落這顆火球而掃過來，卻先擊中了我的火球。就在命中目標之前，在另一根觸手上炸開了。本日第一發火球壯志未酬，就此四散。

「！……」

轟的一聲低鳴響徹四方。

炸裂的火球漂亮地轟掉一根觸手，但完全不是抓著ＪＣ的那條。斷裂的觸手噴灑著不明成分的體液墜落至地面，一抽一抽地小幅痙攣起來。

至於第三者所放的火球則是穿過觸手之間抵達本體而炸裂。不過體表別說焦黑，就連一點傷也沒有，表示觸手蛞蝓的防禦力的確如帳面一般強大。

「呃，再一次！」

周圍還有很多人在，這也是難免的吧。

我略為焦急地再次投出火球。

然而第二發卻在沒突發事件的狀況下被牠擋下了。隨火球逼近，其他更粗大的觸手掃過來，啪一下從旁擊飛處男射出的火球。

火球當然又爆開了。

揮掃牠的觸手當場炸碎，失去大半功能。

『唔唔喔喔喔喔喔喔喔喔！』

觸手蛞蝓高聲呻吟。

不曉得嘴是長在哪裡。

喔不，該問的是，牠究竟有何種程度的智能。

「再一次！」

我祈禱著放出火球。

這次同時擺出十幾發。數道魔法陣浮現空中，各自造出一個人大的火球，以各種路線往抓著ＪＣ的觸手前進。

觸手蛞蝓這邊則是動員背上眾多觸手一一防禦。每擋下一發，就有一條又一條的觸手炸飛。這一連串的行為無疑是在保護抓著ＪＣ的觸手。

莫非牠能夠理解我的企圖？

『唔唔喔喔喔喔喔喔喔！』

轟掉十幾根牠驕傲的觸手後，觸手蛞蝓再度嚎叫。

緊接著，抓著ＪＣ的的觸手以她為盾似的，將她移到剩餘火球之一的射線上。

「什麼……！」

這下不好。以現在的路線，轉瞬間就會接觸目標，連ＪＣ一起炸爛。醜男趕緊操作火球，將路線從觸手蛞蝓身上移開，往什麼也沒有的方向導去。

失去目標的火球在空中什麼也沒逮著，如煙火般爆散。

『唔唔唔喔喔喔喔喔喔喔喔喔喔喔！』

不知是不是因為我收手，觸手蛞蝓再度咆哮。

同時，原本四處亂甩的觸手也開始展現出受到某種統馭的動作。什麼樣的動作呢，就是以抓著ＪＣ的觸手為中心，其他觸手圍繞其周圍甩動。

換言之，有種抓著ＪＣ的觸手在指揮其他觸手的感覺。

「……這傢伙還挺聰明的嘛。」

原本單純是為了抵抗外界刺激而保護抓住ＪＣ的觸手，如今脫胎換骨，在推測出我的意圖後端出了新的戰術。還以為只是個蛞蝓怪物，居然有這麼高的智慧。

醜男自然是被迫收手，擊出的火球全成了煙火。要是殃及ＪＣ就本末倒置了。而觸手蛞蝓一發現我停止攻勢，立刻轉守為攻。

『唔唔喔喔喔喔喔喔喔喔喔喔喔！』

原本到處亂甩的觸手一起往我殺來。

「！」

我催動飛行魔法，驚險地閃過一根又一根，還不知不覺在這過程中逐漸接近抓著ＪＣ的觸手指揮官。被觸手捲住的她的呼喊也開始傳進和風臉耳裡。

「救、救命！救命啊！」

她涕泗縱橫大聲哭叫的樣子，非常地普通。

普通的女孩子。

與孤獨到絕望而屠殺風精的果果露、靠一發爆肚拳解決大小事的蘿莉龍、經驗人數破百的優質肉穴艾迪塔老師等各路大神不同，一個極為普通的女生。

等這樣的女生，和風臉已經等了好久。

盼了好久。

她無疑就是我人生中的女主角。

等著吧，女主角。我絕對會拯救妳的，女主角。

「我一定會救妳回來！拜託妳撐著點！」

「！」

剎那間，視線對上了。

飛天和風臉與被觸手抓住的ＪＣ視線交錯了。亢奮度直線標高的瞬間。若是動畫，一定會在這時切換ＢＧＭ。這是要放片頭曲搖滾版的情境。

那我也得全力以赴。

我製造出較大的火球，要連觸手和本體一起轟。無論牠體型再大，一旦失去大量體積也會乖上一陣子吧。相對於觸手蚰蝓的本體，成了肉盾的ＪＣ是那麼地小，穩著來就一定行。

我要把得自暗黑大陸的技能點數全部獻給我的女主角。

技能視窗，come on。

被動

魔力回復：ＬｖＭａｘ

魔力效率：ＬｖＭａｘ

語言知識：Ｌｖ１

主動

治療魔法：ＬｖＭａｘ

火焰魔法：Ｌｖ45

淨化魔法：Ｌｖ５

飛行魔法：Ｌｖ55

土木魔法：Ｌｖ10

剩餘技能點數：80

好，把它點成——

被動

魔力回復：ＬｖＭａｘ

魔力效率：ＬｖＭａｘ

語言知識：Ｌｖ１

主動

治療魔法：ＬｖＭａｘ

火焰魔法：Ｌｖ１２５

淨化魔法：Ｌｖ５

飛行魔法：Ｌｖ55

土木魔法：Ｌｖ10

剩餘技能點數：０

這樣。

男生永遠都是愛面子的生物啦。現在就是拿最大火力砸牠本體的大好時機。火球術等級終於破百，不管發生什麼事都不奇怪了。

「唔喔喔喔喔喔！」

我迅速飛上觸手打不中的空中。

這次感覺用雙手高舉的姿勢比較帥。

像樣地喊一聲助威後，我往一二五等火球全力灌注魔力。結果，這是什麼狀況，高空竟然浮現了彷彿要覆蓋整個學園都市的魔法陣。

面朝大地的魔法陣布滿火紅，熊熊燃燒起來，將其周邊照得通亮。氣勢與過去放過的火球截然不同，光是大小就差了好幾倍。

難免有種大事不妙的感覺。

「喔、喔喔喔喔喔喔！」

不過頭都洗下去了，豈能說停就停。

就乘著這股氣勢衝到最後吧。

這一切全是為了和普通女生搞校園浪漫喜劇不可或缺的過程。醜男起碼得付出這種程度的努力，才能談場普通的戀愛，才能結婚。這可是千載難逢，天上掉下來的大好機會，說什麼也不能錯過。絕對要馬到成功。

再見了，童貞。套套我來了。

「吃我的火球啦！」

我使盡吃奶的力氣大吼，要吼進ＪＣ耳裡。

魔法陣也呼應醜男的念想，發生了變化，表面出現隆起。仔細一看，似乎是火球要出來了。一團巨大的火焰，從魔法陣慢慢冒出來。

帶圓弧的表面探頭似的逐漸往大地推進。

「……還真大。」

是不是有點太大啦。

生自魔法陣表面的隆起，無疑是火球的一面。用面來描述球形物體好像有點語病，不過那部分平坦到稱為面也並無不可，暗示著魔法陣另一邊還有多麼巨大的體積。

沒想到會來一個跟魔法陣一樣大的。

看這個直徑，恐怕足以覆蓋學園都市中央區每個角落。若將目標觸手蚯蚓比為地球，那麼這火紅燃燒的某物就是太陽了。正要從魔法陣彼端出現的東西與蚯蚓的體型差距就是如此巨大。

糟糕。真的有點糟糕啊。

別說會一併砸死ＪＣ，我自己恐怕都挺不住。

只顧注視空中，也使我付出了代價。

不知何時，有條觸手掃了過來。

還以為自己待在射程之外，想不到能伸得這麼長。

那幾根天線與移動速度笨重緩慢的本體相反，活動得非常靈敏，紮實瞄準了浮在空中的死處男。簡直像蘿莉龍的掃尾那樣。即使即刻閃避，也被牠狠狠擊中了一半身體。

「！」

發覺時，人已經中招了。

和東西勇者跟澤諾教授一樣。

這樣我也沒立場說人家了。

啪地一下，我瞬間就埋在地裡。肉綻骨碎慘不忍睹。沒有比這更適合用渾身是血來形容的情況了吧。腳往不應該的方向彎，右半身完全沒感覺。

我趕緊施放治療魔法。

布於地面的魔法陣升起溫暖的白光，包覆急速發涼的身體。痛苦轉瞬消失，受傷的肉體也在幾秒後恢復原形。

驚險保住一條小命。

要是判斷稍有延誤，說不定真的就死了。

而這一擊也讓我的衣服一塌糊塗。光是一擊就毀了一半，站起來就滿地零落。還以為內褲勉強殘存而鬆了口氣，結果很遺憾，最後的城池也在幾秒後失守了。

怎麼辦？

光溜溜。

喔不，現在不是擔心公開暴露的時候。

「火球怎麼了……！」

我急忙望向天空。

喔喔，太好了，魔法陣已在不覺中消散。

從中長出的火球也消失了。

不知幸是不幸，總之對方的攻擊漂亮地給了我一次重新來過的機會。

「……好。」

過去凡是關於魔法的事都進行得很順利，可現在ＬＵＣ跌得這麼慘，盲目亂用恐怕會傷及友方。必須經過十二分的審慎考量再行事。

『唔唔唔喔喔喔喔喔喔喔喔喔喔！』

想著想著，觸手蛞蝓再度咆哮。

許多觸手抓緊這空檔殺過來。

「這一次……！」

醜男以小火的感覺放出火球，在空中灑出幾十個五六公尺大的魔法陣，包圍觸手蛞蝓的本體。每個都生出與魔法陣一般大的小型火球。

顏色有點蒼白，應該是火力提升的結果吧。

「火球術！」

火球隨我一吼往本體飛去。

『唔唔唔喔喔喔喔喔喔喔喔喔！』

牠先前的攻勢果真不是湊巧。

觸手帶著明確意識，以ＪＣ為盾來行動。

「呃……」

這樣就傷腦筋了。

和風臉急忙調整火球路線，改變著彈地點。由於事出突然，幾顆火球沒能接觸觸手蛞蝓本體就在他處爆炸，平白製造坑洞。

不過最後仍有幾十發按照計畫成功擊中本體，轟轟轟地在體表炸裂，刨開其肉體。無奈對方實在太巨大，整體而言感覺傷害並不大。

名字：艾霖
性別：男
種族：奇美拉體（高等惡魔）
等級：3205
職業：前魔王
HP：200100000／219500000
MP：189000000／189000000
STR：2537500
VIT：4677402
DEX：622994
AGI：14442
INT：47780300
LUC：1233329

不妙。這樣要花很長的時間才打得死牠。

之前就算傷害不好看也能硬推過去，但每一次都是因為戰場上沒有別人。不管花多少時間，也不用擔心殃及無辜。

而現在，觸手蛞蝓是在都市裡作亂。

射偏的火球也絕不能視而不見。數量多了，恐怕會造成比觸手更大的災害。而且火球與觸手不同，是具有高溫的東西，附近已經有地方起火。

萬一牠等會兒還搬出治療魔法，那可就吃不完兜著走了。

這使我出手自然有所猶豫，火球攻勢減弱。

『唔唔唔喔喔喔喔喔喔喔喔喔！』

而對方似乎也看出和風臉的變化，加快觸手動作。數量變得更多，往我呼呼地甩。

「哼……！」

我以飛行魔法飛得更高，使出渾身解數迴避。

但觸手比想像中更快，偶爾還是會擦中。

頓時皮開肉綻，飛紅四濺。擦過聽起來好像沒什麼，以甩得轟聲大作的觸手而言就是巨大的威脅了。傷口像被大型刀械砍過一樣掀開，痛死人啦，艾迪塔老師。這也使得治療魔法從不間斷。

救回ＪＣ以後，多得是方法可以料理。

可是難就難在這點啊。我簡單看看周邊情況，瘋狂揮掃的觸手有近百條。也許是密度太高，有些甩到纏在一起，捲來捲去變成一顆球，掉在地上抽動。

「！……」

又一條觸手擦過手臂。

到底該怎麼辦啊？

手牌出盡的我，為如何突破大傷腦筋。

就在這時，情況出現變化。

視野角落，抓著ＪＣ的觸手突然整個由根部切斷。

「什麼……」

『唔唔唔喔喔喔喔喔喔喔喔喔！』

觸手蛞蝓爆出響徹八方的哀嚎。

遭切斷的觸手墜向地面。

當然，被牠抓著的ＪＣ也是。

若不採取行動，肯定是要摔在地上。醜男緊急煞住飛行魔法，往落點全力飛去。可是怎麼辦，好像還差一點才趕得上。不是能貼地接住的距離。

居然要眼睜睜看著她摔死在我眼前嗎！

等等，只要利用飛行魔法，或許還有救。

如此焦急時，和風臉見到一道人影救走了ＪＣ。伸長的手臂將她抽出觸手之中，觸手伴隨巨大地鳴聲墜地，捲起滾滾塵煙。

至於獲救的ＪＣ，則是被那人抓著一手吊在空中。

「這個人類有那麼重要？你這德行挺好看的嘛。」

Ｍ魔族來了。

以時機來看，抓著ＪＣ那根觸手也一定是他斬斷的。多半是利用他拿手的瞬移魔法，沒引起對方注意就移動到觸手之間了。

太好了，這次真的是被他救了。

「太感謝你了。你幫了我一個大忙啊，給羅士先生。」

「我什麼時候幫你了？」

「朵莉絲小姐跟你解釋過狀況了嗎？」

「啊？你在說什麼？」

說話還是一樣衝。

現在這種火力全開的樣子正是我需要的。

然而很可惜，最肥的部分被這噁長毛整個端走了。剛才那一手對女生來說，肯定是迷戀度暴升，不可能不愛上他的啦。至少如果我是女生，一定會愛上他。況且噁長毛又是個帥哥。

「…………」

我偷偷瞄一眼，果然發現ＪＣ正注視著Ｍ魔族。

眼睛睜得好大，整個是一見鍾情的感覺。

我懂。我非常懂。

有點陰沉又有點宅味，卻擁有壓倒性戰鬥力的反差，讓這一幕帥到不行啊！而且還是漂亮地斬斷觸手，再接住女主角的經典橋段。

不會錯的。我敢掛保證。

接著，她的視線轉向和風臉。

結果呢，你看看，原本就睜得很大的眼睛又加倍放大了。

當然啦，我可是全裸呢。不嚇到也難啊。

而且我全身各處都被觸手擦過，從上到下都是大片血跡。儘管治療魔法撫平了傷口，在旁人眼中仍是滿身瘡痍。可惡，對付觸手還苦戰成這樣的醜態被人看得一清二楚。對男性來說沒什麼比這更丟人了吧。

這使得我兒子得意起來，漸漸積蓄能量啦。

到了這一步，恐怕是無力回天了。

完蛋了。醜男的ＪＣ路線完蛋了。

「…………」

「怎麼了？我家主人怎麼了嗎？」

既然如此，好歹就讓我在這一刻拿出本色吧。

當著她的面全力展示我生殖器的厲害。

秀起來，男根。

「不，她沒事。我只是在思考接下來的作戰計畫。」

「計畫個屁，趕快把牠幹掉不就得了。剛才的極大魔法，你可別說是鬧著玩的。不過就是搶走個小丫頭，就要把我家主人跟城市一起消滅，你也太誇張了。沒錯，太、太誇張了……」

「……極大魔法？」

「聽好了？千萬別害死我們喔……這個人類我幫你看著。」

噢，原來如此。

我明白噁長毛為何沒先見過鑽頭捲就跑來這裡了。應該是害怕先前下錯單的大型火球，才一直線趕來戰鬥區域這案發地點。真是個忠心護主的魔族啊。

就這點來說，那顆火球也沒有白放了。

「謝謝，下次我一定小心。」

「哼，怎麼有這麼瘋的人類……」

多虧M魔族，人質平安獲釋。

懸念全掃除了。

「話說你一劍就砍掉了那條觸手，這樣可以嗎？」

「你這是什麼意思？」

「就是我說的那個意思。」

「……不管那堆肉塊變成什麼樣都不關我的事。」

「這樣啊。」

還以為那對魔族來說不太好，結果並非如此。看樣子，這件事並不是M魔族造成的，很可能只是湊巧來到這裡罷了。這麼說來，最有嫌疑的就是小皮了。

算了，原因以後再追究，目前還有其他事得做。

「那我知道了。」

「哼、哼……」

噁長毛這傢伙，腳居然在抖。

感覺有點爽。

「謝謝你替我排除懸念，我這就去解決牠。」

我以魔法飛身而出。

目標是觸手蛞蝓前方上空，在觸手絕對碰不到的充足高度俯視牠。先前誤判距離，下半身挨了一記，我可不想再犯這種蠢。

我要把辛苦建立起來的ＪＣ路線被人橫刀奪去的怨恨全發洩在這巨無霸身上。牠四位數的等級不是擺好看的，為了徹底打死牠，我要火球丟個夠。

「一塊肉都不讓你留下。」

鬥志十成十，絕對要一口氣幹掉牠。

不過全力投球很危險。

重要的是如何限定目標集中火力。這時我想到的，是剛來到學園都市，艾迪塔老師介紹城市背景時與我的對話。

『像你最愛的火球術，還有人在研究怎麼改變造型。』

當時，我還輕蔑地認為那是F級野雞大學的文科研究。

真的很對不起人家。

此時此刻，該檢討的無非就是火球的形狀。

「唔喔喔喔喔喔！」

我擺出雙手向天高舉的架勢。

和風臉頭上隨即浮現直徑約一百公尺的魔法陣。

以「凸」為意象。

不能給周遭添麻煩。我要用尖尖的火球，打點射爆觸手蛞蝓。於是我在心中描繪所需形狀，往頭上的魔法陣灌注魔力。用力灌下去。

結果，噢，有東西出來了。

魔法陣中央，有個鼻子尖尖的火球冒出來了。

就像通過傳送門的宇宙戰艦那樣，費了一段時間才在學園都市上空展現其全貌。形如長逾一百公尺的巨槍，轟隆隆地燃燒著。真是帥到極點啦！

接著我懷抱純粹的敬意，為它命名。

「上啊！F級火球！」

我可不打算給它取火焰箭或火焰槍這種比較帥的名字，醜男配火球恰恰好。就是因為火球才好，絕招有一個就夠了。因為這樣才能證明它是絕招中的絕招。

讓你見識見識F級的威力。

「吃我的火球啦！」

高舉的雙手往觸手蛞蝓用力揮下。

火焰之槍爆射而出。

『唔唔唔唔喔喔喔喔喔喔喔喔喔喔喔！』

觸手蛞蝓似乎明白自己身處險境，以不曾有過的聲音咆哮。並將其驕傲的觸手往火焰來向集合成盾，要擋下這一擊。無數扭來扭去的東西層層交疊的模樣，簡直是凌辱聖地。

F級朝那正中央筆直前進，從誕生到命中的過程不過幾秒鐘，十分短暫。與目標一兩千公尺的間距彷彿根本不存在。

尖端輕易突破敵方防壁，貫穿觸手蛞蝓本體。

沒有發生爆炸。

反倒在貫穿敵人的同時，火焰由其中心嘩一下漫開，布滿目標。

『唔唔唔唔喔喔喔喔喔喔喔喔喔！』

更巨大的咆哮響遍學園都市。

如乾柴烈火，燒得一發不可收拾。隨著火舌蔓延，著火的觸手變成焦炭，一塊塊地散落地面。火焰不停燒烤觸手蛞蝓，釋放出難以言喻的惡臭。

當火焰奪去所有觸手之際，底下的本體已是狼狽不堪。體表每個角落都烤得焦黑而開始崩散，好比被灑鹽的蛞蝓。

再過幾分鐘，前魔王再也沒有動靜。

此後，完全靜止。

「……好。」

任務完成。

＊

確定消滅觸手蛞蝓之後，和風臉返回大家身邊。

總不能光著屁股回去，只好在路上趁火打劫，從不幸罹難的居民遺骸上借用褲子外套了。最近這種緊急徵用的事變多，讓人有點在意。希望不會遭天譴。

「我回來了。」

我在地面發現他們的身影，降落在其面前。

起飛前臨時設置的石牆製避難所成了醒目的標記。看來艾迪塔老師和艾絲特跟Ｍ魔族和ＪＣ遇上了，四個人聚在一起，都沒有明顯外傷。

見到朋友熟人都沒事，讓我鬆了口氣。

總算可以放心了。

「喂、喂……剛那個……」

一見到和風臉，艾迪塔老師刻不容緩地湊上來問。從她在觸手蚯蝓焦屍與和風臉之間來回的視線，我也不是不懂她想問什麼。

「怎麼了嗎？」

「那個大到誇張的火焰槍，到、到底是……」

「那不是火焰槍，只是火球而已。」

「……火……球？」

歪起頭的艾迪塔老師好可愛。

可愛到看再久也不會膩。

不過，現在有件事和鑑賞老師同樣重要。對方不是省油的燈，不一定還能有機會能問個明白。所以抱歉了，老師，這次我要以那邊為優先。

「不好意思，我有件事要先請教那位先生……」

視線轉向Ｍ魔族。

他頗為難耐的站相，表示肚子裡八成有鬼。一和我對上眼，眉頭就抖了一下。但他似乎是打算抵賴到底，冷冷地吐出一句：

「我沒話跟你說。」

想賴也沒用，早就破哏了。

屬性視窗上寫得是一清二楚啊。

「說起來，魔王究竟是什麼？」

觸手蚯蝓的的種族和噁長毛一樣是高等惡魔。原以為魔王會有其他專屬類別，不過似乎也不見得。這麼說來，怎麼樣才算是魔王呢？

煩惱到最後，我還是什麼也沒想通，才會有剛才的疑問。

「……就憑你區區人類，說了又能懂多少？」

「至少，我是知道剛才那奇美拉體是從何而來。」

「唔……」

M魔族表情不甘地扭曲。

「等、等一下！你們到底在說什麼啊？」

被擱在話題外的艾絲特不甘寂寞而開吠。和風臉不理她，要繼續問下去。讓他溜掉就頭痛了，想問的事多得跟山一樣啊。

「沒想到你們人類手上會有前任的肉塊。」

「前任？」

「就算人類壽命不到五十年，你們也在書上看過或聽人說過五百年前，我們魔族把人類、亞人和亞種都拉進去的那場大戰吧？當時我軍總帥魔王的遺骸，最後就成了你剛才燒焦的肉塊。」

「這還真是，那個，怎麼說呢……」

看來前魔王這稱號不是隨便說說的。

奇怪，先等一下。

魔王換代的頻率不是應該更頻繁點才對嗎？他說的前任是五百年前的事，跟人類這邊的認知也差太多了。國王口中五百年前的魔王，是好幾代以前的魔王。

「不好意思，給羅士先生，我想進一步請教……」

「等、等一下！魔王是什麼意思？」

「魔王？難道剛才的奇美拉體是前任魔王嗎？」

艾絲特和艾迪塔老師餌咬得很厲害。

關鍵字是魔王。

「所謂的魔王，就是那個魔王吧？每一百年會復活一次，每次都會有勇者去剿滅。啊，說到勇者，剛才東西勇者也在耶！該不會是跟這件事有關吧？」

「一百年復活一次？你在說什麼鬼話？」

「不是嗎？我聽說這次魔王也跟前任魔王那次一樣，大聖國的聖女發出預言，指引東西勇者對抗魔王。所以我才猜想，剛才那個大隻的是不是跟現任魔王有關。」

「魔族社會跟人類社會又不一樣，魔王哪有那麼容易換代啊。」

「咦？可、可是這樣不就……」

蘿莉婊有疑問也是當然的。

不過，我不認為噁長毛會在這種狀況下說謊。他對艾絲特說話的態度跟平常一樣不耐煩，看不出半點虛偽。再加上剛才所謂前魔王的生物所透露的力量，更添說服力。

也就是說，說謊的是另有其人。

「請讓我趁現在弄清楚，請問魔王究竟是什麼？」

我們人類所認知的魔王，與魔族所認知的魔王並不相同。

而且兩者差距甚大。

「……想到就有氣。這樣問我的人類，你是第二個。」

「從哪裡說起都行，魔王究竟是什麼？」

「…………」

給羅士極為不滿地瞪著我。

不過，這次我不能妥協，好歹要了解人類對魔王究竟有哪些錯誤認知。我今後的行動準則勢必將隨答覆內容大幅改變，這場針對前任魔王的詢問是必不可少。

於是和風臉也稍微板起面孔，注視對方。

最後，噁長毛很不情願地說：

「五百年前我也是這麼回答的，魔王是我們的信仰。」

「信仰？」

「讚頌強者並不需要理由。」

「……原來如此。」

果然魔王是非常偏向魔族之王，形同首領的人物。屬性視窗都明寫是高等惡魔了。雖然他們這種種族比人類長壽許多，但文化與文明卻是遵循著相當原始的規則建立起來。

「你們的神出現在這世界是為了什麼？」

「神？神啊……嗯，也對。以你來說，這種比喻還不錯。」

「……你想到了些什麼嗎？」

「門徒怎麼會知道神的想法？」

「會有不懂神的想法就服侍神的門徒嗎？你沒有半點不滿嗎？」

「你們人類還不是一樣？什麼貴族、祭司的，在自己族群裡分高低，拿它當規矩。明明個體能力沒什麼差異，嘴上再多怨言也還是乖乖聽從，一再重複著你們的生活。」

「也就是無法反抗的意思？」

「你不是接觸到一點點了嗎，應該能懂吧？」

「…………」

「那應該是你們人類打算利用前任魔王的肉塊製造奇美拉體的結果。即使只是屍塊，魔王的力量還是非常強大。就是人類企圖掌控那種力量的傲慢，造成了那種異形。」

「……原來如此。」

聽他這麼說，我背脊都涼了。

假如觸手蛞蝓有媲美人類的智慧，能和我們一樣靈活進退，就沒有這麼容易解決了吧。恐怕連我和蘿莉龍搭檔，再加上果果露支援都打不贏。

「既然不能對他怎麼樣，就只能崇拜他了。」

「聽你這樣說，的確是很有說服力。」

看樣子，狀況比想像中可怕得多了。

偉哉魔王啊。

這麼說來，人類與魔族的壽命差距對人類或許是種致命傷。

「所幸魔王慈悲為懷，崇拜他讓我們很幸福。」

「那五百年前，前任魔王後來怎麼了？」

艾絲特說，魔王代代都會被勇者剿滅。就算大聖國是為了討點油水而假稱魔王復活，照給羅士的說法，五百年前的那位仍是貨真價實的魔王。

「哼，算我多嘴。我沒有義務再告訴你那些。」

「……這樣啊。」

很遺憾，這裡就是M魔族讓步的底線了。儘管其他想知道的仍多不勝數，現在還是先忍忍吧。僅僅是目前問到的情報，對田中男爵而言已是極大的收穫。

因為情報提供者和魔王一樣，都是魔族。

「我沒時間在這裡耗下去，先走一步了。」

「好的，麻煩替我向主人問好。」

「誰要替你問好啊！」

「不說也沒關係，反正我們很快就會見面了。」

「！……下賤的人類，隨你怎麼說！」

咒罵的同時，Ｍ魔族的身子輕飄飄地浮起。

以飛行魔法上升的肉體，朝學園都市中央快速飛去。

是要返回心愛主人的身邊吧。那心無旁騖直線飛去的模樣，感覺得到他實在是個優秀的Ｍ奴。

目送他遠去後，我們也該撤退了。

身為田中男爵，我很在意途中蹺掉的會議變成什麼樣了。如今我對魔王有新的認識，這會議的動向變得非常重要。回國後還需要向國王跟理察報告，絕對輕忽不得。

「那麼各位，我們也……」

說出「回去吧」之前，我轉向她們。

這時，艾迪塔老師大聲問道：

「不好意思，我有很多事想問！關於先前那個火球，還有幫你的那個人。尤其是他，他不是魔族嗎？而且看起來還是很高階的魔族耶！」

接在老師之後，艾絲特也劈哩啪啦地質疑。

「就是啊！剛那個魔法到、到底是怎樣啊？而且魔王跟勇者那些，怎麼跟我知道的完全不一樣，愈聽愈混亂耶！」

兩位的問題都很有道理。

然而，在這裡談這些事不太方便。

畢竟有ＪＣ這閒雜人等在。

「兩位提出的都是當然的疑問，不過我們還是先換個位置吧。我是從會議上溜出來的，有必要回去給個交代。有什麼要問的，我會後再告訴妳們。」

我盡可能給出她們都能接受的答覆，而她們也不太情願地答應了。

另一方面，ＪＣ倒是一句話都沒說過。

若是之前的她，應該早就在已經抱怨腳痠、怎麼來得這麼慢之類的，現在卻表情抑鬱，盯著腳尖不說話。

是整顆心都被M魔族的帥臉奪走了吧。

噫～真不甘心。

趕快回會議室吧。

「那麼各位，我們走吧。」

目標學園都市中央區，用飛行魔法一口氣飛過去。

路上，我順便替整座城放一個比較強的治療術。

*

消滅觸手蚯蚓後，會議室也恢復平靜。

先前氣急敗壞地質問誰來負責的那些事彷彿從未發生，與會者全都坐在自己的位置上，有說有笑、相談甚歡。圓桌上不知何時擺滿了茶杯茶點，感覺像是休息時間。

「哎呀，真不愧是澤諾教授。」「教授的魔法實在太厲害了。」「原本還認為自己對魔法有點了解，以後得更謙虛點了。」「可以的話，真想請他到我國來辦一場演講。」「喔喔，那我們那也不能少。」

會場上充滿了讚頌澤諾教授的聲音。

看來他們認為觸手蚯蚓是那個教授打倒的。這裡離現場是有段距離，隔窗所見的觸手蚯蚓只有拳頭般大小，飄浮在空中的人影恐怕連米粒都不到。

不過呢，其實這樣也不錯。

我也炸毀了不少周邊建物，萬一讓人知道那是佩尼帝國大使所為，事情會非常麻煩，索賠起來我哪受得了。這裡就讓澤諾教授當代罪羔羊，心懷感謝地利用他吧。

至於他本人，應該還在那附近吧。往這裡飛的路上，我曾見到他在地面上，和東西勇者團隊一起救助災民，協助滅火等。

「……呼。」

我坐回自己的位置，喘一口氣。

結果鄰座的鑽頭捲一秒都不多給我，馬上跟我搭話。

「剛、剛才好像有一個規模很大的魔法耶～？」

「沒有啦，那已經是我的極限了。」

看來她也透過窗戶注視著那一連串騷動。

「……真的嗎～？」

「詳細情形，問妳的僕人就知道了。」

我往後在她背後的噁長毛瞥一眼。

該說早料到了嗎？果然是一直線返回主人身邊了。

「嗯～？那算了，我可是很尊重僕人隱私的喔～」

「主人宅心仁厚，小的不勝感激。」

「喔喔喔喔喔喔～～呵呵呵呵呵。沒錯，我是個溫柔體貼的主人喔～！」

至於艾迪塔老師、艾絲特和ＪＣ，我都先送回住處了。帶她們一起來開會，恐怕會惹來不好的眼光。艾絲特和老師就算了，ＪＣ只是學校的學生呢。

當和風臉與有膜巨乳蘿對話時，會場眾人所注意的事一刻刻地改變。在外頭的騷動影響下，主持人完全失去了主導權。

各國大使紛紛出聲批評自己所參加的這場會議。

「話說，那個怪物到底是打哪來的？」「的確是要問清楚才行。」「把會場設在這麼危險的地方，實在教人不敢恭維啊。」「這樣能談的東西也談不下去了。」「一點都沒錯。」「我們是不是該好好想想，這種會到底有沒有開下去的必要？」「說得一點也沒錯。」

各國大使抓緊機會吐露真心話。

「我以前就覺得很奇怪了，開這種會到底有什麼意義？」「該資助勇者的，不應該是勇者自己的國家嗎？」「真的有需要大老遠把我們叫過來嗎？」「我們也都是百忙之中抽空來這一趟的耶。」「說得一點都沒錯。」

這使得主持會議的法袍男滿額冒汗。

站在他身旁的布斯教授也同樣面色凝重。

至少在查明事故原因，劃清責任歸屬前，大使的撻伐是不會結束的吧。

「各、各位稍安勿躁，稍安勿躁！」

法袍男大聲說道。

「我們就先在這裡閉會吧。下次開會的日期，我們會再派人通知。很抱歉，要耽擱遠道而來的諸位大使了，請給我們一點時間查明事情經過。」

鑽頭捲聽了也不勝唏噓。

「怎麼會這麼倒楣呀～」

「這也是沒辦法的事，查案總需要時間嘛。」

「所以說，最後到底是怎麼啦？」

「我自己也還沒弄清楚詳細始末。」

「哎呀～真難得。你也會這種喪氣話啊？」

「其實這件事有點不好處理。若妳真的有興趣，我剛才也說了，不如就直接問你的僕人吧？他知道的應該比我還多才對。如果妳願意分享給我聽，我可以出一個令妳滿意的價格。」

「喂、喂，你這傢伙……」

好耶，擺了噁長毛一道。

有點爽。

不過呢，這次他幫了我大忙，還是別太超過好了。

「話說回來，他也是有所苦衷的樣子。這一次，借妳的話來說，若能以僕人的隱私為優先是再好不過。我也很想避免破壞我跟他的關係呢。」

「……你這是在幫給羅士說話嗎？」

「這個嘛，任憑想像。」

「…………」

我並不是想賣弄善意。他救了ＪＣ是如鐵一般的事實，恩將仇報不好。再說，以後應該還有很多機會跟關於魔王的各種事扯上關係。

「無論如何，妳的立場都不會動搖，朵莉絲小姐。」

「太把我當傻瓜，我可是會生氣的喔～？」

「我並沒有當妳是傻瓜，反而是相反呢。」

「真的嗎～？」

「妳很疼愛僕人的樣子，我很尊敬這樣的人呢。」

「哼哼，我跟莉茲很不一樣喔～不一樣。」

「哎呀呀，這我就不清楚了。」

噁長毛比想像中更受重視，真教人嫉妒啊。

但是，艾絲特對自己人也超照顧的喔。

這是我的經驗談。

總之呢，為了魔王召開的這場會議就這麼暫時閉會了。

城市半毀不是擺好看的，死傷也相當慘重吧。今天各國大使都在，不解釋清楚交代不過去。無論如何，大家都同意給主辦方時間處理，將今天這場會議延到明天以後了。

學園都市（三）

Academic City (3rd)

這場舉辦於學園都市的會議，原定是連開兩天會就結束。意外遭遇觸手蚯蝓的襲擊後，被迫延期幾天了。主要是因為與會者的抗議。

說是要給出一個解釋才行。

擺明是打算在發現對方缺失時，趁機削減大聖國的氣焰。而苦主也深明這點，為盡快滅火而急得跳腳。

多虧如此，我也得在學園都市多待幾天了。

「就是明天了呢。」

「是啊。」

同一時刻，ＪＣ的報告發表會也逼近了。

和風臉正利用最後一天空檔，和艾迪塔老師一起檢討發表綱要。距離ＪＣ本人來到我們房間還有一點時間，我們要在那之前擬出草案。

位置和平常一樣，面對面各坐一張沙發。

老師的大腿疊法和我們邂逅當初差不多，提供肥滋滋的饗宴，夫復何求啊！歡迎歡迎，只要是為了艾迪塔老師，上刀山下油鍋我都去。

另外，果果露今天也待在床上。多虧她經常在我床上打滾，最近睡得特別香。濃郁的果果露香治癒了中年大叔因女主角候選人被搶而受傷的心。

附帶一提，觸手蚯蝓騷動那當時，她都在這裡睡午覺。雖然艾迪塔老師曾邀她一起出去走走，但礙於Ｍ魔族的存在，最後仍以和風臉的請託為優先了。

未免也太懂事了吧。要是她也出門，肯定會跟他打起來。

「對了，我、我問你喔。」

「什麼事？」

「有件事我一定要跟你問清楚才行……」

艾迪塔老師一臉緊張地問。

但是，她的聲音瞬即敗給了敲門聲。

叩叩叩。走廊方向傳來清脆的敲門聲。

「唔……有客人？」

「好像是這樣。」

在關鍵時刻遭到打斷，使老師表情甚為遺憾。

會是誰呀？

和風臉才這麼想，果果露已經匆匆動身了。一從床上爬起來就特務似的躡手躡腳來到走廊門前，偵測對方來意。

不久後得到的答覆，是關於訪客的身分。

「是東西勇者跟澤諾教授。」

「原來如此。」

幾天前，醜男曾為她的隔門偵察道謝，所以這次就主動行動了吧。這忠犬般的態度讓疼愛之情不斷湧上心頭啊。

然而，知道艾絲特、鑽頭捲和噁長毛都來到學園都市後，恐怕就不適合繼續這麼做了。

若關係敵對，例如在佩尼帝國遇上費茲克勞倫斯家的死對頭時，愛怎麼讀都無所謂。她也曾在和風臉的請託之下主動進行。

但換成與我們親近的人，甚至只是走得近，稱不上親近的人，我也希望她盡可能不要去讀。我認為劃清這樣的界限，是很重要的一件事。

為了守住果果露的棲身之所，絕對有必要留心。

不認識的貴族就算了，布斯教授和小皮這樣的都不行的感覺。

「……有你就夠了，其他的我都不需要。」

「我可不希望這樣啊，蘿可蘿可小姐。」

還有，不可以說這麼動聽的話。

我明白妳全力投注於保留說話對象的心情。可是說這種話，和風臉會一不小心就愛上妳呀。這樣還說什麼話，把妳關起來幹個三十年都綽綽有餘啊！

「喂，妳、妳那是什麼意思！你們在偷講什麼！」

看吧。艾迪塔滿臉疑惑地盯著我們看了。

由於很容易造成這種事，所以除非是緊急情況或我們倆獨處，否則盡量不要用讀心能力來對話。

「……知道了。」

「謝謝妳的體諒。」

對不起喔，果果露。

要是逆姦我，妳愛怎樣都可以喔。

「…………」

「…………」

忠實執行我請求的果果露，真是個好孩子。

她的小嘴嘴就此緊緊閉上，再也沒有動作。儘管如此，醜男依然會賭上那一咪咪的可能，在剩餘的人生中天天挑戰。我相信總有一天，皇天會不負苦心人的。

「該不會是排擠我吧？我、我礙到你們了嗎？」

「很抱歉，絕對沒有那種事。」

「……真的嗎？」

那可憐的眼神讓老師的魅力更升一級。

「真的。我是針對她的能力，提醒她什麼事不可以做。」

「唔，哼～？」

我也多少能猜到東西勇者與澤諾教授怎麼會一同造訪。

主要是因為前者在議場上見過我吧。我和後者至今未曾在學園都市直接打過照面，肯定是透過勇者得知我來到了這裡。只要再問問布斯教授，很快就能查出我房間的位置。

來意十之八九是為了暗黑大陸那些事。自從那天把事情含糊帶過就不告而別以來，到今天我們都不曾有對話的機會。他們必然會想問我後來發生了什麼事。

「對了，不去招呼客人行嗎？」

「不，當然不行。我馬上就去。」

未來我也想和他們維持友好關係。

向老師告退之後，我便小跑步前往玄關。

開門見到的果真如同果果露所說，是東西勇者和澤諾教授。他們和當時一樣，身穿甲冑與長袍，腰間配戴刀劍法杖，看得出對和風臉有所警戒。

畢竟我是個來路不名的扁臉黃皮猴，這也是當然的啦。

「是你們啊，好久不見了。」

總之先拿幾句場面話應付一下。

努力擺出笑臉打躬作揖。

不過，他們應對的表情十分凝重。

「……真的是你。」

西方勇者低語道。

「怎麼了嗎？」

「我們聽說你——喔不，聽說佩尼帝國的田中男爵來訪，於是就上門問候了。請原諒我們來得這麼突然，可以撥空和我們聊聊嗎？」

「好啊好啊。站著說話不太好，快請進吧。」

讓人看見了也麻煩，我便請他們進房了。

＊

地點移到客廳後，三位大人物與我再續對話。

東西勇者與澤諾教授在三人座沙發排排坐，面前矮桌另一邊則是我和艾迪塔老師，果果露則是在隔了段距離的床上。

果果露會不會在我床上偷尿尿呢？

「真巧，居然會在這裡遇到各位。」

我先打張安全牌，附帶友善的微笑試試反應。

對此，頭一個出聲的是西方勇者。

「昨天，有人對整座城放了神話級的神話魔法，那是你做的吧？」

「不會吧，有這種事？」

老實回答就不好玩了，先裝個蒜再說。

結果，這次換東方勇者發難了。

「你、你還想裝傻！」

他們肯定是來刺探我的底了，都是心中有各種猜疑的表情，東方勇者更是明擺著一副有敵意的臉。顯然他們身為人類代表，都對和風臉的存在抱有危機意識。

「先冷靜點吧，東方勇者閣下。」

「治療魔法就算了，那個末日烈焰……」

「你是佩尼帝國的使者，田中男爵沒錯吧？」

澤諾教授的視線轉向了我。在暗黑大陸，我們有過幾次對話，關係比陌生人更接近點頭之交。對方也明白這點吧，略過繁瑣的寒暄，一副想直衝正題的樣子。

「沒錯，很感謝貴都市這麼照顧我們。」

「那真是太好了。布斯教授他是個非常有能力的學者，但在待人接物上就差了點。假如經過這件事能讓他做人更圓融一些，或許會看見一些以前看不見的路。他應該很懂得怎麼照顧人才對。」

三人中最沉穩的就是他了。

年紀不是大假的。擔任學園都市代表的事，看來是真的。

在面對這種場合上，也比另外兩名勇者老練得多。

「城裡狀況怎麼樣？」

「還在調查當中，目前已經發現疑似用來研究那頭怪物的設施了。儘管已遭到破壞，相信這兩天就能查出點東西。給田中大使添麻煩了，我在此鄭重道歉。」

「哪裡哪裡，既然我們全都平安無事，就別放在心上了。」

「同時，我要代表學園都市感謝你救了這座城。只憑我們的力量，根本不是那個怪物的對手。假如沒有田中男爵，說不定整座城現在已經是一片廢墟了。」

該說薑是老的辣嗎？

這串抬轎連打似乎讓他穩穩拉近了距離。

這種人最大意不得。

「教授言重了。有強大力量的人，其實是超乎想像地多，我還差得遠呢。只是這種人平常看不出來，遇上了也只是擦肩而過而已。既然各位曾在暗黑大陸闖蕩過幾天，應該很明白這個道理才對。」

像噁長毛、果果露、蘿莉龍都是。

而那位將要甦醒的魔王，將是這當中最可怕的吧。

「嗯，我明白田中男爵的意思。」

「謝謝教授。」

被捲進去就麻煩了。

這次國外出差結束以後，我就有連假可以爽了，說什麼也不能被他們破壞掉。就當是慰勞我貧瘠的毛囊，這個假也非放不可。得穩穩抓緊主導權才行。

既然如此，就要靠那招了。只能用那招了。

就是貫徹我神祕助拳人，不知是敵是友的角色。當主角團隊面臨困難時，不是常有人跳出來提供建言，或乾脆加入團隊一起冒險嗎？

現在的我，在立場上也無可挑剔地合適。

好，就這麼辦。

「對於三位究竟在擔憂些什麼，我也多少有點概念。」

「嗯？那就請你說說看，我們在在擔憂些什麼吧。」

「提示是大聖國。」

先發制人，說些故弄玄虛的話拉開距離，是維持場面的不二法門。

在對方發問前主動說出來，對方反而容易有所顧忌。尤其他們都是較為嚴以律己的人，只要我主動踏進一步，自然會避免去要求更多。

「……那裡有我們要找的東西嗎？」

「憑各位的能力，相信很輕易就能找出答案，不過這也會帶出下一個問題。要是走錯了路，回頭重走就行了。但若中途倒下，就是前功盡棄了。」

「…………」

「路上還請多加小心。」

對面三人的臉色隨和風臉每一字愈發鐵青，還隱約能聽見像在吞口水的咕嚕聲。不錯嘛，感覺這角色比我想像中帥多了。神祕氣息超濃的啦。

我一直都很想扮一次這種的啦。

「田中男爵，你究竟知道多少？」

噢，西方勇者開口牽制了。

像這種時候，神祕人會如何回答呢？這疑問使和風臉的視線不自禁地往果果露轉，因為她就是一個神祕酷妹，想從她身上找出一點提示。

然而她本人卻在床上打滾。在我的床單上打滾。沒做什麼事，就是左滾右滾，不斷地翻動身體而已。果果露味狂滲猛滲。

根本沒辦法指望。

於是我往艾迪塔老師瞄一眼。

立刻就想到一句很帥的話。

「……田中男爵？」

「說出來是很簡單，可是這樣並不夠。人必須要透過自己的眼睛看，用自己的手去摸，才能真正有所領會。知識與經驗完全是兩回事。知識多得是方法可以補充，經驗則並非如此。」

「你是說我們必須自己去爭取嗎，田中男爵？」

「想在這裡打倒我也無所謂，各位意下如何？」

「！……」

漂亮。

紳士到一個不行啊。

「好了，話就說到這裡吧。身為一國大使，我很好奇之後會議上會有怎樣的問答。在這裡額外占用澤諾教授寶貴的時間，恐怕會損及學園都市的全體利益。」

「再問一件事就好。田中男爵，你是在誰的命令下做事？」

「只能說我是佩尼帝國的貴族，不方便再多透露了。」

「……原來如此。」

澤諾角色表情晦澀地頷首。

先將田中男爵的個人資訊擺一邊，把話題導到佩尼帝國的內情上，狀況就不一樣了。我對國內情勢與潛規則等貴族所需具備的基本知識不太了解，在這瞎扯很可能犯下不必要的錯。

不過這樣回答有點太冷淡，最後再走近個無關痛癢的一步或許會更好。這時，我想起離開佩尼帝國前接下的作業。

「對了對了，其實應該找個正式場合給您的，總之請先收下吧。」

此時此刻，正是理察給我的禮物出場的好時機。

和風臉煞有其事地從懷中掏出皮囊。

沙沙作響的皮囊裡，大約裝了一百枚金幣。

「……這是什麼？」

神祕助拳人掏錢資助勇者團隊，也是種樣式美啊。

「這是佩尼帝國的費茲克勞倫斯家為重建學園都市而捐贈的。考慮到城裡的現況，這筆錢多少能補貼一點急用吧。我們還準備了很多東西，能麻煩您派人晚點來搬嗎？」

實彈就只有這麼多了，而飛空艇裡還有很多貴金屬、擺設、辛香料和高額魔導具等從佩尼帝國帶來的各種東西。事前也請艾迪塔老師看過了，的確可以賣一大筆錢財。

「這真是太好了，可是……」

「您不能收嗎？」

「……田中男爵，您究竟想要什麼？」

「我們就只是希望協助學園都市盡快重建而已。」

「真是冠冕堂皇的理由啊。」

澤諾教授就是不肯乖乖伸手。

這類贈禮往往難以順利送到該收的人手上。但我很肯定，以後恐怕不會有更好的機會。我還有報告作業要趕，得設法讓他收下才行。

「貴城的秩序是不容改變的吧？」

「嗯……」

「就算我去找其他人，也不會有誰比教授更適合的了。」

「……那好吧。我澤諾就在此收下這一份情了。」

澤諾教授總算握起和風臉交出的皮囊。

簡直是在最棒的時機交給最棒的對象啦。

「但願貴城能盡快完成重建工作。」

過關的感覺。

既然如此，我也來結束這場麻煩透頂的問答吧，再聊下去只會給自己找麻煩而已。東西勇者，尤其是東方勇者，仍以話沒說完的眼神盯著我。

「那麼不好意思，我接下來與學生有約……」

大概是這些想法遭天譴了吧。

門敲響的同時，走廊方向傳來好大的笑聲。

「喔喔喔喔喔喔～呵呵呵呵呵～～！是我～！快點開門～！」

是鑽頭捲。絕對是鑽頭捲。

門外有附膜巨乳蘿的感覺，是來做什麼的啊？居然會主動上門找我，未免也太稀奇了。喔不，她前不久就有過無聊到跟蹤起和風臉的前科。

大概是太常找蘇菲亞玩，食髓知味了。

「……好像有客人呢。」

「看來是這樣沒錯。」

眾人的注意力也往門口集中。

「搞什麼啊～！快開門啊～！」

怎麼說呢，真是麻吉感爆棚的喊法呢。

怎麼聽都不像是兩國大使的關係。

呆看片刻，鑽頭捲咚咚咚地敲起門來了。

「和你一起來的嗎？」

「不，八成是普希共和國的大使。」

「你們交情不錯嘛。」

「我個人是認為並沒有這種事……」

澤諾教授吐嘈得很精準，東西勇者也用懷疑盯著和風臉看。他們怎麼也想不到，叫門的人就是將西方勇者斬成上下兩段的魔族的主人吧。

世上沒什麼比S與M的關係更難理解的了。

「你在吧～？不在就太過分嘍～～？」

有種遲早破門而入的氣勢啊。

無視她而繼續談下去，未免太危險了。

我十分了解她有多麼地豪放不羈。

「不好意思，我去處理一下。」

「不了，我們也趁這機會告辭吧。」

「感謝教授體諒。」

「抱歉占用了你的時間。」

就在和風臉提腰離開沙發之前，澤諾教授主動提議散會。就結果來說，是鑽頭捲ＧＪ嗎？這場與國際化人才的對談就此平安告一段落了。

我在心中偷偷鬆了口氣。

就在這下一刻。

身旁冷不防出現別人的動靜。

同時，耳邊響起剛剛還在門另一邊的聲音。

「看吧～我就說他在嘛～！」

鑽頭捲入侵客廳了。

噁長毛就在身邊。我懂了，是用了他的空間魔法吧。雖說不知射程有多遠，但以過去經驗來看，十幾公尺根本算不上什麼阻礙。很會挑時間運用僕人的能力嘛。

「唔，空間魔法嗎！」

最先反應的是澤諾教授。

東西勇者也目睹兩人突然出現在房裡，身體猛然一抖地緊繃起來，身上甲冑因而鏗鏘作響。突然跳出來很恐怖，拜託不要這樣好嗎？

而附膜巨乳蘿則是依然故我地高聲尖笑。

「喔喔喔喔喔喔～呵呵呵呵呵！想跟我裝不在，你還早一千年呢～！」

「朵莉絲小姐，能請妳不要隨便進來嗎……」

「是怎樣～我跟你是什麼交情啊～！還不是莉茲都不理人家～！」

「這樣啊。」

看來她果真是來殺時間的。

若她是在我獨處時來訪，千年萬年我都陪她聊，問題是這個時間點實在尷尬到不行。房裡還有果果露在，不管哪方面都很尷尬。

幸虧這裡和果果露有段距離才沒事，不然可能已經跟Ｍ魔族打起來了。長矛刺不到的距離很重要啊。感覺腋下都流起冷汗了。

「像這種時候，當僕人的不該勸諫主人兩句嗎？」

「人類閉嘴。主人命令我做什麼，我就做什麼。」

「…………」

每次都這樣，這個人真的很難搞。

跟他一起行動，我是拿他一點辦法也沒有。

西方勇者看著他們——喔不，只看著給羅士，問道：

「不好意思，普希共和國大使，請問我們是不是在哪見過……」

「沒有吧，我完全沒印象。」

「這、這樣啊？真是抱歉。」

太好了，看來他們沒把Ｍ魔族當Ｍ魔族看。

現在的噁長毛收起了角，改變了膚色，穿上貴族服飾，一整個貴族的樣子，甚至比醜男貴族得多了。而且普希共和國和大使兩個詞，也對他人造成有利的先入為主印象。

西方勇者也沒想到眼前這人就是差點殺了他的魔族吧。

就這樣，國際化人才離開了我的房間。

＊

鑽頭捲把我房間當自家廚房一樣，沒人招呼就逕自在我對面坐下。就是東西勇者和澤諾教授剛坐的那張沙發。

噁長毛一副強調「我是僕人」似的站在一旁。

「朵莉絲小姐，不好意思，我現在有別的事要忙。若沒有急事，可以改天再聊嗎？我會主動去找妳。」

報告發表會那邊還沒弄完，發表者ＪＣ上完課就會過來了。這關係到我與艾絲特的賭，被她破壞就糟了。

但我更擔心的，其實是果果露那邊。

「哎呀～？怎麼都沒聽說呀～」

「其實我行程還滿緊湊的呢。」

假如鑽頭捲是獨自來訪，還能邀她加入我們，一起討論明天發表會的劇本，但有噁長毛在場就不能這麼做了。

這也是ＬＵＣ狂降的影響嗎？

啊啊，不行。怎麼能什麼都怪ＬＵＣ呢，我這沒用的東西。

「要是你和莉茲都不陪我，那我要去找誰才好？」

「那好。既然這樣，妳就跟我一起走吧？」

我打斷鑽頭捲埋怨似的如此提議。

如我所擔心的，Ｍ魔族的注意力在和風臉和果果露之間來去。不早點換個位置，事情恐怕會變得很麻煩。不過之前用火球嚇唬過他幾次，基本上不會突然就怎麼樣吧。

「哎呀～？可以嗎～？」

「可是這位僕人也要一起來喔，沒關係吧？」

「沒關係喔～？是吧，給羅士？」

「那當然。雖然我不喜歡這個男的，但我願意跟隨主人到任何地方。」

「聽到了吧～？」

「謝謝妳。那麼，我們趕緊出發吧。」

好耶，緊急迴避姑且成功。

能讓噁長毛遠離果果露了。

「喂、喂！這樣的話我也要一起去！」

「艾迪塔小姐不好意思，請妳在房裡等她過來。」

「可是，明、明天的事……」

「細節的部分，可以問蘿可蘿可小姐。我這樣自作主張，真的很抱歉。有什麼想知道的，麻煩妳等我們離開以後再問。不過妳可能還是無法接受就是了。」

「唔，這、這樣啊？可是……」

「那麼我先出門了，待會兒就回來。」

「……那好吧，隨你的便啦。」

「謝謝。」

老師有點鬧彆扭啦。

在那可憐的眼神目送下，我們離開了房間。

＊

出發一段時間後，鑽頭捲在走廊上邊走邊問：

「又要去圖書館查資料啊～？」

我只是先把人帶出房間，沒有其他事要做。

但我也不能老實說出真相，只好來個順水推舟。就把情境設定為醜男此時此刻正是為了研究生髮劑而前往圖書館好了。

「要是不喜歡，去找別人玩也可以喔。」

「不會呀～不過，你要查什麼東西～？」

「抱歉，這個不能隨便告訴妳。」

「混帳，你不回答主人的問題嗎？」

「畢竟這件事牽涉到我的隱私。」

「該不會是想治禿頭吧～？」

「…………」

鑽頭捲妳給我等一下，妳是怎麼知道的？

難道是我早上放的治療魔法不夠強？還是觸手蛞蝓對我的頭皮添了更重的壓力，加速掉髮了？無論如何，我都好想摸摸看患部，但這麼做等於是承認自己禿頭。

於是和風臉制住差點抬起的手，鎮靜地回答：

「妳那是什麼意思？」

結果鑽頭捲當場賊笑起來。

視線所指之處，無疑是醜男的側腦。

「哎呀～？好像說中了耶～」

「怪了，我怎麼都聽不懂。」

「我啊，知道一種對禿頭很有效的配方喔～」

「什麼……」

鑽頭捲停下走在走廊上的腳。

我自然也跟著暫停。

轉身凝視就在背後幾步遠的鑽頭捲。

「不要的話，那就沒辦法嘍～也對啦～髮量充沛的你，哪用得到那種東西嘛～？髮量都這麼充沛還給你推薦生髮劑，簡直太沒禮貌了～搞不好會變成外交問題呢，你說對不對～？」

「！……」

何其屈辱。

何其舒爽。

被鑽頭捲高高在上地玩弄，是打從心底地爽啊！原來如此，就是這種感覺嗎？這就是噁長毛天天享受的一小部分快感嗎？太甜美了。渾身上下充斥著跪舔飽飽的衝動啊！

因為她可是個處女呢。

她可是全新未開封呢。

「…………」

「差點忘了～我還有其他事要忙呢～」

鑽頭捲翩然轉身，作勢要走。

該不會想落跑吧？

「請等一下，真的有那種東西嗎？」

「哎呀～？懷疑我在騙你嗎？」

「畢竟口說無憑，可信力太薄弱了。」

「反正你髮量充沛嘛～？沒必要吧～？」

「！……」

「你這是怎麼啦～？」

她那雙瞇得細細的眼睛直視著我，彷彿要看穿我的心。放射奇異光芒的眼眸不由分說地使我感到自己此時此刻正被她戲耍於掌中。我在心裡明確地感受到恥辱屈服於快感的那瞬間啦！

「最近這幾天，我的頭部的確罹患了重病。」

「重病？什麼重病呀～？來呀，你說嘛～？」

「……我為這個會讓一部分頭髮變得稀疏的病苦惱了很久。」

這就是鑽頭捲的虐術嗎？

比我以為的、想像中的更能帶給雞雞物理爽度啊！好想被她當場逆姦。喔不，被她隔著褲子用力掐住也沒關係。懇請賜我九轉睪丸之刑。

而且她還有膜，我怎麼可能贏得過她呢？

「哼～？那我就告訴你吧～」

「可以嗎？」

「配方的一部分，是哈雷古依草的根喔～？」

「原來如此，哈雷古依草嗎？」

那是啥，完全沒聽過。

但現在還是裝懂比較好。

要是被她發現我這麼無知，不曉得會被她利用成什麼樣子。不，先等等。照這樣看來，被鑽頭捲利用反而能享受到更刺激的玩法吧。

可惡，搞砸了。

「怎麼樣啊～？是不是覺得很值得研究呀～？」

「這個嘛……」

不管鑽頭捲說什麼，她豐滿的乳房都在不住晃動。被她晃成這樣，處男衝動都要滿檔啦。我恐怕是再也克制不住了，好想用黏膜去體驗那未知的S蘿莉●。

「當然，我要跟你拿相對的酬勞喔～？」

「好，當然當然。」

「我先說清楚，錢這種無聊的東西可是不行的喔～？」

「……請問是什麼意思？」

「別以為舔舔腳趾頭，嗯，我就會願意告訴你喔～」

來了，它來了。

從S之國翩然來到了。

「…………」

「怎麼啦～？」

「如果我答應妳的條件，妳真的會告訴我嗎？」

「對，我真的會告訴你喔～？徹底地告訴你～」

很好，非常好。

鑽頭捲的每一字每一句，都深深沁透我的五臟六腑。

好想被她坐在雞雞上狂蹭三小時二十九分。

「……我明白了。」

「這樣我聽不懂耶～你到底明白了什麼呢～？」

「等我們從學園都市回到佩尼帝國後的三天內，要把我當僕人，當給羅士那樣使喚也無所謂，拜託妳告訴我。妳所擁有的知識對我而言是不可或缺的。」

啊啊，說出來了。

我真的說出來了。

她一秒也不多等，用前所未有的力道放射喔呵呵。

「喔喔喔喔喔喔喔喔喔喔喔～呵呵呵呵呵呵喔呵呵

呵呵！」

好刺耳的笑法。

一陣陣地從內側刺激我的尿道。

「很好～～！非常好～！沒錯～就是要這樣～！我就是在等這句話～！之前動不動就對我頤指氣使的你，如今卻成了我的、成了我的……喔喔喔喔喔喔喔～呵呵呵呵呵呵呵！」

「…………」

很高興她這麼開心。

醜男與有榮焉。

「記住你這句話，不可以轉頭就不認帳喔～？絕對不准喔～？」

「當然，我絕無戲言。」

「主、主人，這樣不好吧！」

眼見獨占主人的福利受到威脅，M魔族出聲制止。

然而現在的鑽頭捲聽不進那種話。

「給我閉嘴！我可以盡情玩弄這個人耶～？天底下沒有比這更讓人痛快的事了～！啊啊，要叫你做什麼好呢～！要把你怎麼樣呢～！光是想像，我的心就震顫不已了呢～！好想趕快回國喔～！」

「主人……」

鑽頭捲高聲呼喊著她的狂喜。

相對地，M魔族的表情卻是十分憂傷。

嗯長毛對她果然是認真的啊。

「那麼關於我們的承諾，妳是真的會告訴我吧？」

「我會喔～不過，當然是等我們回到佩尼帝國再說～要是我現在告訴你，被你跑掉就不好玩了～絕對不許這麼做喔～！」

「好的，我無所謂。」

「喔喔喔喔喔～呵呵呵呵呵呵！約好嘍喔喔喔喔喔喔喔喔！」

鑽頭捲的喔呵呵氣勢又強出一個新境界。

搖個不停的胸部給了我青春正在歸國後等著我的預感。

圖書館改天再去吧。

＊

獲得鑽頭捲承諾後的回程上。

走廊彼端轉角的另一邊傳來人說話的聲音。和風臉的住房正好就在那一排。順道一提，艾迪塔老師和果果露的房間一左一右地將我房間夾在中間。

假如那是平靜的對話，我就會直接走過去了吧，不過那語調略顯凶險。考慮到最近ＬＵＣ那麼低，還是別直接走過去而惹禍上身的好。

腳步自然就停下來了。

結果走在後頭的鑽頭捲撞上我的背。

「拜託～不要突然停下來好不好～？」

「混帳，你不會是故意讓主人撞你吧！」

走在她身旁的Ｍ魔族也隨聲責難。

不好意思，說沒故意就是騙人的啦。

奶子啾一下擠在背上超爽的。

「對不起，我聽到一些像是在爭執的聲音。」

「爭執的聲音？讓他們去吵不就得了～？」

「話是這樣說沒錯……」

我從轉角探頭出去偷看前方狀況，鑽頭捲也蹲在我腳邊查看聲音來向。若有別人看見，就是醜男跟美少女一上一下貼著牆壁了吧。

噁長毛在背後很不滿地瞪著和風臉的部分就先不管了。

「那是……」

視線彼端有個熟悉的人影。

「高的那個是叫皮考克吧～？他不是這裡的學生嗎～？」

「矮的那個是奧夫修耐達家的人，不曉得怎麼了。」

小皮和ＪＣ在對峙。

就在距離我們那三間房幾公尺的位置。

要是ＪＣ的眼神在發浪，我就立刻向後轉，出去漂泊一個小時再回來了。如果是ＪＣ被男色家小皮甩了，我會用諸行無常的心看下去。

然而，ＪＣ看小皮的眼神卻充滿厭惡。

露骨地蕩漾著負面情緒。

與其對峙的小皮呢，則是和剛認識時沒兩樣，戴著笑瞇瞇的親切笑容，表情平靜。嬌小身材和依然不變的女性化臉孔，可說是為了被人挖屁眼而生也不為過。

不知為何，他身旁有個送餐用的推車。

現況實在難以判斷究竟是怎麼回事，我決定暫且旁觀片刻。以之前ＪＣ自己說過的話而言，她對小皮應該頗有好感才對，怎麼會這樣瞪他呢？

豎起耳朵，兩人的對話更清楚了。

「這裡是大叔的房間耶！」

「對呀，我知道。所以我送餐過來嘛。」

「為什麼你要幫他送餐？」

「因為我有點事想找田中先生商量。」

看來小皮是來替我送餐的。

而ＪＣ正是咬住這一點。

小皮忙到學園都市副代表布斯教授都特別提過，替一國大使送餐是有點不自然。但既然他是有事找我談，倒也不是說不過去。

這麼一來，想談什麼就很令人好奇了。

至於ＪＣ為何在這閒晃，我是心裡有數。明天就是報告發表會了，她是來和我們討論相關事宜的吧。都跟她約好今天在我房間碰面了。

「是怎麼啦？氣氛很緊繃耶……」

「就是啊，好像在吵架一樣。」

我和鑽頭捲竊竊私語地看下去。

他們倆沒注意到我們，繼續在那一問一答。

「你是要跟大叔商量什麼事？」

「妳不過是個學生，跟妳沒關係。」

「那我換個問題好了。」

「要問什麼？」

「你在餐裡加了什麼，皮考克同學？」

ＪＣ正面直視小皮的雙眼如此問道。

平時懶散的她居然也有這麼認真的時候，真不像她。

「妳在說什麼啊？」

「我看見你在他的餐裡加料了。躲在走廊柱子後面，把裝在瓶子裡的白色液體倒進去。我絕對沒有看錯。」

「…………」

呃，等等，拜託不要這樣好不好！

腦海自然浮現前幾天在圖書館裡見到的重鹹雞雞劇場，莫非他加的是白果醬？一這麼想，我就食欲全消。就算他其實沒加，美味度也折了五成。

「你還挺討人喜歡的嘛。」

「不不不，就算是同性戀，也沒人會對我發情吧。」

「是這樣的嗎～？」

鑽頭捲事不關己的揶揄戳得我好心酸。

這當中，ＪＣ往小皮前進一步。

「你、你說說看那是什麼啊！」

「…………」

「還是說，那是見不得人的東西？」

ＪＣ大聲叱責。

看來她是在努力守護和風臉的食安啊。

前幾天她還一股腦地認為我是啃老族，一進入視線就用看見垃圾的眼神看我呢。難道說，該不會，在我挺身奮戰觸手蛞蝓後，她對我多少有點刮目相看了呢？

面對ＪＣ的質疑，小皮的回答是——

「……妳這小鬼少在那鬼叫。」

裡人格在這時上線啦。

和氣的表情忽然變得像布斯教授一樣恐怖，感覺上跟理察是同類。只不過理察是完全一條線的眼睛赫然開眼，小皮則是臉上起皺，輪廓變很深那樣。

「咦……」

因而嚇到的ＪＣ真可愛。

和錯愕地睜大的眼睛完全是兩樣情。

對此，黑化小皮低吼似的回答：

「只要裝作沒看見，還能不知不覺地死個輕鬆，結果妳偏偏要跳出來鬼叫，未免也太蠢了吧？妳就是這麼沒腦袋才會被抄家啦。全家都笨得跟什麼一樣。」

「不、不要……不要扯到我家！」

「既然這樣，我就先殺了妳再去解決那個男的好了。」

小皮對緊張的ＪＣ伸出一手。

感覺不妙啊。

於是醜男將重心移往一腿，要涉入現場。

然而ＪＣ卻在先一步動身了。

「你、你別想！」

在小皮伸手的同時，ＪＣ雙手往前一伸，同時發出看不見的衝擊波。往對方張開的手掌，朝垂直方向爆出一股強勁的氣流。

小皮似乎完全沒想到她會有這一手。

整個人往後飛去，背部狠狠撞在牆上。

「呃啊……！」

砰一聲，撞牆的小皮在走廊癱坐下來。

ＪＣ繼續保持伸直雙手的姿勢瞪著他。

「不、不要小看我喔！我好歹也是學園都市的學生啊！」

搞啥啊，ＪＣ其實還滿上進的嘛。這一下有點帥喔。不愧是跳級入學，奪下最年輕主席之稱的人。看來霸凌仔們所說的往日榮耀不假。

「唔，我太大意了。居然能快速施法，有兩下子嘛。」

「不、不、不要動！再動我就不客氣了！」

儘管雙腿抖個不停，ＪＣ仍死命威嚇。考慮到小皮在學園都市的背景，她會怕也是當然的。小皮可是優秀到成了學校副代表的關門弟子呢，想必是擁有相應的魔法能力。

至於特別提拔他的其他理由，我就不願去想了。

「嘖……」

坐在走廊上的小皮憤恨地抬望ＪＣ。

經過短短幾句對話，局勢很快就底定了。

然而就在這當中，現場響起第三者的聲音。

「喂，奧夫修耐達在幹什麼？」「她在放魔法？」「剛才那陣風該不會就是她弄的吧？」「喂、喂，未經許可在這種地方用魔法會出事吧？」「對呀，弄不好會演變成國際問題耶。」

不知為何，霸凌仔三人組出現了。

「等一下，地上那個不是皮考克嗎？」「咦，他不是布斯副代表的……」「真的假的！那他不就是中央的菁英嗎！」「聽說他是被布斯教授看上，從西區的資優班挖過去的耶。」「對對對，就是這樣。」

之前每次遇上，這團隊總是以帥哥打前鋒，大胖和田雞跟在後面來行動，唯有今天是田雞帶領其他兩人。

這使得我當即領會了他們為何會來到這裡。八成是為了觸手蛞蝓事件，來向艾絲特道謝與道歉的吧。手上還捧著包裝精美，像是糕點禮盒的東西呢。

「啊……」

聽見他們的聲音，ＪＣ的注意力自然就往那分散了。漂亮的小嘴巴愣愣地輕叫。

就在這瞬間——

「！……」

小皮行動了。

以魔法飛身而出，霎時移動到那三人身邊，同時從懷中抽出小杖抵住他們的頸項。儼然是手拿凶器挾持人質與警方僵持的匪徒。

「……不想害死朋友就給我老實一點。」

「你……！」

這一舉讓他壞蛋感飆破天際。

邂逅當時的印象蕩然無存，在布斯教授懷抱中嬌喘連連的娚孩不曉得跑到哪去了。要是他生在平成時代，說不定會是能靠現任高中偽娘偶像招牌撈上一筆的人才。

霸凌仔三人組因此一臉的疑惑。

「……你不出面阻止嗎～？」

「好像錯過出面的時機了……」

被鑽頭捲質疑了。

如果有想到小皮在城郊遺跡露的那一手，我早就該衝出去來場救駕來遲、請多包涵了。不過現在，我想躲在這裡再多看一會兒。

剛才高聲怒吼的ＪＣ感覺好迷人啊。

這個擺脫不了怠惰與容易退縮的尼特妹逐漸失去了主動行動的機會與膽量。對她而言，這樣狀況說不定並不壞。接觸過噁長毛這樣的人，或許給了她一次成長的機會。

「你是用父母看孩子的眼光看她嗎～？」

「我沒那麼老，才三十幾歲而已。」

「那早就夠當爹嘍……」

我就這麼和鑽頭捲瞎扯，繼續監視。

當然，我已經做好隨時丟治療魔法過去的萬全準備了。我十分明白小皮的魔法能夠威脅ＪＣ的性命，不管發生什麼事都要完全治好她，不能有任何萬一。

由少年少女演出的這場戲，就這麼在和風臉與附膜巨乳蘿的注視下進行下去。

「你做什麼！這、這跟他們沒關係吧！」

「少廢話！不要動不動就鬼叫好不好！」

「皮考克，你為什麼要做這種事？上次在遺跡遇到的時候，你不是還幫過我們嗎？當時我還很感動耶！為什麼你現在會變成這樣？」

兩人越講越激動。

「是啊，妳說得對，當時我應該殺了你們才對。」

「咦，你怎麼這樣說……」

小皮口中吐露略帶刺激性的告白。

讓我覺得自己好像明白了些什麼。

「不然呢？奇美拉體居然在這種時候失控，啊啊，原本明明是一個能讓中央認同我的大好機會耶！我是故意等澤諾教授不在，才好不容易把實驗做到這一步的耶！」

「奇美拉體？難道昨天城裡那個怪物是你……」

「不愧是前任魔王的肉塊，還能夠吸收周圍的生物繼續長大，這生命力實在太可怕了。光是把研究紀錄整理起來交出去，也足以讓中央聘請我任教了吧，可是牠卻……可惡，怎麼會突然失控……」

「…………」

「我的理論很完美，不可能會失控才對啊！」

看來那隻觸手蛞蝓是從我們在城郊發現的遺跡跑出來的。

而且那裡的管理者就是這位皮考克。在那與他不期而遇時，他好像聲稱自己是接到報告而趕來調查。那些話都是用來掩飾他怎麼會出現在那裡而已吧。

說起來，那天果果露還特地告訴我皮考克說謊，果果露警報響得好厲害啊。她所讀到的一定就是這件事，現在我終於懂啦，黑肉蘿小姐。

「……原來如此。」

「是怎樣～？你在得意什麼啊，還一直點頭～」

「沒什麼，想通了一些事而已。」

「嗯～？」

多虧如此，我也了解事情為什麼會演變成這樣了。

觸手蛞蝓那麼龐大，來處非常好查。而事情還發生在邀請鄰近諸國的國際會議上，必然會嚴加調查。

這時候，我們還碰巧踏進了怪物的製造所。

所以他肯定是打算在我們說出去之前先行滅口。混進餐裡的東西絕不是什麼白醬，而是劇毒吧。太好了，醜男感到食欲又回來了。

「皮考克，你研究那種東西做什麼？」

「少廢話！閉嘴！」

「！……」

小皮毫不客氣地大吼。

因此嚇得肩膀一跳的ＪＣ實在很有普通女生的感覺，可愛極了。平常說話很嗆卻出奇膽小這點也很讚。

「我非要變得更強不可！非要更強不可！」

「你已經很強了吧！」

「一點都不！」

小皮惱怒地瞪視ＪＣ，反覆地說：

「如果我真的夠強，現在就不會這麼嘔了！強的人才不會這樣！現在的我是那麼地渺小、卑微、困窘，這根本不是真正的我！」

「……皮考克？」

小皮突然怨嘆人生地狂吠一通。

連ＪＣ都不知如何是好了。

「像妳這樣的貴族之後說我強是什麼意思？簡直放屁！完全就是在放屁！妳知道我是吃了、吃了多少苦才得到現在的地位嗎！」

「我、我怎麼會知道啊……！」

小皮有點歇斯底里起來了。

女性化加速的徵兆。

「我必須得在這一次成功才行啊！沒有其他路能走了！若這次得不到認同，再來就要退居二線了！這樣我就什麼也不剩了！所以、所以我需要更多力量……！」

「…………」

若論及立場或生平這些事，被抄家的ＪＣ其實也不遑多讓吧，不曉得小皮有什麼樣的背景。說起來，ＪＣ在這種情況下還能繼續在學校裡傻傻搞尼特，神經粗到讓人心都融化啦。

「為了力量，要我吸再多教授的屌也在所不惜！」

「……咦？」

說到這裡，他冷不防爆出吹蕭告白。

ＪＣ不知道小皮會哈棒，根本聽得莫名其妙吧。

對於自己這進退不得的處境，小皮自己似乎有訴不完的苦。

「誰喜歡吃男人的屌啊！可是，就算再不情願，我能做的也只有這麼多了！所以為了生存，我什麼都得做！然後總有一天要站在萬人之上！站在這學校的頂點上！」

「…………」

ＪＣ錯愕得說不出話。

布斯教授搞ＧＡＹ的事，把這個原本還不錯的場面破壞光了。猜都不用猜，收編小皮當情夫的感覺濃到不行啊。而且小皮絕對是主動開口那類，好一條小公狗。

「這、這麼不喜歡的話，不吃不就好了！」

即使是那麼沒營養的怨言，ＪＣ仍照樣認真回答，其實她人還滿好的嘛。難道她也有這方面的經驗嗎？是我就哭了。膜的存在要打上問號了。

「有些地方是不吃就待不下去的啦！」

「是我就絕對不會吃！誰要吃不喜歡的人的那個啊！第、第一次當然要給喜歡的人啊！為什麼要給不喜歡的人做、做、做那種事！」

「少廢話！閉嘴！給我閉嘴！弱者就是只有吃屌的份！」

論點好像漸漸往猥褻的方向歪了。

「那跟立場根本無關，就只是你的心靈太脆弱了而已吧！」

「！……」

ＪＣ的直言不諱狠狠地扎進小皮心裡。

那表情緊繃得像是在說：「咦？為什麼要說出來？」一樣。

「難、難道不是嗎！皮考克！」

對自己的脆弱心靈，小皮本人似乎也頗有感受。

專賣少年的表情變得更凶險了。

總是誠實面對自己的ＪＣ，將只能藉由哈棒強調自身存在的可悲少年逐漸逼進死角。在小皮張嘴含住並不喜歡的同性陰莖那一刻起，他已注定是個失敗者。

他的精神很快就崩潰了。

「啊啊啊啊啊啊啊啊！可、可惡！你們都給我去死！」

小皮惱羞成怒。

手上杖頭指向書呆田雞。

勉強保持最後一點理智的小皮終於斷線了。賭上那一點點的可能而不斷哈棒，想求一個光明未來的他，心靈在我們面前劈哩啪啦地瓦解。

茹苦含雞的這些年全都化為泡影了。

「就說他們跟這件事沒關係是聽不懂喔！不、不要鬧了啦！」

「你們都不准動喔！看我怎麼折磨你們！我已經完蛋了！全毀了！要被學園都市放逐了！不，會直接判死刑吧。既然這樣，我、我至少要拉你們墊背！對了，要殺也要等你們吃過我的屌以後再殺！」

「什麼……！」

現在居然還做出給我吸宣言。

ＪＣ身體的身體出現動作，雙手使力。

小皮立刻遏止。

「不要動！再動我就從他們開始殺！」

「！……」

ＪＣ全身也因此僵住。

魔法沒有發動。

他們明明都在欺負她，真不像是平常的ＪＣ。昨天還只顧自己死活，丟下艾迪塔老師就跑呢。心態在這麼短的時間內出現如此巨大的改變，肯定有原因。

果然是噁長毛嗎？

接觸噁長毛，使她的心態發生變革了嗎？

可惡，帥哥真偉大。光是存在就對社會有貢獻了。

「別以為能死得痛快！我會好好地折磨你們！」

小皮猛一振臂。

同時ＪＣ身體大幅傾斜，砰一聲倒在走廊上。

是魔法。

那一甩手斬斷了她的右腳踝。

「唔唔唔唔唔唔……」

「喂、喂，妳真的連一個屏障也沒放啊？」

「……唔、唔唔……」

ＪＣ咬緊牙關，面目猙獰地忍受疼痛。

小皮沒趣地看著她說：

「哼，寧願斷腿也要忍，這些朋友到底是多重要呢？」

「這、這點小傷……跟他比起來……」

「哼～？太無聊了吧，我最討厭這種佳話了。」

右腳踝斷面湧出大量鮮血。

紅色在走廊地板逐漸擴散。

「朋友有那麼重要嗎？哦～貴族的心靈果然很富足呢，好羨慕喔。朋友這種東西，我一次也沒有過，從頭到尾都只是互相利用的關係而已。」

小皮看著倒在走廊上的ＪＣ，面露瘋狂的笑容。剛見面時的親切帥哥早已成了過去式，現在的他包含言行在內，完全是個精障。

「！……他、他們才不重要！我還很討厭他們咧！」

ＪＣ扯開喉嚨嘶吼似的說。

那痛苦的模樣似乎讓小皮很滿意，情緒和緩了點。

「妳的快速施法就只有那一下嗎？現在的妳也太難看了吧。」

「那種東西要多少有多少！」

「哼，嘴巴還很硬嘛。」

兩人這一連串往來，使霸凌仔看得驚叫連連。這也難怪，畢竟之前他們單方面欺負的對象，現在居然拿自己的安危來保護他們。

「喂、喂，皮考克為什麼要砍奧夫修耐達啊？」「話說奧夫修耐達她、她該不會是在保護我們吧？」「怎麼可能啊！你也不想想我們對她做過什麼事……」

被小皮魔杖指著的三人組不敢逃跑，只能瑟瑟發抖。

對不過是普通學生的他們而言，有教授指導的學生似乎是強上好幾級，被他用魔杖指著的感覺也特別可怕吧。

「再來要我砍哪裡？手？還是肚子？」

「少、少廢話！愛砍就砍啊，還問！」

即使臉上不滿痛苦，ＪＣ依然大聲吼回去。

死命逞強的她，表情與昨天判若兩人。一副隨時會哭出來的樣子卻仍挺身保護同學，彷彿是童話故事中的英勇主角。

不能再說她是尼特了。

「這一點傷跟他比起來，跟、跟他比起來……」

「是怎樣？趕快打滾啊？不是很痛嗎？啊？」

「少廢話！一、一點、一點也不痛！」

「妳……」

ＪＣ跪在走廊上，說些有的沒的挑釁對方。

這反應讓小皮看得很不爽。

氣到鼻頭發皺，瘋狂鬼吼。

「啊啊，我受夠了，沒吸過屌的勝利組給我去死！」

小皮的手臂三度舉起。

不能再旁觀下去了。小皮這麼激動，繼續靜觀其變太危險，ＪＣ也是一副要正面接招的樣子。就算是助她蛻變的大好機會，人死了就全完了。

都做到這種地步了，碰巧路過的霸凌仔也會懂吧。

「受死吧！」

衝擊波逼向ＪＣ。

就是現在。

在小皮的手完全掃出去之前，醜男以飛行魔法射出自己的肉體，轉瞬竄入兩者之間。挺立著在身前交錯雙臂的防禦姿勢，說多帥就有多帥。

「什麼……！」

衝擊波撞上醬油臉的手而破碎。

背後的ＪＣ平安無事。

好，成功了。

最近數值有顯著成長，說不定已經能直接用肉身擋掉某種程度以下的魔法。到沛沛山冒險那時，紅龍就曾正面抵擋艾絲特和柔菲的魔法。

醜男的數值也跟紅龍差不多了，便猜想自己或許能做出同樣的事。

「大、大叔……」

「奧夫修耐達小姐，妳做得很好。」

ＪＣ很努力了，帥到極點。

讓妳承受這種痛苦，實在很抱歉。

「後面就交給我吧。」

所以，接下來就給中年大叔帥一波吧。

*

學園都市中央區某高樓大廈，設為迎賓之用的樓層中住房綿延的一角，有個人闖入少年少女的對峙，使情況出現意外的轉折。

由於我旁觀得很專注，時機抓得非常完美。如同醜男所計劃，及時介入對罵的兩者之間。喔不，其實有點晚了。

沒想到會演變到流這麼多血，在危機意識驅趕下才衝出去的。

總之，就當是驚險過關吧。抱歉。

「大叔……用手就抵、抵銷魔法了……」

放下手臂的同時，送一個治療魔法給驚魂未定的ＪＣ。

痛痛飛走吧。

魔法陣浮現，遭截斷的腳瞬時再生。

「咦？這……我、我的腳……我的腳……」

她一下看腳一下看我，很忙的樣子。

至於小皮則是憤恨地瞪著我。

「不愧是費茲克勞倫斯派的貴族啊，田中男爵。能零距離擋下我的魔法，身上裝備很好嘛！像這種時候，啊啊，也是有錢人比較強。這世界怎麼這麼粗俗啊？」

「想多試幾招嗎？」

「試就試！我會怕你這種沒吸過屌的勝利組嗎！」

那該不會是他的必勝詞吧。說不定他還是異性戀，也可能已經不是異性戀。如此化為薛丁格的ＧＡＹ的小皮，任憑本能的驅使大肆吼叫。

衝擊波很快就射來了。

然而，這次沒交臂耍帥也一樣抵銷了魔法。

氣團接觸到和風臉的表皮後，低沉地「砰」了一聲就失去大半威力消失無蹤。餘波化作一陣輕風拂過兩側，吹動在場其他人的衣服頭髮。

有點痛，但不是挺不住。

「什麼……！」

「還要繼續嗎？」

「可、可惡！」

有點跩起來的醜男神氣地挑釁對方。

於是小皮開始狂丟魔法了。

剛剛怒砸的風魔法是沒什麼感覺，但火焰雷電這種的射過來實在很嚇人。超恐怖的。不過我人都跳出來了，不能顯露出半點畏縮，想要帥就得趁現在。

要忍住，不能用手擋臉。我擺出雙手插褲袋的姿勢，一臉風涼地裝沒事。實際上損傷也相當輕微，全都只是破皮等級，連治療魔法都不用放。

然而，我也不是完全沒事。

唯一出事的，就是衣服。

昨天對戰觸手蛞蝓搞爛一套，今天又毀了一套，兩套都是理察替我準備的貴族高檔服飾。我只顧著耍帥，完全忘了衣服。

價格肯定是十分高昂，真的是該好好反省反省。路上有拿走空盜那顆所謂的魔石真的太好了。

「呼、呼、呼……」

最後魔法不再射來，小皮兩手拄膝猛喘。是ＭＰ之類的快見底了吧。

我也有過那種經驗，實在很難受。

「……沒了嗎？」

「怪、怪物……你這、怪物……！」

說噁長毛就算了，把我這人類當怪物也太難聽了。要是被人亂傳就麻煩了，還是趁早收拾掉比較好。都展現出這麼巨大的戰力差距了，他以後也不敢對ＪＣ動手了吧。

會如此直接地硬接他的魔法，主要是為了確保ＪＣ的安全。經過這件事，我也能了解地痞流氓為什麼對面子兩個字那麼執著了。他們也怕人報復啊。

絕不是想把活生生的雞雞秀給ＪＣ和躲起來偷看的鑽頭捲看才這麼做的喔。

「那麼，現在輪到我了。」

為了穩穩抓住勝利，我往小皮踏進一步。

而他的反應比我想像中還要慌張。

「等等！先、先等一下！我知道了，我幫你吹！我幫你吹就是了！」

拜託不要好不好。

我看你其實是很愛吹吧？而且我現在被魔法轟到衣服掉光光，再加上我們現在的位置，令人非常在意那句話是不是會讓周圍他人產生糟糕的誤解。

「……不必了。」

「那我讓你插！要、要射多少進去都行！他——布斯教授每次都誇我！說我的洞洞是全世界最爽的洞！會緊緊纏著他蠕動，爽得不得了耶！」

「…………」

完全被布斯教授調教成公豬了呢。我根本不想知道這種事好嗎！依我看，未來無論小皮多成功，也一定離不開布斯教授的肉棒了。我有這種感覺。

明明整體過程都在我預料之中，結果卻因為對方求饒的方式太歪，使得和風臉的帥度打了折扣。簡直慘絕人寰。帥氣的戰鬥場面，就是要有健全的敵人和打不爆的衣服才得以成立啊。

「很不巧，我的魔法治不了人心。」

「！……」

隨我再踏進一步，小皮的臉色更慌了。

他急忙地伸出手臂，將魔杖指向霸凌仔。

「不、不要過來！不然他們就沒命了！」

很可惜，這方面我也早有準備。

於是我按照計畫大聲說道：

「朵莉絲小姐，我欠妳一份情，麻煩了！」

反應是來自從走廊轉角另一頭跳出來的鑽頭捲。

一刻也不多等，走廊響起幹勁過剩的回應。

「這真是太動聽了！給羅士，去吧！」

「謹遵主命！」

噁長毛聽從附膜巨乳蘿的命令即刻動身。

他所擅長的是魔導貴族也懼怕的空間魔法。一轉眼，小皮身旁的三個霸凌仔已經消失無蹤。無疑是M魔族連用兩次瞬間移動的成果。當我注意到時，他們已經移動到跳出走廊轉角的鑽頭捲身邊了。

「怎……怎麼會……」

就連小皮也難掩疑惑。

空間魔法可是讓我也吃了不少苦呢。

「這樣就沒東西能保護你了。」

「！……」

「我不會要你贖罪，我身邊也有很多做了許多壞事的人。只要你答應我再也不會去危害我身邊的每一個人，我也不是不能考慮放過你。」

拿理察來說，直接間接一起算，殺了一狗票人也不足為奇。應該說，他肯定宰了很多人。想到艾絲特的人生是建立在這麼多屍骨之上，唉，這世界就是這麼回事啦。階級社會就是這樣。

至少，我希望龍城清廉公正的蘿莉龍政府能長久維持下去。

「你怎麼說？」

「唔、唔啊啊啊啊啊啊啊啊啊！」

看來他是感受到我的誠意了。

頭一扭就大叫著背對我們落荒而逃。

菁英級的判斷力。

見到他那副模樣，鑽頭捲淡淡地問：

「讓他跑掉沒關係嗎～？」

「考慮到他的背景，我實在是不敢亂來啊……」

「你還是一樣天真。這遲早會要了你的命喔～？」

「到時候再說啦。」

「剛剛才跟我求救的人也有臉說這種話～？」

「……這我就回不了嘴了呢。」

「不過我不討厭你這樣喔～不然我早就沒命了嘛～」

「如果妳想要我欺負妳，要我欺負妳多少次都行。」

「走、走夜路的時候盡量小心一點喔～？」

「謝謝提醒。」

看樣子，事情總算是平安落幕。

接下來小皮是死是活，就看學園都市如何發落了。假如案子已經查到小皮頭上，他很可能在逃離都市前就被抓起來了吧。相反地，他也有可能就此逃走，全看他拚到什麼程度。

我在學園都市畢竟是個外人，最好避免過度涉入。

剛剛那場面，要把小皮怎麼樣都是輕而易舉。但弄得不好，他說不定會把罪狀全賴在我身上，連佩尼帝國都把我切割掉。這次旁觀到底是比較保險的選擇。

外交大使在派駐當地涉入凶殺案這種新聞一旦爆出來，肯定是擺在最慘的位置給人炮。如果是駐日美軍把老百姓怎麼樣，隨便就是一整版。考慮到風險與損益，這樣做最為妥善。

還不曉得理察的力量在國際層面有多大的作用呢。

國際問題好可怕啊。真的怕。

不過最起碼，我還是得向布斯教授簡單報告一下。

「對、對了，給羅士，你這次表現不錯喔～！讓這個大木頭欠了我一份大人情呢～！這可是個大功喔～！真的是比想像中還要大喔～！」

「不敢當！感謝主人讚賞！」

隨著小皮下臺，這整件事也即將告終。

至於鑽頭捲在那邊鬼叫些很麻煩的話，就當作沒聽到了。

醜男轉身面向的，是ＪＣ那邊。

「奧夫修耐達小姐，能聽我說句話嗎？」

「什、什麼啦？」

小英雄肩膀跳一下，也轉向我。

視線往醜男腰部以下飄來晃去。對不起，讓妳看到渾身赤裸的中年大叔，真對不起。然而此時此刻，就讓我簡單說幾句話吧。絕對不是因為露給妳看感覺很爽。對不起，我說謊。

「真不愧是奧夫修耐達家的人，實在太帥了。」

不是客套話，剛才的ＪＣ真的很閃亮。肯定是主角氣場。

拚命保護過去天天欺負她的人這點也很加分。換作是我，絕對管他們去死。關係親近就算了，他們根本相反，我可沒有拿命拚搏的勇氣。

「那當然啊！我、我一直都很帥嘛！」

「之前我說妳膽小，現在事實證明我錯了，請妳讓我收回這句話。其實妳是非常優秀且非常勇敢的人。妳為了不才我的安危這麼賣力，我真的十分感激。」

「！……」

「我會另外擇日向妳道歉和道謝。」

聽和風臉這麼說，ＪＣ整張臉都紅了。

怎麼說呢，其實她跟艾絲特一樣坦率嘛。

好想跟這麼棒的女生濃情擁吻。

「那麼不好意思，我現在這副德性，不方便久留。奧夫修耐達小姐，今天妳就好好休息吧。或許身體的創傷已經復原，但心靈的創傷可沒那麼好治了。」

我長話短說。

再待下去我會害羞。

畢竟全裸。

這就逃出對方視線般轉身離去。

「啊，喂……！」

「明天我們在報告發表會場上再見。」

「等一下啦！喂！大、大叔！」

其實我很想再跟ＪＣ多聊幾句，可是不管怎麼說，胯下涼颼颼真的很難聊。要是這畫面被別國大使撞見，事情就大條了。

於是我趕緊淡出到自己房間去。

丟下鑽頭捲與Ｍ魔族，死裸男回房去也。

結果一開門，就看到果果露和艾迪塔老師的腦袋排成直線。跟先前的我和鑽頭捲一樣，從門與牆壁的間隙探出頭來，偷看外面情況。

醜男拉開門，她們也默默地退回去。

「…………」

要是上癮怎麼辦？

＊

小皮之亂後過了一晚，時間來到報告發表會當天。

由於昨天在尷尬情境下告別，我們和ＪＣ事先什麼也沒能討論就來到了會場。原來只要是學校相關人員都能自由參觀這場發表會，所以醜男和艾迪塔老師都進場了。

會場是中央區的某間教室。和艾迪塔老師演講的大講堂不同，座位只有五六十席，就是大學那種比較大的教室那樣。整體呈扇形，往講臺向下傾斜。

發表會由出題教師主持，進行得很順利。學生們依序上臺，說明自己製作的報告內容。我們混在眾學生與聽講

者之中，在後方座位慢慢地聽。

「來了。那個貴族帶的學生要上臺了。」

「真的耶。」

接下來是艾絲特帶領的霸凌仔小組。

ＪＣ就是下一場，而且還是壓軸。

「那我開始報告。」

這報告允許團隊作業，因此之前的發表全都是幾個學生為一組來製作。從ＪＣ只有一個人這件事，也能感受到她的確是受到班上排擠。

在我們的注視下，少年們的報告持續進行。

內容統整得比想像中更俐落。沒有特別準備嘈點，也就找不到值得挑剔的部分。以了不起十五歲的孩子而言，條理十分清晰分明。

甚至不比一般大學生的畢業論文遜色，聽講的人能輕易吸收。若問跟我以前做過的報告比起來怎麼樣……怎麼辦，我是真的會苦惱。

有點敗給他們的感覺。

難道這就是艾絲特監修的成果嗎？我開始有點懷疑自己是不是錯放了一個非常可惜的對象。聰明的蘿莉很可愛，可是重點在於膜，膜才是重點。沒錯，膜才是重點。

最後，他們的發表在至今最大的掌聲中結束了。

「……國中部的發表也很有看頭呢。」

「就是啊。」

我們的金髮肉肉蘿老師也顯得頗感興趣。

平常不說客套話的老師都這樣說了，鐵定不會錯。

至於果果露呢，這次她又是看家。真的非常抱歉，這同樣是為了避免不必要的誤解。最近讓她單獨看家的機會大增，所以我們約好找一天聊通宵，她還要我順便做宵夜。得表現一下了。

不曉得果果露喜歡吃什麼。雞雞嗎？

「接下來，請最後一組上臺發表。」

出題教師繼續推進進度。

上臺的當然是我們家ＪＣ。

腳步四平八穩。

相較於皮皮挫體質的老師，她顯得十分沉穩。看來奧夫修耐達家出身這點絕不是擺好看的。死處男不禁想著，他們家的血統會不會就是在關鍵時刻特別強悍。

加油啊，ＪＣ。

別輸啊，ＪＣ。

我們都在替妳加油。

「那麼，請開始報告。」

「好的。」

ＪＣ順應教師的指示，開始報告。

內容我們事前已經反覆討論過好幾次，我也記得很清楚，但問題是如何口頭呈現。無論書面上寫得再流利，一旦要人用嘴說出來，需要的就完全是另一套技巧了。

所以我才會擔心，然而結果令人詫異。

她一板一眼地說出的內容與我所知的ＪＣ差很多。

不僅編入大量具體製藥程序、藥材產地資訊等她當初自己刪掉的資料，又不至於偏離主題，由淺入深地論述。

「喂、喂，她怎麼……」

「是啊，我也了解妳想說什麼。」

擔任監修的金髮肉肉蘿老師也嚇了一跳。

而且更驚人的是，她還引用了原本到最後都抵死不讀的老師著作，且加上些許變化進一步考察。所述內容甚至涵蓋到如何改善我們研發的魔力藥水。

總長將近一個小時。

比其他學生的報告長了好幾倍。不過教師沒有途中打斷，從頭聽到尾。最後，報告者ＪＣ自己親口說出結論。

「根據以上推導，我認為生命藥水的可能性並不為零。」

黑髮雙馬尾隨鞠躬往前一晃。

整個會場響起至今最大的掌聲。

我們當然也是啪啪啪啪，用力啪啪啪啪。

「……挺不錯的嘛。」

往旁瞄一眼，艾迪塔老師已不再是用指導者的眼神注視臺上ＪＣ，而是當她同樣是個鍊金術師，興奮得像是找到了新的競爭對手。

「就是啊。真的是一場很棒的報告。」

只不過，是什麼讓她轉念的呢？

ＪＣ完全覺醒了呢。

真的是同一個人嗎？

該不會是想要帥給噁長毛看吧。是的話很可惜，他並不在場。她都這麼努力了耶。雖然很不甘心，但早知道就拉鑽頭捲一起來了。

奧夫修耐達家的血統果然不是蓋的。

是個肯努力就會成功的孩子。

的確和小岡是來自同一個家族。

「那麼，老師開始整體講評。」

感慨當中，出題教師不知何時回到了臺上。

看來發表會到此結束。

「我想各位也差不多猜到了，這場發表會的順序是我以各位交來的報告優秀程度來排定。排前面的人，請多努力精進學業。排後面的人也千萬不要自滿，每天要精益求精。」

噢，這老師真會玩。

要是在日本學校來這套，鐵定直接吃投訴。

我個人是很喜歡這種公平且一目了然的評價方式啦。

「尤其是最後奧夫修耐達同學的報告，實在十分精彩。已經超越國中生作業的範疇，達到論文的程度了。下次藥水學會的研討會上，我會正式申請認證。」

聽臺上老師這麼說，席間學生一片譁然。

看來那是很有分量的學會。

太好啦，ＪＣ。

「奧夫修耐達同學，謝謝妳精彩的報告。」

「……謝謝老師。」

「那麼，今天的發表會到此結束。接下來這段時間，有問題的同學請自己來找老師，老師會一一回答。奧夫修耐達同學，這兩天老師再找時間去找妳討論相關事宜。」

發表會就這麼在ＪＣ滿堂彩之中落幕了。

＊

發表會結束後，和風臉剛起身就被叫住。

「田中男爵！你、你等一下！」

「……什麼事？」

一聽那聲音，我不用想就知道對方是誰了。

自在地轉身一看，果真見到蘿莉婊的身影。理所當然地，她也來看發表會了。帶霸凌仔三人組做報告的她自然會關心報告結果。

莫非是不服學生輸給ＪＣ，跑來耍賴了？

那好。

我就來會會妳。

想罵我處男還蘿莉控都行，所有性相關字眼都讓妳罵一遍。

「快點！要、要命令我做什麼都隨你！」

「……什麼意思？」

「我們不是有打賭嗎！雖然我很不願意，可是願賭服輸，跟身分高低無關！」

「打賭？」

「不、不是約好了嗎！用報告發表會分勝負啊！」

「喔……」

原來如此，就是之前那個舔鞋底的後續吧。

以前我就覺得，艾絲特在這方面莫名認真。若換成柔菲，絕對會當作沒這回事，直接淡出消失。用膝蓋都能想像她一馬當先逃出教室的樣子。

「不，這場比賽是我們平手。」

「你、你說什麼！」

「她有這種成果並不是因為我的幫助。上臺發表的她自己和扶持她的艾迪塔老師，功勞遠比我大多了。所以這場我與費茲克勞倫斯大小姐您的勝負，應當作平手論。」

「……這算什麼？」

艾絲特帶的學生也很努力了，順位倒數第二不是擺好看的。假如今天的ＪＣ仍是我邂逅當時的尼特妹，假如艾迪塔老師沒替她作技術指導，順位很可能就反過來了。

「這我不能接受！」

「無論您接不接受，這都是事實。」

「你是看在我爸的份上才這麼說的嗎？這樣我更不能接受！」

「不，絕對沒有這種事。」

「那就應該照規矩來，跟輪家討賭注才對啊！」

「…………」

堅持成這樣，我該怎麼辦呢？

我偷看艾迪塔老師的臉色，她也顯得很為難。這種事問老師也不對，就提個無傷大雅的要求滿足蘿莉婊好了。

不知道要求摸她的下●，她會不會真的讓我摸。

當我成功脫處後，我一定要試試下跪求幹這招。體驗只要誠心懇求，就會「真拿你沒辦法！」這樣，哪怕我這麼醜也能免費給幹的感動。這種充滿母性光輝的小婊子實在太可愛了。

希望我能和蘿莉婊保持這樣的距離。

「那我就說了，可以嗎？」

「問、問什麼！快點說啦！」

「請妳繼續維持妳和亞倫的感情。他是個不可多得的男性。」

「咦……」

「我也明白這並不是我該插嘴的事，但最近常常見到你們發生口角，讓我很擔心。請妳千萬不要糟蹋這份感情。」

「…………」

「我的要求就這麼多。」

「咦？啊，等、等一下！」

再待下去恐怕夜長夢多。

假如蘿莉婊還是處女，我的要求就會多到數不清了。要什麼有什麼。真是的，這世界就是這麼難盡如人意，且讓傷痕累累的醜男在踩爆地雷之前就此別過。

「艾迪塔小姐，我們走吧。」

「可、可以嗎？」

「可以。」

當和風臉邁開步伐，老師也趕緊跟上。

隨即與我並列，一起離開教室。

喔不，就在踏出門口之際，別處又有人喊住我。

「喂，大、大叔！」

是ＪＣ。

這次是ＪＣ的對話事件。

她身穿這幾天看慣了的制服，高高吊起的眼眸頗有艾絲特的味道。格紋裙底下長長的大腿肉感恰到好處。好想讓她穿上小一號的運動服，開一場低單槓的地球迴旋鑑賞會。

「什麼事？」

「跟我來一下！」

「是可以啦……」

這次又怎麼了？

＊

地點來到室外，校舍後方。

這裡是石造高聳建築與石砌圍牆之間幾公尺寬的空間，如深弄般一個人也沒有。即使維持得很乾淨，仍有種荒涼的感覺。

令人想起學生時代，鄉愁不脛而走。

ＪＣ站在我面前，約兩三公尺處。她要求與我單獨對話，只好請老師先回房，我自個兒單刀赴會。

「所以呢，妳要跟我說什麼？」

以前我也經歷過這種場面。

要我代為送信的經驗。

一定是要我替她跟Ｍ魔族牽線吧。對方是他國貴族的僕從，自然很難直接詢問，於是需要任命我負起信鴿一職。國中班上都是帥哥，讓我有許多次送信的光榮經驗。

還有人在傳讓我送信成功率特別高咧。

「這個嘛，就、就是……」

「只要是我辦得到的，儘管說沒關係。」

原本國中畢業後，田中郵局也宣告熄燈了。

然而見到小皮昨天奮戰的英姿，又聽過今天的發表會後，我十分樂意替她實現願望。美少女努力的模樣，真的是怎麼看怎麼感人。

「妳儘管開口，愛怎麼使喚我都可以。」

跑腿這種小事包在我身上。

「……真的嗎？」

「需要我做些什麼呢？我一定盡可能實現。」

「那、那我說了……」

我平心靜氣地等待ＪＣ答覆。

欲言又止的她真是可愛。臉紅得像蘋果，大腿忸怩地蹭來蹭去，不時抬眼看我的眼睛又移開，看了又移開。到底是多興奮啊？

啊，對了。我應該事先給Ｍ魔族一點忠告。要是他敢糟蹋ＪＣ，他的主人也不會有好日子過。絕不許他吃了就甩。

「……請、請你跟我交往！」

「…………」

有孩子就是這種感覺嗎？

才當了短短幾天家教，醜男的母性就萌芽了。

「……那是什麼意思？」

「咦？什麼意思？……呃，你是……」

「就是問妳剛才說什麼……」

「你、你剛不是說了嗎！會盡可能幫我實現吧！」

「呃，是沒錯……」

「那就請、請你，跟我交往！」

放學後。

校舍後方。

女學生。

處女。

告白。

是要誰跟她交往？

「……我跟妳嗎？」

「這、這裡還有別人嗎！」

「呃，可是這樣……」

各種關鍵字在腦袋裡瘋狂打轉。

穩定的心跳急劇加快，每一次脈動都沖得我胸口好痛好痛，全身瘋狂噴汗。即使只是站著都覺得天旋地轉，喉嚨突然乾得像沙漠。

發生什麼事了？

我身上怎麼了？

簡直像酒醉一樣。思緒渙散無法統整，再簡單的事也無法思考。這一瞬間感覺好不現實，我甚至不懂自己怎麼會站在這裡。

先等等，等等。這我也有經驗。

我有經驗。

「大叔，請你、請你跟我交往！」

「…………」

「……大叔？」

JC抬望醜男，表情變得不安。

演技不錯嘛。

當這張臉進入視線，我便下意識地開口了。

「玩笑就開到這裡為止吧。想惡作劇也該懂得節制。」

看來是醜男殺手發動了。

她是想報復我在報告完成前逼迫她做了很多事吧？說起來，因為和年輕女生交流太開心而忍不住想捉弄捉弄她的事也不是沒發生過。她可是非常適合穿格紋裙的現任女學生呢。

這麼說來，明事理的男性就該在這時候笑著接納她才對。

「我、我才不是開玩笑！」

「取笑我這種頭都開始禿的中年人可不是好事喔。只不過，我承認自己在製作報告時打了幾次馬虎眼，如果妳要我道歉，我肯定改日登門謝罪。」

「我才沒有取笑你！就算你禿頭，我也喜歡你！」

「就算是這樣，妳知道我們年紀相差多——」

當我發覺時，ＪＣ已逼至眼前。

雙臂要摘下我腦袋似的伸來，硬是把我拉過去。勉強的姿勢自然使我彎下腰，更接近她的臉。一股香甜擾動鼻腔。

才覺得鼻尖互觸，剎那間嘴唇也像是碰到了什麼。

「！……」

「嗯……」

暖暖的感觸。

嘴。

接著門牙也碰上了。

叩地一下。

「！」

「嗯嗚……」

有東西撥開閉起的唇強行闖入。

粗粗的。

硬硬的。

可是好溫暖。

黏膜的感覺。

「！……」

「嗯、嗚……」

異物入侵的感覺使我下意識想後退，但知道那是舌頭，同時感到手臂摟在我後腦上的溫暖肌膚觸感後，我終於明白她對我做了什麼。差點後退的頭部不知下一步該如何是好。

因為那好舒服。

明明只是站著不動，這一刻卻是那麼地舒服。

比過去體驗過的幾百次治療魔法都更能治療我。

到底過了幾秒，還是幾十秒。

我不知道。

她的舌頭將我整個掏空了。我的舌頭、牙齒、牙齦、臉頰內側等她碰得到的一切，全都被她仔細抹過一遍，簡直是在清洗我的口腔。不屬於自己的味道散布到每個角落。

片刻，她終於退開了唇。

唾液隨距離拉開而牽起銀絲，在中途錚然斷裂。

這短瞬間瞥見的景象，在腦中激起印象極為深刻的漣漪。

「……妳突然這樣做什麼？」

話都說不清了。

因為滑滑的。

思緒也滑溜溜的。

至於她呢，說得更激動了。

「大叔，請你跟我交往！可以吧！」

「不行，我跟妳實在……」

「年紀這種事根本不是問題！我喜歡你就好了！」

她喜歡我。

她喜歡我。

她喜歡我。

耶～

「……不、不嫌棄的話……」

一回過神，她的告白已經沁透我的全身。

簡直像作夢一樣，渾身徜徉在飄飄然的感覺裡。所謂的如夢似幻，指的一定就是我現在體驗的這種模糊無比，卻又幸福洋溢的時刻。沒有比這更貼切的形容了。

但是，夢終究會醒。

模糊不清的意識，被來自別處的聲音打醒了。

「喂、喂，笨蛋！不要推啦！」

「拜託，是妳亂摸好不好！」

「啊啊，討厭啦～！可以不要亂動嗎～！」

「主人！」

熟悉的聲音在校舍後接連響起，同時背後出現幾個人的動靜。然後隨著唏哩嘩啦的重物倒地聲，傳到醜男與JC的耳際。

我們的注意力自然往那兒移去。

映入眼中的每一個人我都認識。

很會嘛。

＊

此刻，和風臉和ＪＣ所望之處是一整排熟人。

總共是艾絲特、艾迪塔老師、鑽頭捲、噁長毛四人。

看來他們是躲在校舍角落，將我和ＪＣ的整段對話都看光光了。從我離開教室就跟來了吧。

鑽頭捲和噁長毛他們沒出現在發表會場上，八成是在路上碰到的。附膜巨乳蘿最近整天喊無聊，會跟來看戲也是正常啦。問都不用問。

「真巧，居然會在這裡遇到你們。」

「就、就是啊！對，在這裡遇見真的好巧喔！」

全力白裝傻的艾迪塔老師也不出我所料。

對於自己能推估出老師的對話能力差不多就是這樣，心中不免有點哀傷。比被偷看的當事人還慌張是怎樣啦。

看她慌成這樣反而還讓我覺得自己鎮定下來了。

而鑽頭捲那邊則是用平時那副眼光看我。

「開心嗎～？」

「男性被異性示愛，哪裡有不開心的呢？」

「嗯～？」

超開心的啦。

爽翻了好嗎！

一整個衝過人生終點線的感覺啊！我願將往後人生完全奉獻給ＪＣ，能為她死了又活，再死再活，絕無半點遲疑。

我該走的路在眼前展露無遺了。

「……真的嗎～？」

「當然是真的。」

「可是你之前不是很反感嗎～」

「怎麼這麼說呢，朵莉絲小姐？」

我什麼時候說過討厭ＪＣ了？

打從第一天就愛死她了好嗎！

這麼適合格紋短裙的女學生。

「那算了～好像有好戲能看，我就不多嘴了～」

「這樣啊？」

聽不太懂。

不過我也不是第一次聽不懂鑽頭捲在玩哪招了。像這種時候，太胡思亂想反而容易搞死自己，擱著別管就對了。這次就點點頭讓它過去吧。

處男這種生物，比我想像中還要專情呢。

夢寐以求的瘋狂幹炮暑假暫時要延後了。

現在，我要好好珍惜這個難以言喻，整顆心暖洋洋的感覺。回想起來，啊啊，當初我在首都卡利斯第一次上夜店就遇到黑店真是太好了。差點就一時昏頭，失去了對她的敬意。

「……你、你喜歡年紀差這麼多的女生啊？」

「畢竟只要有愛，年齡不是問題嘛。」

面對艾絲特一針見血的吐嘈，我也能從容答覆。

這都是因為現在是對方向我示愛。

「嗯～？隨便啦，反、反正不關我的事。」

「您是為她著想吧？感謝您的體貼。」

「這……」

心靈漸趨圓融。現在無論發生什麼事，我都能一笑置之。就算艾絲特和亞倫現在就當著我的面啪起來，我似乎也能大大方方地拿他們尻槍。不，我一定行。保證可以。

「聽、聽到了吧，大叔是我的嘍！」

ＪＣ往眾人前進一步，高聲宣告。

黑髮雙馬尾搖搖。

格紋短裙飄飄。

過去曾經有哪個人這麼渴求我嗎？她的視線主要是對著艾迪塔老師。之前經常看到她們一起弄報告或者做其他事，大概是因為這個緣故吧。

對面四個都說不出話。

八成是被和風臉的女朋友給震懾了。

ＪＣ好可愛啊，ＪＣ。

「那麼，我、我等等還有課，先走了！」

美麗的女學生面紅耳赤地噠噠跑走。

好個極其普通又很有女孩子味的女生。

完全奪走了中年大叔的心啊。

*

當天夜裡。

有生以來首次體驗異性對我愛的告白，使我身心大受影響。心情亢奮到睡不著覺，上了床也久久沒有睡意，抱著一顆紓解不開的心在床上翻來覆去。

平時能使我早早睡去的果果露香，在今晚也效果薄弱。

這當中，叩叩叩，房門敲響了。

「……請進。」

難道是ＪＣ？

會不會是ＪＣ呢？

開了門，只見一名羞紅了臉，抱著枕頭的睡衣美少女。鎮定地請她進門後，剛出浴的芬芳在我們錯身時撲鼻而來。

最後一路來到床邊，她不知何時已經坐上了床，且行動比我想像中還要積極，小手摸上我的大腿。接著頭突然放低，紅唇慢慢張開——

「…………」

來了。真的來了。

看來這一刻終於要降臨了。

我緊張地嚥嚥口水，從床上坐起，抓起掛在床邊書桌椅上的浴袍迅速披上。連腳步聲都忘了藏，啪啪啪快步走向門口。

「來了。」

鎖解門開。

結果我嚇了一跳，因為來人竟是艾絲特。

服裝與白天無異，是外出用的貴族裝扮。

「……艾絲特？」

「可、可以打擾一下嗎？」

「嗯，我是無所謂……」

不是ＪＣ。

怎麼不是ＪＣ？

應該說，為何是艾絲特？

「站著說話不方便，快請進吧。」

「也、也對。」

這麼晚了，找我做什麼？

回想起來，之前我跟蘿莉婊也經常在王立學校的學生宿舍聊天。在如此經驗的影響下，我一不小心失去了當時的緊張，只顧想她來訪的原因。

深夜跑進男人的房間，未免也太寡廉鮮恥。

有跟亞倫報備過嗎？

帶她到沙發請她坐下後，我順道往房裡的簡易廚房走。用火球快速煮水，拿宿舍帶來的茶葉沖個八分滿。

然後和杯子一起擺到客人面前。

「請用。」

「好、好的。謝謝。」

並請艾絲特品嘗我剛沖出來的茶。

茶葉是我從王立學校的飲品店買來的。從那一次起，我就時常拜託蘇菲亞持續補充。這次出差，飛空艇上也準備了幾罐。蘿莉婊是那間店的常客，說不定會對這個茶有印象。

「……這茶的味道好像在哪喝過。」

「是嗎？我很喜歡這款茶。」

「是在哪喝的呢……」

是因為喝茶的機會多得是吧。

似乎沒那麼容易想起來。

有點可惜。

「話說，費茲克勞倫斯大小姐，這麼晚了找我有什麼事？」

「咦？啊，沒什麼，只是覺得有、有些事需要對你說。」

「對我？」

「對、對呀！」

到了這地步還能說什麼？

我可是現在進形式地苦惱著該如何和艾絲特保持距離

啊。對她而言，和風臉如今完全是素昧平生，一個沒見過幾次面的扁臉黃皮猴。如同她之前所糾正，我們之間是連個小小稱謂都需要注意的關係。

「是急事嗎？」

「說起來，也算急啦。」

「這樣啊。」

截至昨天，蘿莉婊還是用見到路邊垃圾的辛辣眼光看我，現在卻特地上門與我交談，看來心境變化是相當巨大。

「我、我還沒為你救我一命向你道謝呢……」

「……道謝？」

「就算你是爸爸承諾過才救我，我終究是得救了。所、所以，即使明知這麼晚了還來打擾你不太好，那個，田、田中男爵，我還是要感謝你。」

聽到這裡，我才總算想起來，她指的是觸手蛞蝓那時候吧。居然專程過來道謝，從這點能看出她其實是個很細心的人呢。不愧是理察的女兒。

「哪裡，請別放在心上。」

「假如有什麼需要，只要是我做得到的，我都能替你準備。」

為避免積欠人情便早早準備還清這點亦如是。

「既然這樣，那我的回答還是跟白天一樣。」

「…………」

「對於我的存在造成二位困擾這件事，我是由衷抱歉。不過，請您現在一定要相信亞倫，然後和他一起回到理察先生身邊。您和亞倫的事，我會主動和令尊溝通。」

「你知道我和亞倫的事？」

「亞倫前途無量，是個足以肩負費茲克勞倫斯家重任的人才，我想理察先生遲早也會明白這點才對。所以他現在需要在碧曲伯爵底下累積經驗，那將會需要費茲克勞倫斯大小姐您的扶持。」

「……你是碧曲伯爵那的貴族嗎？」

艾絲特的眼神變尖銳了些。

我可不希望這部分被她誤會。

「不是，請您當我是直屬理察先生的派系，只是對亞倫和碧曲伯爵的關係也有一定的了解。雖然他現在與伯爵有段距離，但只要低頭認錯，對方一定會點頭。」

「…………」

「很難相信嗎？要我居中協調也無妨。」

別看蘿莉婊這樣，她其實是個攻擊性很強的女孩。要是造成不必要的誤會，說不定理察也會跳進來，搞得一發不可收拾。之前都是讓她盲目相信我，這次非得拿出點誠意不可。

「你為什麼這麼替亞倫著想？」

「作為一個人，關心朋友不是很正常的事嗎？」

「你跟亞倫是朋友？」

「對，我們是朋友。直到不久前，我還和他一樣都是平民呢。」

那個帥哥是個好帥哥。

是少數我會真心希望他得到幸福的帥哥。

「…………」

「您不相信嗎？」

我刻意面對面直視她。

雖然我這副尊容不值一哂，但現在絕不能顧左右而言他，萬一被她懷疑就慘了。之前她那堆日記，害我現在在她心中的位置糟到不行。

「若有疑慮，您大可向理察先生求證。」

「我可是不會客氣的喔。要是你敢說謊，我絕對不會放過你。」

「完全不必客氣，屆時請務必找我一併參與。」

「…………」

大概是感受到誠意了吧。

艾絲特的表情倏地失去攻擊性。

「不用了，沒這必要。我想你說得對……」

「感謝您的體察。」

太好了，看來她相信我了。

艾絲特說完便端起茶杯，咕嚕再喝一口，我的手也不由得伸向面前茶杯。在沒有其他聲響的客廳裡，彼此喉嚨鼓動的聲音格外清晰。

一會兒後，艾絲特再度開口。

「我這裡還有一件事要、要跟你說。」

「好的，請問什麼事？」

「在演講會上，我當著眾人的面說了很難聽的話，對不起。」

居然有這種事。

艾絲特對我說對不起了。

對不起從她嘴裡跑出來了。

「哪裡，請別惦記。費茲克勞倫斯大小姐您的指摘實在是切中要點，會場氣氛還被您的寶貴意見帶起來了呢。我自己也做了不少檢討，導正了一些觀念。」

「可、可是，我在公眾面前侮辱了你耶。」

「那點程度的戲言怎麼算得上汙辱呢，不就是在討論而已嗎？」

「！……」

要是一聽到那種話就受傷，醜男哪活得到今天啊。

我跟帥哥可是差遠了，差得太遠了。

啊啊，說到帥哥就想到亞倫。

在深夜讓蘿莉婊繼續留下去實在不好。

「話說，要是您在這待太久，亞倫那邊恐怕……」

「對剛交到女友的你說這種話或許不太好，總之田中男爵，要是遇到困難，隨時可以找我幫忙，到時候我一定會幫你。」

「……這樣好嗎？」

「報告那件事我也還沒還清啊，要是連這點誠意也沒有，我的自尊也不會放過我自己的！所、所以，可以吧！一定要給我記好喔，田中男爵！」

「既然是這麼回事，那我明白了。有需要時一定向您求助。」

「一、一定要喔！」

艾絲特劈哩啪啦大聲說了一堆之後，腦袋忽然往旁一甩。看來她對田中男爵態度出現些許軟化，並不是我的錯覺。應該是觸手蛞蝓那件事使她暫時解除了低蔑模式吧。

「就這樣！要說的我都說完嘍！」

「好的，我也全都聽清楚了。」

「唔、哼！抱歉這麼晚來打擾你！下次我絕對不會輸！」

「好的，小姐晚安。若您不嫌棄，我願隨時接受挑戰。」

說完要說的話，艾絲特就離開我房間了。我們實際對話只有一小段時間，不過，她沙發前方我所端出的杯子已在不覺間全空了。

會覺得那見底的瓷杯特別可愛，一定是心理作用。

「……睡吧。」

這就是傲嬌的威力嗎？

不知怎地，我覺得現在睡得著了。

奧夫修耐達家

Aufschnaiter Family

全新的早晨到來，現充的一天開始了。

原先我今天是打算到圖書館查所謂的高衩草，但現在都交到女朋友了，也就沒那個必要。我的身體和時間都是為了扶持我所愛的人而存在的。

頭髮是多的，連毛囊都送你。

反正她說我禿了也一樣愛我。

我一起床就前往洗手間，比平常稍微賣力地對著鏡子整理儀容。然後走向客廳才發現，艾迪塔老師和果果露都到齊了。

待在平時的位置上。

老師坐沙發。

果果露在門朝客廳的寢室床上。

「艾迪塔小姐，蘿可蘿可小姐，兩位早。」

在如此清爽的早晨，問早的聲音也特別響亮。

心中滿是絕對的充實、壓倒性的充足和終極的滿足。

全身都感受得到咀嚼如此無上幸福的喜悅。放眼望去，那滿窗溫暖陽光將房間照得通亮，彷彿描繪人世和樂的詩畫。

啾啾唧唧。聽似鳥兒，和麻雀一樣絮叨的鳴叫聲，也將這起床時分烘托得更加柔和。心裡有某種東西，讓我不禁想永遠如此恍惚下去。

好幸福啊。此時此刻，醜男非常地幸福。

「……你整張臉清爽到讓人很不爽喔。」

「妳對我說話嗎？」

艾迪塔老師似乎低聲說了一些東西。

說不定是自認怎麼也交不到女友的中年大叔居然交到

女友，點燃了老師的結婚欲。回想起我們認識至今，我一次也沒見過老師和男人在一起，想必是鬧男荒了吧。

放心吧，憑老師的條件，多得是男人想找妳當肉便器。

「沒什麼啦。」

「這樣嗎？那就好。」

生悶氣的表情真迷人。

真想在婚禮那天請她上臺致詞。

糟糕，這未免想太遠了。

可是在這個世界，ＪＣ年紀就結婚的女生好像多得是。或許是稍微早了些，但也很可能是在不久的將來就發生的事吧。啊，一這樣想就開始想存結婚基金了。非得到國外度蜜月不可。

好，拚起來！我要努力工作賺很多很多錢。

「是怎樣，一直在傻笑，很噁心耶。」

「咦？有嗎？不好意思，注意力一時渙散了。」

「沒、沒用的男人。」

「讓妳不舒服，真是抱歉。」

「……哼！」

今天老師心情不太好呢。

還是閃遠一點好了。

我不是想用ＪＣ代替老師，但我真的好想趕快見到ＪＣ的容顏喔。好想像昨天那樣親親。濕濕的親親。實在超爽的啦。跟ＪＣ舌吻之後，我才了解什麼叫爽到快升天。

「…………」

對了，她住哪啊？

這裡會像佩尼帝國王立學校那樣設有學生宿舍嗎？

說起來，現在只有她知道我住哪裡，我卻不知道她住哪。我該拿這份想立刻見到她卻見不到的苦楚怎麼辦？不妙，不妙啊。愈是想她，就愈是坐立難安。

當我回神，整顆腦袋已經少女漫畫化了。完全開滿花了。中年大叔的噁心之處開始打轉了。ＪＣ居然能愛上這麼噁心的大叔。與喜悅等量的歉意同時泉湧出來。

如此糾結起來時，房門忽然敲響。

來了，我的她來訪的通知響起了。

「我在！馬上來！」

「……唔。」

腳步好輕盈，彷彿全身都成了棉絮。

開門喜迎賓。

女朋友一位，醜男的女朋友一位入座。

要趕緊泡茶了——

「田中男爵，抱歉這麼早來打擾你。」

是怎樣，完全沒想到門外會是這個人啊！

長相和醜男的女友也差太遠了。

「咦？啊，布斯教授您好，請問有何指教？」

來人偏偏是布斯教授，害我不由得想起幾天前在圖書館瞥見他和小皮鹹濕的戀愛革命。一打照面，我就下意識縮了半步。

「我正在通知各國代表議程的最新消息。」

「原來如此。」

還以為是與小皮大失控有關，看來是猜錯了。說到小皮，我已經把這件事扣除魔王的部分，給眼前這位仁兄報告過了。但我想，十之八九會被他搓掉吧。

副代表的關門弟子養出失控的奇美拉而毀了半座城這種事傳出去，真的不是開玩笑的。對市政也會造成不好的影響。事實上，他也低頭求我千萬別說出去。

「會議日期決定了嗎？」

「沒有。實在非常抱歉，最後決定無限延期了。」

「這可真是……」

「畢竟已經有來賓等不下去而先行歸國，而且大聖國那邊還在昨晚發布新預言，弄得議論紛紛。我們學園都市自己也被處理城中被害弄得暈頭轉向。」

「在這種情況下，的確是開不下去呢。」

「所以真的很抱歉，這次會議要就此解散。」

「沒關係，請別介意。學園都市這邊也是單純的被害者嘛。」

「謝謝你的體諒。」

不耐煩的大使拍拍屁股走人的事，也不是不能理解啦。至於大聖國在這個節骨眼發布新預言倒是非常耐人尋味。

但話說回來，這些跟有女朋友的現充半點關係也沒有。

這種事是勇者的工作，就請他們東西二帥好好努力吧。

「那麼我這邊也趁早回國好了。」

「聽說最近空盜猖獗，路上務必小心。」

「您對我們這麼照顧，田中實在感激不盡。」

「哪裡，我才要謝謝你們提供了一場精彩的演講呢。」

布斯教授的手倏然伸來。

是要和我握手吧。

一聲「不會吧」閃過我心中，然而這一手我是非握不可。我是以一國大使的身分來訪，有些酒無論再怎麼想吐都得硬著頭皮喝下去。

即使感到背上雞皮疙瘩一顆顆站起來，我也下定決心，緊緊握住了那隻多半尻過小皮搖桿的手。人類自有的體溫在這時感覺特別溫暖，想必是我的錯覺。

「有機會請再來走走，屆時我自當竭誠歡迎。」

「好的，有機會我一定來。」

要是當時沒去圖書館就好了。

我在學園都市的生活，即將伴隨著這樣的後悔落幕。

＊

聽過布斯教授說明，我們很快就著手收拾行李準備歸國。來到飛空艇碼頭後，發現那裡人來人往，到處是匆忙的各國人士。他們也在忙著準備回國吧。

我在甲板上與暌違幾天的船員再會。原來船長與諸位乘組員在會議期間也都在學園都市借宿，休了幾天不錯的假，於是紛紛向我致謝。

接下來這段時間，大夥兒都忙著將回程的必要物資搬上船。

在艙門邊下各種指示時，有人喊了我。

「喂、喂！大叔！」

耳熟的聲音使我轉向背後。

見到的是我親愛的可愛的她。

「這不是奧夫修耐達小姐嗎，妳怎麼會來這種地方？」

「因為我到房間找你，結果那個精靈說你要回國了嘛。」

「沒有沒有，沒這麼快。我們還在準備呢。」

「我、我想也是啦！」

「我怎麼會丟下妳自己跑掉呢。」

「！……」

稍微耍個帥，JC的臉就漸漸紅起來了。短短的格紋裙下長長的大腿忸怩地蹭來蹭去。蹭大腿就是美，蹭大腿就是棒。

她怎麼這麼可愛呀。

「我不是跟妳約好，會帶妳去佩尼帝國嗎？」

「你、你還記得啊！」

「那當然，我說到做到。」

「大叔，我真的、真的好開心喔！」

「！……」

她抱我。

JC抱了我。

天啊。

好軟。

好香。

好想上她。

好想無套內射。

「因此不好意思，奧夫修耐達小姐，麻煩妳也去收拾行李。如果學校那邊有手續要辦，我可以直接跟布斯教授知會一聲，需要嗎？」

我抓住她柔弱的雙肩輕輕推開，空出距離問。

快冷靜。

不冷靜下來，事情就大條了。

「知、知道了，我馬上去！手續的事沒關係！」

「這樣啊。那麻煩妳行李準備好以後，到我房間和艾迪塔小姐、蘿可蘿可一起等我。飛空艇準備好後，我會去通知妳們。」

「嗯！」

她活潑地點個頭，往高樓成群的方向跑去。

「嗯！」耶。

與剛認識時的她簡直判若兩人。

未免太可愛了吧。

＊

會議取消的消息似乎已經傳到學園都市的商界人士耳裡，在飛空艇碼頭能見到不少當地商人夾雜在忙著收拾的各國來賓之間，每個人都很忙的樣子。

碼頭位在學園都市中樞的設施，貴族進出頻繁，應該是不會搞詐騙吧。他們大多穿著體面，不難想見是頗有都市高層口碑的商家。

在這時候到不熟悉的街坊採買不僅耗時，風險也很高。鑑此，即使價格略高於行情，我們還是選擇了這些商家。全都記在理察帳上，田中男爵一毛也不用出。

這使得回程的必需物資很快就補給完畢，且船況非常好。問了船長，他表示出發準備已經完成，船員也都是最佳狀況，飛空艇隨時能夠啟程。

確定做好出發準備後，我走下甲板喘一口氣。

以襯衫袖口擦擦汗。

這時背後忽然有人喊我。

「哎呀～？你也要回國啦？」

「哦？這不是朵莉絲小姐還有費茲克勞倫斯大小姐嗎？」

我在飛空艇停泊處遇上了鑽頭捲和艾絲特。她們也是歸國在即，先來這裡看看船準備得怎麼樣了吧。我還記得蘿莉婊是搭鑽頭捲的飛空艇過來的。

「你對我跟莉茲的稱謂怎麼不一樣呢～？」

「這個嘛，妳說呢？」

「唔唔唔唔！」

動不動就為了點芝麻小事不服氣的鑽頭捲真好玩。有膜少女就是可愛。

喔不，這怎麼行。已經有JC這女友了還看其他女人，簡直其有此理。日後必需時時警惕才行。

「如果妳要把我欠的人情用在改變稱謂上，我倒是很樂意。」

「誰要用在那麼無聊的事情上啊～！」

「這樣啊。」

「無所謂～不管怎樣，雖然只是暫時，你終究是要向我低頭的啦～」

「……怎麼說？」

「哎呀～？別跟我說你忘了喔～？當然是說藥的事啊～」

「喔……」

生髮劑配方是吧。

已經不需要了啦。

「不好意思，在很多事情的幫助下，我已經不需要了。」

「……咦？」

「這樣等於是我單方面因為自身的緣故拒絕妳的協助，真的很抱歉。」

「你、你等一下～！給我解釋清楚～！」

錯愕的鑽頭捲好可愛。

JC已經讓我明白，男性魅力與有無頭髮無關。就當是保護她的顏面，我說什麼也不能在這種時候成為鑽頭妹的奴僕。我的身子已經不只是我一個人了，得拿出爸爸的威嚴才行。

「田中男爵，你也要回國了吧？」

與鑽頭捲對話到一半，蘿莉婊從旁插嘴。

「是的，準備得差不多了。」

「預定什麼時候啟程？」

「我之後還有其他行程，所以想盡早出發。」

大概是ＪＣ準備好就走吧。田中男爵一行沒帶多少東西，只要飛空艇備妥了隨時能走。假如她是住寄宿家庭，我也很樂意去打聲招呼。

「既然這樣，我們就一起回去吧。」

「這是為什麼呢？」

「反正我們走同一個方向，這樣不是比較安全嗎？聽說最近有專挑貴族飛空艇下手的空盜在佩尼帝國和普希共和國交界處活動，小心一點不吃虧。」

「原來如此，您說得對。」

比起單獨一艘，兩艘確實會讓空盜比較忌憚。

話說回來，怪了，好像在哪聽過類似的話。

「啊……」

「怎麼了嗎？」

「沒、沒、沒事！我不是想借助你的力量才打算一起走喔！就只是，那、那個，聽說船愈多，空盜就愈難下手。若朵莉絲的船遇襲，我們當作沒看見就好了！」

蘿莉婊似乎想起了什麼，話說得很慌張。

好個講究細節的女人。

這也是她的美德。

「拜託～！到、到時候一定要救我喔～！絕對要喔～！」

「沒問題，儘管放心。感謝大小姐提醒。」

鑽頭捲抗議得都快哭了。

明明她有個能幹的忠僕。

「……所以，你怎麼說？」

「這個嘛，我這就去調整時程，請務必讓我與您同行。」

「很好，這樣就對了！」

這就是那個嗎？

感覺可以當作一度被踢出圈子外的田中男爵又獲得了艾絲特的認同。雖說不是很肯定，總之就是進了圈子的感覺。若真是如此，未來我想好好維持這樣的距離。

或許，蘿莉婊可以當一個最棒的朋友。

＊

就這樣，我們跟學園都市莎喲娜啦掰掰了。

再當一次空中飛人。

貴族用的豪華飛空艇維持一定間隔齊飛的畫面委實壯觀。我等佩尼帝國的使者一行搭的就是其中一艘。乘客除我之外，還有艾迪塔老師和果果露。

然後是我可愛的女朋友——ＪＣ。

「天啊！你、你真的是搭這麼棒的飛空艇來的啊！」

「很高興妳喜歡。」

我為她準備了最好的房間。從起飛到現在，這位奧夫修耐達家的丫頭一直天啊天啊叫個不停，眼睛還閃閃發亮，大大滿足了男性的虛榮心。

順道一提，我正在頭等艙裡和ＪＣ獨處。

「話說我、我身上沒那麼多錢耶……」

「不要緊，我自己也沒花到半毛錢。」

「咦？真、真的嗎？」

「我的上司出於好意，包辦了我們所有開銷。」

其實是用工作換來的，這部分就先別提好了。

這樣比較有對大貴族頤指氣使的感覺，帥多了。

「原、原來你真的是很厲害的貴族啊。」

「也沒那麼厲害啦。」

「那個，我、我之前說你是啃老族……」

「我沒放在心上。別想那麼多，好好享受這段旅程吧。」

「…………」

理察御用飛空艇的招牌可不是掛假的。

艙房極為豪奢，裝潢得不像是懸在空中。地板也鋪了長毛地毯，毛到能埋住靴底。擺設方面，感覺跟過去在費茲克勞倫斯家會客室所見差不多。

如同現代社會的汽車和飛機那樣，這個世界的有錢人一樣會以重金打造飛空艇為樂吧。理察先生居然把這麼貴重的東西借給一個名不見經傳的小男爵，器量也真是夠大的了。

「這裡的東西都隨妳用，不必客氣。」

「咦？呃，這、這不好吧？這不是……」

「不必客氣。但願接下來這幾天，能給妳留下一段美好的回憶。」

「！……」

臉變得更紅的ＪＣ好可愛。

感覺上，明天就死也不可惜。

這裡就是我人生的終點。

「那麼，我還有其他事要做，需要暫時離開。這段時間，有什麼需要就搖搖這個鈴，負責這房間的傭人會立刻來辦。」

「啊，喂……！」

不行，不行啊。再繼續注視她，搞不好一恍神就會把她推倒。不想看也會進入視線的大床，使我的男性本能滾滾沸騰。而我想她也一定不會抗拒，說什麼也不可以。

「那我失陪了。」

第一次必須是濃情蜜意炮，濃情蜜意炮很重要。

要製造浪漫的氣氛，在晚餐過後來到甲板上眺望星空，「妳看，那顆星星多燦爛。」「好美喔。」「可是妳更美。」這樣，最後自然而然說出：「我們回房間去吧，外面待久會著涼。」

兩人在如此的鋪陳下步入寢室，進而上床才是正道啊。

現在這種時候怎麼行呢。

我要堅定意志，去向船員們問個好吧。

*

在船中走著走著，我遇上了艾迪塔老師。

「唔……」

「真巧啊，艾迪塔老師。散步嗎？」

在天上，能做的事很有限。尤其老師熱愛研究，在沒有這類設備的飛空艇上肯定是相當不便。打從來時，該如何讓她有段愉快的空中之旅就是我的一大課題。

「……你心情挺不錯的嘛。」

「真的嗎？」

「我也跟你相處一段不短的時間了，從來沒看過你像現在這麼高興。喂，到底是遇上什麼好事啦，可以的話能說給我聽聽嗎？」

「沒有啦，不是什麼大不了的事。」

不會吧，都寫在臉上了嗎？

這樣不太好。

這種事必須保密啊。

就像那個，辦公室戀情一樣。

「！……」

想著想著，老師的表情更歪了。

該不會又全跑出來了吧。

「真的有差那麼多嗎？」

「沒、沒有啦，也沒有差到哪裡去啦！對對對！沒差！」

「那真是太好了。」

「唔……」

變成傻情侶可不好。

連ＪＣ的品格都會被我拉下去。我希望她總是高人一等。要是一臉那麼欠揍地走來走去而惹來眾人反感，難保哪天不會害她遭殃。

「希望回程能一路平安。」

我隨便找個話題拋過去。

希望能平安結束與老師的對話。

「對、對呀，希望是這樣。實在是不想再節外生枝了。」

「嗯，就是說啊。普普通通才是最好呢。」

「…………」

我就此和老師站在走廊上聊了一會兒，話題都是些無關緊要的家常閒話。有女朋友的人還跟異性聊這麼久，簡直跟自走炮一樣呢。

渾身都感覺輕飄飄的。

「……在這。」

聊著聊著，他處忽然有聲音傳來。

不是別人，正是果果露。她一發現和風臉就咚咚咚地跑過來，並在看見艾迪塔老師後在我們前面幾公尺處煞住不動，保持安全距離。

我們的黑肉蘿依然是這麼體貼。

麻煩用男下Y字開腿正常位逆姦我。

慢著。

不行，不行啊。我已經有ＪＣ這個女朋友了。

「蘿可蘿可小姐，妳該不會是在找我吧？」

「……上甲板去。對面在叫我們。」

「對面？」

「另一艘船。」

「這樣啊，朵莉絲小姐船的是吧。」

才啟程不過幾小時，這麼快就出事了嗎？

＊

我聽從果果露的通知，來到飛空艇甲板上。

另一艘船緊貼在我們左側並行。當然，雙方還是隔了段距離以免碰撞，但仍有大聲一點即可對話那麼近。

「是出了什麼事嗎？」

難道跟以前獵龍那次一樣，在前方發現翼龍群之類的吧？那就要趁早處理掉了。我們搭的飛空艇是跟理察借來的，不能有半點損傷。

想到這裡，鑽頭捲提出要求了。

「既然都這樣了，不如就一起走吧～！」

「什麼意思？」

「我們可以到你們船上去喔～？」

原來如此，這下懂了。

「這是無所謂，可是這邊的開銷要請妳自掏腰包喔。」

「唔……」

「怎麼了嗎？」

「沒、沒事喔～什麼事都沒有喔～」

她是想來費茲克勞倫斯號上白吃白喝吧。

這鑽頭捲居然在這種地方吝嗇。

不過她也可能有其他打算，預設立場有點危險。附膜巨乳蘿的優點就是平時言行憨傻，在重點時刻卻又特別敏銳，同時也是她令人不敢大意之處。

「既然如此，那就請上船吧。」

一直這樣大聲說話也麻煩，請她們暫時移駕也比較方便。她身旁的Ｍ魔族一副心中有千言萬語的樣子，艾絲特也是沉著臉注視我。

「好、好哇～那我就打擾嘍～？」

鑽頭捲最後還是點了頭。

開口之際，她的身體輕飄飄地浮起。是飛行魔法。奶子晚一拍水嫩嫩地跳動，搖得我都快暈了。一次就好，真想讓我身心都夾在那中間。

啊啊，不行。這樣不好。

我現在必須是ＪＣ平胸至上主義者。

接在鑽頭捲後，其他人也陸續以飛行魔法升空，往這邊移動。不需要停船就能解決，實在很方便。就讓我好好款待，讓妳們舒舒服服地回國吧。

*

轉場，一行人來到理察船上的會客室。

這裡空間寬敞，有如高級飯店的客廳，即使與我心愛女友的頭等艙相比也毫不遜色。在這樣的環境下，眾人各自挑選自己喜歡的地方坐。

位置是這樣的，艾絲特和鑽頭捲同坐一排沙發，Ｍ魔族站在後者身邊，隔桌的對面沙發坐的是和風臉和艾迪塔老師，果果露照例蹲坐在房間角落。

奇怪，亞倫跑哪去了？應該是在留在隔壁船看家吧。

我很想認為他是故意給田中男爵作球，然而事實上很有可能只是唯一不會用飛行魔法的他被丟在船上。

眾人起飛時，亞倫表情有那麼點落寞呢。

「佩尼帝國的船也挺厲害的嘛～？」

鑽頭捲對房間裝潢很感興趣，不停東張西望。視線這裡掃掃那裡跳跳，就是靜不下來。她是在找什麼嗎？

「這全都是費茲克勞倫斯家當家特地準備的。」

「嗯～？她父親跟你關係還是一樣好呢。」

「是的，承蒙理察先生抬愛。」

鑽頭捲輕描淡寫地探了一下佩尼帝國的內情。

死命倒貼的花痴蘿莉是很棒，一有破綻就會咬我脖子一口的狂野型蘿莉也非常有魅力。

「那邊的酒可以喝嗎？」

「可以，請自由取用。」

會客室有類似酒窖的設備。我不太懂這世界的酒，不曉得那都是什麼等級，只知道不管拿哪一瓶都肯定要價不斐。

不報公帳肯定會出事。

「哎呀～？這艘船沒有服務生嗎～？」

「畢竟這不是那麼正式的聚會。」

「說得也是～」

看來鑽頭捲是真心想來這玩。

她起身離開沙發，像隻小蝴蝶似的來到酒櫃前，觀賞一支支擺得整整齊齊的酒瓶，樂得瞇彎了眼睛。既然她都要開喝了，待會兒和風臉也隨便找一瓶來開好了。

「我問你，這艘飛空艇真的是爸爸借你的嗎？」

欣賞鑽頭捲的小翹臀到一半，艾絲特向我問話了。

「是這樣沒錯。」

「……爸爸真的有答應嗎？」

「船還是理察先生親自為我打點的。」

「是喔……」

怎麼啦？

該不會有什麼隱情吧？

「今天我會來這一趟，一部分是因為這是國王陛下直接交代的任務，所以理察先生才會特別慷慨吧。我相信，即使是換作別人來出這趟差，理察先生也會請他用這艘船的。」

和風臉十分明白理察並不會隨便對不熟的人投入私財。但萬一艾絲特是認為我不配用這艘船，實話實說恐怕會讓她更不高興。

「這艘飛空艇是我家裡最新最快的耶。」

「……原來是這樣啊？」

「以大小和價格來說，其他能挑的多得是，為什麼……」

「既然如此，回去以後得要鄭重感謝令尊了。」

好險，ＳＡＦＥ。

幸好艾絲特在還船之前告訴我這件事，差點又要欠理察一個大人情。能夠事先得知真是走狗屎運。以他的個性，我都要擔心來時的空盜會不會是他的手下了。

「給羅士，給我拿酒杯來！我選這一瓶～！」

「遵命！」

話說回來，怎麼說，鑽頭捲這丫頭也玩得太開心了吧。

害我都想一起喝了。

「費茲克勞倫斯大小姐也挑一瓶怎麼樣？理察先生曾說，這艘船上的設備都能任我使用。若用在您身上，理察先生一定特別樂意吧。」

「先等等，請你不要再叫我費茲克勞倫斯大小姐了好不好？」

「……請問怎麼了？」

「叫我伊莉莎白就行了。讓你叫我大小姐，感覺很不舒服。」

「不舒服是嗎？」

是怎樣啦。

當初是妳要我加的耶。

說什麼不准叫妳名字。

「別問那麼多，知、知道了吧？」

「既然您都這麼說了，我照辦就是。伊莉莎白小姐。」

「…………」

「怎麼了？」

「……算了，現在這樣就行了。」

「謝謝小姐。」

省略稱謂的門檻真的很高的樣子。即使是失憶前，至少也得加小姐。萬一被亞倫看見了，恐怕會惹來各種不好的想像。

「喂，妳最愛的女朋友在傷腦筋喔。」

「什麼？」

和蘿莉婊說到一半，老師忽然惠賜吐嘈。

老師以「這次又怎麼了」的表情，用下巴指了指。只見房門稍微開了一點，ＪＣ正從門縫中窺探房內狀況。不管誰來看，那表情都相當不安。

「這不是奧夫修耐達小姐嗎，怎麼了？」

我起身離席，來到她面前問。

保護女友出入平安可是男友的責任呢。

「那、那麼豪華的房間，我一個人根本就待不住嘛。所以到處找船員跟女僕問你在哪裡，知道在這裡以後，我就……」

女朋友看了看和風臉以外的成員，漸漸縮回去。是因為他們每個都是貴族打扮吧。她原本也是能理所當然地加入其中的身分呢。

「抱歉冷落妳了。有空的話，不妨跟我們一起聊天吧。對了，我幫妳弄點甜點過來。喜歡紅茶嗎？船上也放了幾款我喜歡的茶葉。」

「咦？啊，那個，我、我……」

ＪＣ顯得不知所措。

之前她老是嫌東嫌西，這種新鮮的感覺非常讚。

我就是在等這個。等這種情侶生活啊。

「拜託～？怎麼態度跟對我完全不一樣～」

從酒櫃走回沙發的路上，鑽頭捲一手捧著酒杯抗議。

身旁的Ｍ魔族也捧著酒，和主人一鼻孔出氣。

「不會吧，有這種事？」

「咿～氣死我了～我就把這裡的酒全部喝光吧～」

「我是完全無所謂，記得把帳付乾淨喔。」

「唔唔唔唔唔……」

說了那麼多，鑽頭捲仍咕嚕嚕地灌酒。看這情況，第一杯很快就要乾了，說不定她很能喝呢。這種愛喝酒的女生，看了就興奮。

「學園都市的學生怎麼也上船了呢？」

至於艾絲特這邊，是提出極為正當的疑問。

她看著ＪＣ，不解地歪頭。

「呃，是因為大叔他跟我，那個……」

說起來，ＪＣ和艾絲特的關係稱不上好。那天ＪＣ在學校走廊用肩膀撞上她，還沒道過歉呢。對方好歹是佩尼帝國的大貴族，這丫頭再怎麼野也會怕吧，得幫幫她才行。

「因為我要給她一次和奧夫修耐達家族的人見面的機會。」

「咦？她家還有其他人留下來呀？」

「是的，的確有。我也是最近才認識而已。」

對喔，蘿莉婊也把小岡給忘了。看她忘了那麼多人，感覺比忘了我還遺憾。看樣子，她與蘇菲亞的關係也會退回認識之前了。

「……這樣啊，那真是太好了。」

「我也十分為她高興。」

世上有足以依靠的家人是很美好的事。尤其ＪＣ年紀還小，社會經歷和經濟能力都淺，很容易面臨需要幫助的時候。我是非常樂意扮演這個角色，但在這種敏感案例上，血緣才是重點。

而小岡也無疑是她可以依靠的人，他的男子氣概可是貨真價實。

「請往這邊。」

我將ＪＣ帶到自己剛坐的沙發上。

還不忘輕輕拍去椅面灰塵。

抱歉讓妳坐被中年大叔體溫溫熱過的真皮沙發。

「那個，關、關於這件事……」

「怎麼了？」

ＪＣ沒有坐下的意思，站在沙發邊轉向和風臉。有口難言的忸怩模樣，在格紋小短裙的映襯下非常迷人。

難道她是在意房間角落的果果露嗎？那是一個好果果露族人，麻煩妳多多包涵。雖然她直勾勾地盯著這裡看，但沒有惡意的。

「我在房間發現這個。」

「……這是……」

ＪＣ伸出的掌中，乘著一條墜鏈。

那是前往學園都市途中擊落空盜而撿來的東西。真正想拿的魔石依然收在飛空艇的倉庫裡。當時我把墜鏈塞進褲袋，帶回來就放在房間桌上直到現在。

「大叔認識的那個人，就、就是洛克哥哥吧！」

「……咦？」

「這條墜子！是洛克哥哥的墜子！」

「…………」

咦，先等一下。這是什麼情況？

洛克哥哥是誰啊？

慢點慢點，叔叔跟不上。

「你看這個！只要這樣，裡面的……」

ＪＣ以指尖撥弄墜鏈。

只見墜鏈如盒墜般漂亮地分成兩半，中間淺淺的凹陷刻有徽記般的圖案。莫非那就是家徽？

我們搭的飛空艇側邊也有費茲克勞倫斯家的家徽。

「那該不會……」

「是奧夫修耐達的家徽沒錯呢。」

從旁窺探的艾絲特低語道。

原來是奧夫修耐達家的家徽啊。

居然有這麼巧的事。

我的女朋友也是奧夫修耐達家的人呢。

「大叔，謝謝你！真的很謝謝你！我又能見到洛克哥哥了！我一直、一直都好想他，哥哥裡面他對我最好，沒人比他更棒了！想不到還能見到他……」

「不好意思，這位洛克哥哥是……」

我的女朋友感動得不得了，眼角都泛淚了。

打從心底高興的樣子。

「他是在我們被抄家以前逃走的，從那之後我們再也沒見過。他是一個獨眼的Ｓ級冒險者，大叔有聽過嗎？我就是想和洛克哥哥一樣厲害，才到學園都市留學學魔法的喔！」

「……原來如此。」

好像在哪見過這種形象的人呢。

右手好像還裝了鉤子。鉤子呢。

「大叔，真的很謝謝你！我好高興……！」

怎麼辦？

怎麼辦？

我把女朋友的哥哥殺掉了啦。

＊

無論乘客是何種心情，飛空艇都只會默默向前進。

離開學園都市已經過了幾天時間。

佩尼帝國愈來愈近，船已經進入普希共和國的領域裡。與該國鄰接的田中男爵領地因位置關係，將會是最先進入視野的佩尼帝國國土。我也跟船長確認過了，是這樣沒錯。

而這也使得我的心躁動不已。

「…………」

自墜鏈曝光後，醜男的心始終徬徨茫然。

來時擊墜的空盜居然是奧夫修耐達家的人，這種事我怎麼料得到？這也是ＬＵＣ狂降釀的禍嗎？若真是如此，那麼其他數值恐怕都沒有ＬＵＣ重要了。

甚至能說只要ＬＵＣ高，或許就能有幸福的一生。

糟糕。愈往這裡想，愈覺得真是這樣。

「……怎麼辦？」

我獨自在艙房中為此後該怎麼做苦惱。

這不是我個人的問題。

我與ＪＣ的關係固然重要。

但這裡還有一個與我關係匪淺的奧夫修耐達家人。不是別人，正是小岡。而他現在，正以田中男爵家臨時騎士團長的身分，替我分擔營運龍城的重任。

換言之，這一錯殺可是恐將顛覆領地營運狀況的大失誤。

「…………」

我實在是一點辦法也沒有。

這種事還能怎麼辦呢？

只有老實說出來這條路能走。

我怎麼想都不認為自己能永遠隱瞞這件事，裝沒事地面對他們。這樣我頭髮再多都不夠。光是知悉這一連串的事實，圓形脫毛症就加速發作了。

因潔白床單而變得清晰可見的掉髮狀況，足以使男人一早就憂鬱。

「……好。」

說出來吧。不留半點隱瞞。

然後，我要跟果果露兩個人浪跡天涯。

踏上沒有終點的旅程。

已經沒別的選擇了。

就在我這麼想時——

「喂、喂！大叔！」

「！」

咚咚咚，人聲伴著急促的敲門聲從門後傳來。那音調屬於我親愛心愛，永難忘懷的女性。想到這段情只剩下幾天期限，實在是無語問蒼天。

好想跟她做一次愛，好想來個深情無套內射啊。

「奧夫修耐達小姐嗎？請問什麼事？」

經過些許猶豫，我終究來到了門邊。

扭動門把一開，眼前果然是心裡那個人。

「下面好像有飛空艇的殘骸耶！」

「！……」

喂喂喂，別鬧喔，不會就是那個吧。

真希望她再給我一點時間做心理準備。我不自覺地想起來時女友已不在人世的兄長，被火球擊落而墜向大地的軌跡。

「從上面看起來，那好像摔下去沒過多久，說不定還有人活著。我在想是不是先報告船長比較好，所以就來跟你說了。」

「原來如此，謝謝妳特地通知我。」

「啊，沒有啦，這、這也不是什麼大不了的事嘛！就只是覺得，這種事最好先告訴你這樣……」

ＪＣ說得雙手猛揮，視線還撇到沒人的方向。

一誇就害羞，真是可愛啊。

然而，此時的和風臉已無法坦然品味這份可愛了。

「可是很不巧，這次不必下去了。」

「啊，是不要管這種事比較好的意思嗎……」

我不會提做愛那麼奢侈的要求。

多希望至少能在回程上和她卿卿我我地過，大聲歌頌與女友共度的甜蜜時光。全年齡版就行了，好想結清那名為青春的不良債券啊。

「不，不是那樣。」

「咦？」

然而，世界卻拒絕了我。

那好吧。

我懂了。

我接受挑戰。

想必這世界就是如此運作的。

「奧夫修耐達小姐，其實有件事我必須告訴妳。一直隱瞞到現在，實在非常抱歉。請妳保持冷靜，聽我說到最後。」

「怎、怎麼啦，突然這麼嚴肅……」

站在我面前的ＪＣ表情略為緊張地端正姿勢。

下一刻就可能到來的別離，就是這世界為醜男注定的宿命吧。既然如此，啊，死處男我就來個逆來順受，成就這宿命給世界看。這全都是我思慮不周而導致的結果。

為此驕傲，為此嘆息，為此深刻檢討吧。

再會了，性愛。

「是關於妳的家人。」

「我的家人？」

「對。」

一聽到家人這字眼，我女友面色立刻嚴肅起來。對她而言，奧夫修耐達這姓氏依然十分重要吧。我不由得感到自己的罪孽有多麼深重。

和風臉這就要對她和盤托出了。

告訴她醜男犯下的重大罪行。

「妳發現的飛空艇，是我在前往學園都市的途中擊墜的。」

「咦？那、那是你打下去的喔？」

「對。」

「可是，那跟我的家人有什麼關係？」

ＪＣ不解地側首。

不過聰明的她似乎已有所察覺，馬上接著說：

「啊，你打下去的該不會就是所謂的空、空盜吧？出發之前，之前上船的貴族和船長好像都跟你講過這件事嘛，說是最近很猖獗的樣子。」

「對，沒錯。」

「喔喔喔，你真的好厲害喔！連飛空艇都打得掉，是怎麼打的？像你在學園都市用的超大火焰槍那樣嗎？還是用其他魔法？」

女朋友笑呵呵地答話。

而我對她說：

「差不多就是那樣。」

「可是，那跟我的家人沒什麼關係吧？」

或許是看我臉色凝重吧，ＪＣ表現得比平是更天真爛漫，真是個好女孩。未來一定能成為一個好太太。若能讓我許一個願，我想用我的洨把她肚子搞大。

「指揮那艘船的，就是妳親愛的哥哥。」

「……咦？」

「妳親愛的兄長，這位名為洛克的人，已經不在人世了。」

連喘息的時間也不給。

誠實地，誠誠實實地傳達事實。

「是我……殺了他。」

「！」

剎那間，ＪＣ的表情凍結了。

＊

整件事說明起來很容易。

我們遇襲，於是反抗，最後殺了他。就只是淡淡地陳述事實罷了。其實當時不出幾分鐘就分出了勝負，飛空艇不堪一擊地墜落。我們也不當一回事，東西拿了就走。

對此，ＪＣ單純是默默聽和風臉說話。

沒有特別發出聲音。

臉上失去所有感情。

「……怎、怎麼……這樣。」

「很抱歉。」

到了這種地步，就算將奧夫修耐達家另一個成員小岡帶到她面前，她心中渦漩的情緒也絕不會消散。畢竟她曾說，那是她最尊敬的兄長。

「這、這算什麼……」

「…………」

見到ＪＣ渾身顫抖，醜男意志更加堅定。

她是個剛入學就是學園都市的天之驕子，即使沉淪了很長一段時間，腦袋也沒絕無半點鏽蝕。如今她都再度覺醒了，若將她的心又打回尼特深淵，我一定會後悔莫及。

因此，和風臉只剩下一條路可走。

那就是扮演殺害她敬愛之人的仇人，引導她的人生方向。

好讓她的人生能更加富足。

過得更幸福。

「…………」

「…………」

才怪才怪，是能導個屁啊！

擺明是痴人說夢嘛！

但我現在好像只能順著情境衝到底了。

「我是妳的殺兄仇人啊，奧夫修耐達小姐。」

「…………」

我完全無法判斷ＪＣ投來的眼神含有怎樣的情緒。如果她當場發飆揍過來，或許我還會好過一點。若是嚎啕大哭，我也能毫不猶豫地說下去。

然而，現在的她極其平靜，未免也太鎮定了。

救命啊，艾迪塔老師。

「那洛克哥哥他……」

「考慮到奧夫修耐達家的過去，令兄會做那樣的事也是情有可原。我對這部分沒有一丁點的理解，連話都沒說到幾句就單方面葬送他了。先不論這件事孰是孰非，我只是想把這個事實先告訴妳。」

我面對面地再三強調。

ＪＣ眼角滲出淚水，堆積起來。

「要我再多說些什麼的話，我只能說妳的兄長到最後都表現得十分勇猛。我們的船長從佩尼帝國大貴族手中接下了這艘最新型的飛空艇，是一個身經百戰，足以談論天空的高手，就連他也為令兄的技術佩服不已。」

根深蒂固的社畜性格使得舌頭騰躍起來，追捧了一大堆，不過其中絕無半句謊言。費茲克勞倫斯號船長應是受到理察認可的人，我相信他說的那些話絕不是胡言亂語。

「那、那麼、那麼洛克哥哥他……」

「我再說一次，我親手殺了他。」

但是結果不會改變。

死者不能復生。

「我是妳的殺兄仇人。」

「！……」

「很氣嗎？很氣吧。一定很恨我吧。」

事到如今，再也無法回頭了。

照剛才的方針走下去。全力衝刺。

「想恨我就儘管恨吧，我不介意。不管妳想挑戰我多少次，我都會接受。因為我是凌駕於令兄之上的最強鍊金術師。」

這下完全脫離男女朋友的距離了。

簡直是主角拜為師父，實際上卻是仇人的角色啊。

機率有夠低。

不是想弄就弄得到的頭銜。

不過呢，算了啦，繼續衝下去了。

畢竟全都是我的錯。

「那你，接、接近我是為了……」

「不，這部分請妳不要誤會。奧夫修耐達家本來就很優秀。」

「！……」

我說些頗具玄機的話結束話題。雖然JC平時說話很不中聽，實際上卻是個性相當單純的人，一定很容易往對自己不好的方想亂想。

在這種情況下，就算我嘴巴裂開也不能說自己是以結婚為前提追著她跑啊。這段時間我光是集中神智，不讓注意力不被她格紋小短裙底下若隱若現的大腿拉走就快吃不消了。

「…………」

挑釁到這裡就夠了吧。

果不其然，她的表情很快就起了變化。

悲傷得不成原形。

當場就轉過身去。

我的女友一刻也不多留，快速跑走。

「…………」

眼中堆滿了淚水。

很遺憾，男友沒有追回她的理由。我的胸口痛得嚇人。物理上的痛，痛到都站不直了。不知怎地，我覺得生而為人，沒有比這更大的罪惡了。

「……結束了。」

我的戀愛徹底結束了。

有生以來第一次的兩情相悅。

想不到短短幾天就結束了。

而且是以餘味這麼糟的方式。

「好久沒大喝一場了。」

幸好這艘船上有一大堆高級酒，理察也准我喝。我就當作是鑽頭捲喝掉的，痛痛快快喝個爛醉吧。沒錯，這就對了。根本是非喝不可。

雙腿自己動了起來，前往酒的所在。

嫌我醜把我甩掉，心裡還比較舒服呢。

*

「夠、夠了吧～會不會喝太多啦～？」

「才這一點，無所謂的。」

是夜，扁臉黃皮猴在設於飛空艇上方的酒吧喝起了悶酒。對著能坐五六人的吧檯，向應是酒保的女僕姊姊點昂貴的酒，至此已經是第五杯。

鑽頭捲不知何時坐到了我身邊，同樣喝著酒。八成是又在船上到處閒晃，碰巧發現我的吧。她問我上哪去，老實回答之後她就自己跟過來了。

以她白天也喝了不少來看，酒量是真的不錯。

酒量好的處女實在太可愛了。

「我看不像喔，你眼睛都怪怪的了～」

「我面相有問題也不是一天兩天的事。」

「我、我又不是那個意思……」

「這樣啊，那我向妳道歉。」

我還能喝。

再喝個兩三杯不會怎樣。

「……怎麼才幾天時間，你就變這樣啊～？」

「也沒有什麼大不了的啦。」

「哎呀～？難得你這麼老實～」

不妙，說溜嘴了。

話說，我好像是第一次和女生一起喝酒。喔不，這樣很有語病。正確說來，我好像是第一次和沒花錢就陪我坐的女生，兩個人單獨喝酒。

害我對鑽頭捲的愛不知不覺就噴發了。

光是這一點小事，就讓我大從心底高興。

然而，這感動只持續了一瞬間。

「所以發生什麼事啦～？」

我記得這眼中的光芒。

之前在學園都市的圖書館和她一起欣賞雞雞劇場時，

她那逮到布斯教授弱點的眼神浮現腦海。原來如此，她是想藉酒套出扁臉黃皮猴的弱點吧。

那好。

正巧我也想一吐為快。不好意思，我就恭敬不如從命了。人家可是附膜巨乳蘿啊。免費陪我喝酒，不想個法子謝謝她怎麼行。這樣說不定還會有下次。

「就是犯了一點錯，我正在反省呢。」

「嗯～？這還真是難得呢～」

「沒這種事，我的人生充滿了失敗和恥辱呢。」

「你這是在挖苦我嗎～？」

「其實我還挺羨慕妳這種處世態度的。」

似乎有那麼點奉行及時行樂，在珍惜自己的同時，看準時機盡情享受人生的感覺。簡言之，就是適應力強吧。不然也不可能開開心心拿魔族當奴僕。

好想跟這種人結婚啊。

「就算這樣捧我，我也不會跟你上床喔～？」

「不需要。現在我沒那種心情。」

喝這麼多，我也硬不起來。

但今天我還是要喝。

「……嗯～？」

「怎麼了？」

「沒事～真想讓給羅士看看你這德行呢～」

「別逗我了。我可沒興趣跟男人喝悶酒發牢騷。」

「我看你不是在發牢騷，是在撒嬌吧～？」

「也許吧。」

是怎樣，鑽頭捲果真冰雪聰明啊。

我也很愛她這點。

好想跟她結婚。

啊啊，大概是跟蘇菲亞分隔太久，我的愛傾向了確定有膜的鑽頭捲。原本指向ＪＣ而頓失目標的愛，我的愛，這世上最噁心的東西又蠢動了。

給羅士這傢伙真好。羨慕死了。

好想被鑽頭捲調教喔。

「……你到底是怎麼啦～」

「心情的問題啦。和妳在一起，我心情會愉快一點。」

「我看你是真心想追我吧～？」

「只是醉漢在胡言亂語而已。」

「嗯～？那我有一個問題要問落魄的醉漢～」

「妳要問什麼？」

倏地，鑽頭捲的眼珠動了一下。

視線像是穿過醜男的肩往後射去，我的注意力也跟著往那移動。將手上酒杯擱在吧檯上，回頭看看背後，但見到的只是酒吧門口而已。

找不到值得注意的對象。

「怎麼了嗎？」

「沒什麼，別在意～好像會很有意思，我就不多嘴啦～」

「真是耐人尋味啊。」

「這全都是因為你太蠢嘍～？」

「現在的我，真的是蠢到了極點。」

「你也有自覺啊～」

「再陪我喝下去，對妳其實沒好處喔？」

「真的嗎～跟我多說一點也沒關係喔～？」

「是啊，真的。」

我傾杯再喝一口。

話說得到治療魔法以後，我再也沒有兌過水了。不必顧慮腸胃狀況，使我愛怎麼純的來都可以。說不定得到治療魔法後，我最重視的就是這點呢。

酒真好喝。啊啊，酒就是讚。

「小姐，可以再給我一杯嗎～？」

鑽頭捲一手搖搖空了的酒杯，向女僕要酒。

她還想喝啊？

這下和風臉可不能輸給她。

「麻煩妳，再給我一杯一樣的。」

「這樣好嗎～？那一瓶可以買一棟不錯的房子喔～？」

鑽頭捲嘴上說這麼多，到頭來還是陪渾身牢騷的中年大叔喝酒，真是太可愛了。我有時也忍不住會想，這個人

到底是有多閒？說不定她是認為，跟我一起喝酒會比較好喝呢。那就放馬過來吧。

難得這趟旅程，理察要負擔所有開銷。

喔不，如果是為了她，帳單我自己付也在所不惜。

她怎麼會那麼可愛啊，可惡可惡可惡。

「不要緊。妳也來一杯怎麼樣？」

「咦？真、真的可以嗎～？」

「喝光也沒問題。我們是相隔一條國境的鄰居，像這樣敦親睦鄰是很重要的，而我也希望未來能和亞杭家族維持良好關係。看來我並沒有當初猜想得那麼討厭妳呢。」

「……是喔～？既然這樣，好，我就喝吧～」

酒保女僕應和風臉要求動起手來，準備新酒杯並捧起眼熟的酒瓶，往形似烈酒杯的玻璃容器裡咕咕咕地注入琥珀色液體，大約是雙份的量。

看來鑽頭捲喜歡喝純的。

最後吧檯上擺了兩個酒杯。

「為田中男爵與亞杭子爵的圓滿交流乾杯～」

「嗯，乾杯。」

今晚我要喝到掛。

讓酒把我給喝了吧。

＊

無論和風臉再怎麼為自己犯的錯後悔，飛空艇都只會以來時同等的速度默默往佩尼帝國飛。我請船長在前往首都卡利斯的路上先到龍城停一下。

飛空艇下次著陸時，田中男爵的貴族生涯也要宣告結束了。

受不了啊。這胸口的鼓動停不下來啊。

終於，我懷念的龍城出現在底下。

其實我也沒離開多久，抱的是年節回鄉，明天要開工了就返回自家的心情，感覺和星期一差不多。要說我究竟出了幾天門，應該是不到一個月吧。

然而，這究竟是怎麼回事？

嚇死我了。

從飛空艇上所見的城景，與我出發前不是一個樣。

「這、這座塔還挺高的嘛～」

「是啊，真的好高……」

我和鑽頭捲並肩站在甲板上，愣愣地望著那景象。

城中央居然多了一座高聳入雲的巨塔。比東京鐵塔、哈里發塔等我所知的高層建築高上太多，彷彿是以衝破天際為目標。

因為它高到連頂端都看不到了。

本來是想說就快和小岡談那件事，先上甲板吹吹風整理思緒，結果發現龍城居然往莫名其妙的方向全力暴衝。

肯定是克莉絲汀玩瘋了才會那樣。

蓋這種東西是想怎樣啊，蘿莉龍？

理察那邊看到了，臉色保證很難看啊。

首都卡利斯的任何建築都根本沒得比。

「……這樣沒問題嗎～？有經過許可嗎～？」

「這我也無從判斷啊……」

「佩尼帝國有比這更高的建築嗎～」

這樣不行吧。

想也知道佩尼帝國那些靠虛榮和面子過活的貴族會有什麼反應。

不過這可是蘿莉龍的傑作，沒那麼容易請她拆掉啊。

要是提這種要求，很可能會鬧成佩尼帝國全土都遭殃的古龍大戰和風險。

你看她連外牆那些末節的裝飾都做得那麼用心。

絕對是她的最高傑作。

「總之，我們先過去看看再說吧。」

「和你在一起都不會無聊耶～」

現在狀況就夠危險的了，天哪，到底該怎麼解決啦！

*

下了飛空艇，我們頭一個就來到鎮長辦公室。

「喔喔，好久不見啦！終於回來啦！」

小岡、蘇菲亞和諾伊曼都在那。最先向我們打招呼的是小岡，帶著滿面笑容迎接我們。如今，那笑容比什麼都讓我心痛。

「好久不見了，岡薩雷斯先生。」

「聽說你在學園都市辦了件大事啊？」

他還是一樣充滿男子氣概。

雖然長相有點凶，那笑容卻給人純真少年的感覺。

「是啊，你消息真靈。」

「中央有人跟諾伊曼報訊嘛。」

「原來如此。」

看來諾伊曼也做了不少事。

說起來，都還沒替他辦歡迎會呢。雖然領地的經營危機唏哩呼嚕地就到來了，唉，我還是很想至少把這場歡迎會給辦好。哪怕那可能是田中男爵最後的工作。

「你在那過得怎麼樣，好像多了張新面孔呢。」

小岡的視線往ＪＣ飄去。

見到小岡，ＪＣ也頗為驚訝。他們都是奧夫修耐達家

的人，彼此都有面識吧。抄家之前，說不定是同住一個屋簷下呢。

「你們認識嗎？」

「老實說，我嚇了一大跳呢。實在沒想到我還有機會跟家裡人見面，而且不是別人，就是你帶回來的。難道這也是命運的安排嗎？」

「答案恐怕只有天曉得了。」

怎麼說話怎麼帥的小岡真的讓人好崇拜啊！命運這種詞，醜男絕對不敢用，用了肯定吃白眼。所以，唉，看來是沒錯了。

ＪＣ的確是奧夫修耐達家的人。

「不過呢，幾年不見而已變得還真多……」

「岡、岡薩雷斯！」

小岡看珍禽異獸似的打量ＪＣ。

對此，ＪＣ緊張兮兮地叫出他的名字。

格紋小短裙隨身體顫動飄了飄。

「怎麼啦，這麼想我這張臉啊？」

「誰想啊！」

「是受到什麼刺激嗎？那麼調皮的人居然變成這樣……」

「先、先等一下！不要說！不要再說了！我這邊也有很多苦衷啊！光是人家知道我姓奧夫修耐達就會直接殺過來，真、真、真的很慘啦！」

「啊啊？」

他們該不會關係很差吧。

奧夫修耐達家族裡的事，我無從知曉。但小岡臉上掛著笑容，感覺火藥味沒那麼濃，ＪＣ也本來就有點怕生，到底是怎樣呢？

現在還是先解決我自己的問題比較重要。這件事非得由我自己坦白不可，先被ＪＣ說出來就糟糕了。感覺上，小岡是非常重視那種事的人。

「對了，岡薩雷斯先生。我有一件重要的事要告訴你。」

「嗯？怎麼啦，一回來表情就這麼嚴肅。」

「可以的話，岡薩雷斯先生，我想和你單獨談。」

「聽起來不是好消息呢。」

「是啊，這次真的不是好消息。」

我側眼瞥了瞥周圍眾人。

這裡還有很多熟人。鑽頭捲和艾絲特一起坐在沙發上有說有笑，噁長毛站在前者身邊，表情不知道在得意什麼。

另一方面，艾迪塔老師、蘇菲亞和諾伊曼圍在辦公桌邊，對著文件議論起來。果果露則是早就相準了似的蹲坐在房間角落，直勾勾地盯著我看，連眨眼都忘了。

蘇菲亞親手沖的茶在每個人面前散發淡淡白煙，我也很快就過去端一杯。可能是緊張的緣故，喉嚨特別地乾，還很燙就一口喝光了。

喝茶真的就是要喝蘇菲亞沖的茶啊！光是由她沖出來，同樣的茶葉也會有不同滋味。可見她餐廳招牌女郎可不是白當的。

「怎麼啦？跟其他人有關係嗎？」

「沒有，不是那樣。」

看情況，我先和小岡單獨離開也沒問題。

幸好我們就在門邊說話，行動起來不會太顯眼。

「不好意思，能請你跟我……」

然而事與願違。

「你跟她交情不錯啊？」

小岡用下巴指指ＪＣ，打斷了我的話。

這位前女友如今仍站在和風臉身邊。多半是因為龍城對她來說完全是外地，沒地方可以去吧，真是苦了她了。

就連她少數敢對話的艾迪塔老師也在一邊忙著。

「是啊，我們在那邊交情還不錯。」

「那你也知道我跟她是什麼關係吧？」

「嗯，我知道。」

「怎麼把她帶到龍城來啦？如果我沒記錯，之前她都是在學園都市留學吧。特地冒險帶回佩尼帝國，我看你是瘋了喔。」

「關於這個疑問，我會一併回答你。」

「你是想說，你在那裡殺了我家的人，覺得需要負起責任才帶來的嗎？」

「！……」

原本想請小岡到房外去談，結果他打斷我而說的話，居然正是我要談的事。縱然細節不太對，最關鍵的部分卻正中紅心。

小岡啊，這可不是直覺敏銳就猜得到的事喔。

「怎麼啦，田中先生？臉色很不好看喔？」

小岡表情似笑非笑。

是神似理察的那種笑法。

他該不會真的知道了？怎麼會呢，這跟小岡扯不上關係啊。完全發生在佩尼帝國外的事被一個在龍城看家的人知道，也太不自然了。

「……沒錯，就是你說的那樣。」

不過，我還是得誠實以告。

有需要對所有人解釋清楚。

乾脆就讓在場所有人都知道吧。

「你這個人還是一樣傷腦筋耶。」

「不，事情沒那麼簡單。」

我就在此說明一切吧。

完完全全開誠布公。

「我殺了她的哥哥，也就是殺了奧夫修耐達家的人。」

「……噢。」

和風臉的發言，使在場所有的焦點全往我們集中。艾絲特、蘇菲亞、鑽頭捲和諾伊曼無一例外。果果露倒是一開始就在看我。

房中嘈雜戛然而止。

「的確不是開心的事呢。」

「就是啊。」

四目相對。

今天的小岡眼神好認真。

恐怖死了啦。

心跳快到胸口都痛了。

「那你怎麼特地把她帶到這裡來？良心過不去嗎？對奧夫修耐達家有罪惡感嗎？還是覺得帶她來見我，可以多少將功折罪這樣？」

「不，我殺害他那當時一點感覺也沒有。」

「這句話還真是不得了啊。」

「我所殺害的奧夫修耐達家成員是一名空盜，我沒多想就動手了。不這麼做，我的船恐怕會被他擊落。當然，我也知道打下他的船並不是解決事情的唯一方法。」

「人不是誠實就吃得開喔，田中先生。」

「我是在認識這位小姐後，才知道那個人是誰。」

我以視線指示ＪＣ說。

乾脆豁出去吧。

把整件事都爆出來。

罪惡感讓人話說得特別順。

「當初是因為你們都是奧夫修耐達家的倖存者，所以想帶她來跟岡薩雷斯先生你見一面，後來才碰巧得知奧夫修耐達家還有另一個人存活下來，而那名字是屬於一個早已死在我手下的空盜。」

沒錯，不能忘了保護歡樂亡命中的前女友。曾與小岡一起行動的我了解佩尼帝國這邊對奧夫修耐達家的敵意還是很強。

「我的目的就是將令妹帶到龍城來和你團聚。等話說完，我就會立刻送她回學園都市。當然，我會親自護航，用費茲克勞倫斯家的最新機型送她回去。」

結果ＪＣ不知在想什麼，突然插嘴。

「岡薩雷斯！你、你不要搞錯喔！那是我提的！是我要他帶我過來的！我要跟我心愛的男人一起走！所以我不會再回學園都市了！而且大叔也已經接受我的愛了！」

不會吧。

扁臉黃皮猴可是妳的殺兄仇人耶。

「……是、是喔？」

接著，小岡的表情變得有點奇怪。

之前從容不迫的難懂微笑整個消失，簡直像是在廁所裡看見了地藏，錯愕得嘴角都抽搐了。難道他們關係非常親密，是捧在掌心上呵護的妹妹什麼的嗎？

「所以過去的事就過去了，不要再說那些有的沒的！洛克哥哥是自己要去當空盜的！是自己要離家出走的壞哥哥耶！被他盯上的大叔才是被害者吧！」

「是、是嗎？這個，我，怎、怎麼說呢……」

沒想到前女友會幫我說話。

我感動到眼角都有點熱熱的東西滲出來了。她居然這麼愛我。還以為她是一時昏頭，青春期的女生常有這種錯認情緒的事。

光是那樣的心意，就讓和風臉的心感動不已。

謝謝妳。我真的好感激。

「不，不能這樣說。我是妳的殺兄仇人，除此之外什麼都不是。」

「可是你前天和普、普希共和國的怪怪貴族……」

不能再增加前女友的負擔了。

我抬起一手，制止開始亂扯的她。

「奧夫修耐達小姐，麻煩妳把那個墜鏈交給他。」

「唔、嗯……」

JC從懷中取出墜鏈。她似乎將這個拾自墜機現場的遺物仔細擦了一遍，儘管墜落時的衝撞造成了些許損傷，墜面仍亮得能映出周圍景物。

「喏，岡、岡薩雷斯……」

「就是這個，你見過嗎？」

小岡接下墜鏈，指尖在上頭熟練地一推，盒墜便分成兩半，現出其中前天才剛見過的奧夫修耐達家家徽。

「這是我們家的東西沒錯，我有看過。」

「謝謝你替我確認，我無話可說了。」

「…………」

和風臉將自己所知全都說出來了，小岡要發火也是理所當然，然而他的反應卻不太妙。既像驚訝又像遲疑困惑，甚至倒退了半步。

「……岡薩雷斯先生？」

還以為他會二話不說一拳揍過來，都做好準備了。

大概是震撼到憤怒與悲哀都出不來了吧。不管怎麼

說，特別照顧夥伴是他一個受人敬重的點。現在寥寥無幾的家人死在我手上，心裡一定是一片混亂。

如此站在他面前，緊張和悔恨讓我的胃陣陣作痛。好想捨棄一切，成為專掀艾迪塔老師裙子的機器。

「請恕我冒昧，是不是給你一點時間比較好……」

「啊，等等。等一下，田中先生。」

「……怎麼了嗎？」

「沒、沒什麼。真是的，田中先生果然厲害，原本只是想嚇你一下，結果嚇到的反而是我。而且我怎麼也想不到，你偏偏會對艾敘有興趣。」

「嚇我？」

什麼意思？

才剛這麼想，小岡大喊：

「喂！你也該進來了吧！不然我會說不下去！」

「喔，來了。」

隨這一喊，通往走廊的門打開了。

門後，有個人顯得頗為尷尬地站在眾人的注視之中。

喂喂喂，給我等一下。

「你、你不是……」

「……想不到求救的地方，竟然是那艘船主人治理的城鎮。」

虎克船長就站在走廊上。

那麼有特色的造型，我絕對不會看錯。

「想說這麼多年沒看到洛克這傢伙了，怎麼突然跑出來，結果他是船被貴族擊落，沒地方能去才來我們這裡躲一躲。問他是被誰幹掉的，還真的就是你。很好笑吧。」

「……岡薩雷斯先生。」

這我怎麼也想不到啊。

「現在怎麼辦？要是田中老大哥你因為這傢伙而損失了些什麼，要當場殺了他我也不介意。畢竟是洛克自己先出手，有這種下場也是活該。我絕對不會否定這一點。」

小岡正面注視醜男說。

「但假如你沒有因為他失去任何東西，且還有原諒他的餘地，那我拜託你網開一面。只要是我能做的，我什麼都願意做。所以，拜託饒他一命，我求你了！」

剎那間，他雙腿一彎下跪磕頭。

沒有半分猶豫，低頭就往下貼。

額骨敲在地板上，叩地好大一聲響徹房間。

「岡薩雷斯先生，請你立刻抬頭。」

從沒見過這麼帥的磕頭。

這樣被磕的人反而難看啊。

「求求你。」

「如果你想保住他的命，就把頭抬起來吧。」

「你想對我怎麼樣都行。」

讓這個人再繼續磕下去不好吧，我希望小岡無論何時都是那麼威風坦蕩啊。磕頭主要是和風臉和梅賽德斯的工作。被人一腳踏在後腦杓上踩的禁衛蕾絲邊有夠可愛。

「我不是說立刻抬頭嗎？不然我就不原諒他了。」

「！……」

「我一點損失也沒有，不要太小看田中男爵了。」

「……太、太好了，謝謝。」

「我才想這麼說呢。」

害我說了些中二的話。

肯定進黑歷史。

看小岡要起身了，我便對虎克船長說：

「真的很感謝你活下來了。」

結果對方猛然一抖，顯得很防備。

就當是緩和場面，總之先打個招呼再說。

「幸會，我是田中。」

「你、你真的要原諒我？身為佩尼帝國貴族的你，真的要原諒我這個奧夫修耐達家的人嗎？而且，那、那邊那位不就是費茲克勞倫斯家的千金嗎？坐她旁邊的，看起來也是位階很高的貴族……」

你跟小岡不是一家人嗎，不要在乎那種細節啦！

看起來會比ＪＣ這女生更婆媽喔。

「到底要不要我原諒你，趕快決定吧。」

「對、對不起！感謝你大人大量！我是岡薩雷斯的弟弟，名叫洛克．奧夫修耐達。如你所知，我都在佩尼帝國這邊當空盜，但我在、在這裡鄭重發誓，以後絕對不會再做那種事了！」

他完全進入抖爆模式，簡直跟蘇菲亞沒兩樣。話說回來，他們不只是親戚，居然是親兄弟啊。

哥哥小岡都替他作保了，看樣子事情不太可能往棘手的方向發展。考慮到需要和奧夫修耐達家維持良好關係，再追究下去只有百害而無一利。

「好的，我明白。」

雖然我現在心裡千思萬緒，但結果好就好了。

真的太好了。

謝謝你活下來。

我仇人扮得那麼爽，說不定和ＪＣ的恩愛關係已經無法修復了。不過對前男友來說，擦去前女友的淚水也是完美到不行的結局。

更重要的是我往後人生都能用前女友這個詞了，超開心的。

比想像中還要開心。

終於能向每次酒席上，聽同事後輩提到前女友三個字就隱隱心痛的我莎喲娜啦掰掰了。即使只維持短短幾天，前女友就是前女友。這樣我就能毫不心虛，絕對沒有任何自欺欺人地說出前女友三個字了，前女友啊。

「哥、哥哥！」

想到一半，前女友有動作了。

她向前一步，轉瞬就抱住了虎克船長。雙手繞到背後，從正面緊緊地擁抱。整張臉深埋在對方胸口的模樣不由分說地激起前男友的醋意。

可惡，居然能被這麼可愛的妹妹擁抱，羨慕死我了。醜男也好想要妹妹，想要可愛的妹妹。最好是能隨時為哥哥張開大腿，又色又可愛的有膜妹妹。

「艾、艾敘……」

「太好了！原來、原來還活著，真的太好了！」

「是啊，我也很高興自己竟然能撿回一條命。」

兄妹抱成一團。

這畫面簡直讓人壓力爆表。

灌酒的衝動滾滾而上啊。

＊

兄妹倆花了一段時間才平復下來。

地點一樣在辦公室，在場成員均無改變。房中氣氛總算在擁抱結束後重返平靜，什麼殺不殺的話題也將以此告一段落吧。

小岡恢復原來的樣子，說道：

「不好意思，好像在騙你一樣。我是看洛克那傢伙跑過來，你又帶艾敘回來，害我很想逗你一下。我也覺得自己有點過火了，真的很抱歉。」

小岡再三低頭賠不是。

虎克船長在小岡一連串鋪陳後出現，也使我終於了解狀況。他們八成是想試探和風臉。當然，多半也有想救家人一命的想法。

沒有鬧翻就老實低頭道歉，應該是我給足誠意的緣故。所以他們也藉由認錯，以真誠報真誠。

假如我隱瞞了空盜的事，小岡會不會早就扭頭就走了呢？

「別這麼說。家人身上發生這麼大的事，會想這麼做也是情有可原。」

「就算這樣，先動手的還是洛克自己。」

「奧夫修耐達家的事，我已經聽她說過了。」

我視線指向前女友。

他們憎恨貴族是理所當然。

好巧不巧，我們所搭的船還打著公爵家的家徽。

「我的答案還是一樣。」

「是嗎？」

「這麼一來，我就能無後顧之憂地對你效忠了。」

「……這是什麼意思？」

小岡又說出令人費解的話。

現在是怎樣啦。

「這原本是你的請求，但現在我要反過來求你成全。」

「不好意思，我完全不懂你的意思……」

小岡和我之間有什麼還沒談妥的嗎？

想前想後，我只能想到一件事。

該不會——湧到咽喉的話，先被對方接下去了。

「懇請你將我們黃昏戰團納入麾下，成為田中男爵的騎士團。」

「這還真是突然……」

當初小岡是那麼地嚮往自由，但經過短短幾週的交陪就願意對一個來路不名的扁臉黃皮猴宣誓效忠，想來未免有點誇張。

他如此鄭重地給我這個機會，反而讓我緊張。

「我不會勉強你答應，但我是真心希望你成為我們的首領，可以嗎？」

「……真的沒關係嗎？」

「其實在這之前，這件事我已經跟團裡的人談了很多次。當然，我們不是所有人都贊成，但好歹也有八成。剩下的兩成，我會盡力去說服。老實說，我到昨天都還是偏反對那邊。」

「原來如此。」

真不愧是小岡，都已經快打點好了。

而且剛才我的表現還推了他一把。

「要是現在狀況不同，我也不會強人所難……」

「不會。岡薩雷斯先生你主動提這個請求，我非常高興。」

完全想不到事情會這樣演變。

簡直是與原先料想一八〇度相反的方向跑，在學園都市讓我吃盡苦頭的低LUC上哪去了？心裡的難解疑慮彷彿全往好方向發展，順到我都怕。

「真的嗎？」

「我這個人缺點其實還不少，要請各位多多包涵了。」

「喂喂，不要這麼恭敬好不好？不只是你的為人，我們之前那種距離也讓我覺得跟你相處起來很愉快。要是你以後姿態都這麼低，我可要好好考慮考慮嘍。」

「聽你這麼說，我更高興了。」

「高興就好！」

經過了一番迂迴曲折，最後似乎是圓滿收場了。

田中男爵領地中的龍城更加穩固。要是沒能跟黃昏戰團續約，以這座城的營運狀況來說，恐怕不用一年就會熄燈。甚至會被理察打包拋售。像企業併購那樣。

「詳細內容，我改天再跟你說。」

「好，麻煩了。」

兩人相視而笑。

就在這時候，房門喀嚓一聲忽然開啟。

眾人目光自然往走廊集中。

見到的，是不知何時歸返的屋主。

『唔，是你。你回來啦！』

「這不是克莉絲汀嗎？好久不見。」

從這灰頭土臉的模樣來看，她是一直在外頭施工吧。

說起來，我連一枚銅幣也沒付給她過，虧這頭龍還能做得這麼高興。

再加上幼女渾身灰塵的所造成的強烈視覺刺激，讓人突然覺得好對不起她，真的要好好獎勵她才對。龍究竟會喜歡怎樣的禮物呢？

真想送她一個白白胖胖的小貝比。

『你、你在外面有看到吧！當然有看到吧！怎麼樣！』

她快步接近幾步，甚為興奮地抬眼問道。

十之八九指的是那座高到不行的塔。她那彷彿在說趕快誇我的興奮表情真是耀眼，臉頰的肉肉軟Q到前所未有的地步。屁股那邊好像是尾巴在搖，洋裝裙襬晃來晃去。

我豈有否定她的道理。

怎能說不能蓋那種東西呢。

倘若要求她恢復原狀，她肯定不管三七二十一當場抓狂。別說新塔，整座城——不，整個國家都要化為廢墟。

蘿莉龍的全身就是散發著這樣的得意。

「是啊，我有看到。那實在是非常雄偉的建築。」

『是、是吧！我想也是啦！』

「我真的好驚訝，想不到妳會蓋出那麼厲害的東西，連細節都做得很十分精緻。」

這裡就老實誇她幾句吧。

我願意予以認同。

那座塔的做工在整座龍城也無疑是第一名。

恐怕現在的我根本做不出同樣的東西。

『還好啦！那本來就是憑你再怎麼樣也達不到的領域嘛！完全是只有我才想得出來、蓋得出來的東西！你就連細節都仔細看一遍吧！美感跟你蓋的房子截然不同喔！』

「我也有這種感覺，晚點我再好好參觀吧。」

『現在就去也行喔！我可以特別給你……那、那個，怎麼說？可以考慮准許你到最上面看一看喔！那可是除了我以外沒、沒人去過的地方喔！』

「不好意思，今天我有點累了。在這樣的狀況下參觀，恐怕會感受不到那座塔應有的美感。休息一晚後，我一定明天一早就去拜訪。」

『…………』

「……怎麼了嗎？」

『好啦，既、既然這樣的話，也不是不可以。不是說……那個，嗯……』

明顯洩了氣的蘿莉龍好可愛。

其他人的想法似乎也與醜男差不多，沒人對她的作品表示意見。房間各個角落都對克莉絲汀投注著半冷不熱的眼神。是知道亂說話會有生命危險，才保持那樣的距離吧。

蓋都蓋好了，還能怎麼樣呢。

『對了對了，雖、雖然只有一點點，可是裡面好像有一些那邊幾個人幫我處理的部分喔！我不懂人類喜歡什麼，不過我自己待起來感覺還滿不錯！』

蘿莉龍臨時想起什麼般急忙補充。其視線所指之處，有小岡和諾伊曼的身影。想不到這頭野ㄚ龍也有顧及人類感受的時候。

這樣的事實比那座華美的塔更令我感動。

「原來如此，妳有跟他們一起合作啊。知道你們在我出門這幾天也能互相幫助，讓我非常欣慰。而且聽見妳自己主動說出這一點，我很高興。」

『只、只有一點點喔！一點點！』

「再怎麼少，有就是有嘛。」

『！……還是當作我自己的功勞算了！跟他們沒關係！』

「真是個愛鬧脾氣的龍呢。」

『吵死了，閉嘴！』

最後土建龍把頭一甩不理我。

臉頰爆紅的模樣，讓我整顆心都暖了。

幸好我沒否定克莉絲汀的傑作。

我真的認為這是個正確的選擇。假如有誰敢埋怨那座塔，啊，那就是田中男爵搬出貴族身分出擊的時候。不管對方頭銜多偉大，我都要守護蘿莉龍塔到底。

「謝謝妳，克莉絲汀小姐。」

『明天喔，明天！我到房間去接你喔！』

「我會等妳來的。」

想說的說完以後，忙碌的鎮長就逃也似的離開房間了。

有點期待明天啦。

我偷瞄蘇菲亞一眼，發現這個膽小鬼代表也表情溫馨。照這樣看來，克莉絲汀未來也能當一個稱職的好鎮長，將龍城發展得有聲有色。

「看來各位都跟她處得不錯，田中不勝感激。」

「與天地同壽的古龍居然會是那樣的人，這個世界還真是無奇不有啊。能跟古龍當同事，我還有什麼好抱怨的呢？」

「聽岡薩雷斯先生這樣說，我就安心了。」

「諾伊曼那邊倒是很怕她就是了。」

「喂、喂！岡薩雷斯，你不要亂說喔！我只是有那麼一點——」

「有一次，鎮長偷偷對他打一發石牆術，一下子把他從地面彈到塔中段的高度，真是笑死我了。」

「不是說好保密了嗎，岡薩雷斯！」

「原來有過這種事。」

兩人看著蘿莉龍的去向聊了起來。

或許再過不久，蘿莉龍就能贏得全城偶像這種連柔菲都達不到的地位呢。如今龍城這隻令人好奇今後將如何發展的蘿莉龍，甚至讓我發起這種無聊的想法。

多虧有她，場面變得和樂多了。

「話說回來……」

「怎麼了？」

忽然間小岡神情一變，向我問話。

「沒什麼，就是沒想到田中老哥你會對艾敘有興趣，真的快把我嚇死了。所謂世事難預料，就是在說這種事吧。說不定這是這陣子最讓我驚訝的事。」

黃昏戰團的團長大人說得是十分感慨。

表情還頗為認真，讓我很在意。

「岡薩雷斯先生，請問你一直說的艾敘是哪一位？」

「喂喂喂，你還不知道嗎？就是我弟啦。」

「你是說這位空盜嗎？」

我視線掃向站在他身旁的虎克船長。

我知道他前不久才以洛克．奧夫修耐達之名自我介紹，可是周圍沒有其他能對應的人物了。這稱呼很短，有暱稱的可能，所以我才問。

「說什麼傻話？他不是才剛說自己是洛克嗎？」

接果小岡不敢相信地回答。

既然不是他，那會是誰呢？

「當然是說這個弟弟啊，不然咧。」

眼見醜男苦惱起來，小岡側眼說道。

目光所指之處，怪了，居然是ＪＣ。

「啊，喂、喂！岡薩雷斯！不要說……」

緊接著，ＪＣ開口制止。

神情非常之慌張。

然而小岡不理會，繼續說：

「我都不知道你喜歡的是男人耶，這下子都說得通了。難怪你身邊有這麼多好女人，卻完全不對她們出手呢。我還擔心你是不舉呢。」

還抱著胸嗯嗯點頭。

說話的樣子和平時的他不太一樣，特別爽朗。

「不好意思，岡薩雷斯先生，我再問一下，弟弟是指誰？」

「呃，就是這個艾敘啊。他是我驕傲的弟弟。」

不管我怎麼看，小岡所看的人都是ＪＣ。

就是ＪＣ，是ＪＣ沒錯。

「…………」

Come on，屬性視窗。

名字：艾敘利．奧夫修耐達
性別：男
種族：魅魔／人類混血
等級：43
職業：鍊金術師
ＨＰ：４２８５／４２８５

ＭＰ：１００５０／１００５０
ＳＴＲ：４１０
ＶＩＴ：３５０
ＤＥＸ：２２０４
ＡＧＩ：１０７０
ＩＮＴ：６５４２
ＬＵＣ：５８０

原來如此啊。

＊

前女友變成前男友了。

我的幸福徹底覆滅，死處男不能在酒會上拿前女友三個字出來現了。性別差異這絕對的法則輕而易舉地斬斷了人與人的關係，徒留兩根哀傷的棒棒。

和風臉所在之處並無改變，仍是鎮長府的辦公室。小岡仍在身旁，面前仍是前男友，其他人投來的視線也依然如故。一連串刺激的發言，使得眾人的視線更熱切了。

狀況仍在繼續。

「對了對了，我對那方面沒興趣喔，拜託饒了我。不過呢，我也不是想對你冷淡，所以偷偷告訴你，其實我們團裡也有幾個這圈子裡的人啦，見怪不怪了。」

這位笑著說話的光頭阿兄不愧是有幾百名部下的團長，性向觀是相當地大度。回想起來，我以前也聽過符合他這條消息的對話。小岡提起這件事應該是為了我好吧。

「可是怎麼說呢，那麼不聽話的艾敘居然短短幾天被你弄得服服貼貼，實在很了不起耶。田中先生，這讓我真的更尊敬你了。我也因此看了一場好戲。」

然而，現在是ＳＡＦＥ。

低空飛過。

因為前天，和風臉才在飛空艇上演過一場戲。

對如今已是ＤＣ的ＪＣ強調自己是他的殺兄仇人，除此之外什麼也不是。

此時此刻，我好想讚頌前天的自己。

「岡薩雷斯先生，請別誤會了。」

「誤會？這是怎麼說？」

「我對他是而言純粹是殺兄仇人，除此之外什麼也不是。儘管洛克先生倖免於難，這仍不會改變我的所作所為。再說我畢竟是個來日不多的中年男子，何德何能去阻礙奧夫修耐達家後人的光明未來呢。」

平時令人恨得牙癢癢的年紀差距，在此刻竟是那麼地可靠。

我看都差了兩輪有吧。

在我如此拚命想藉口時，正太雞突然吠起來。

「大、大叔！」

「什麼事？」

這次他會說些什麼呢？

緊張的我心跳得好快，胸口都痛了。

「……這樣說來，那個……你、你該不會……」

「該不會怎樣？」

「大叔你接近我，不、不是為了利用我，而是……怎麼說，是為了幫助我？或許是我一廂情願，可是你在房間教我那些東西的時候，態度真的好溫柔。而且我也不是貴族了，根本就沒有利用價值……」

那是因為剛認識的時候你還是女生啊。

有裝備●啊。

還有，你那樣說話會讓人產生嚴重誤解，拜託不要。

「所以對於哥哥那件事，你才會用那種挑釁的說詞，最後扮黑臉……」

「怎麼會呢？我不是那麼有心機的人。」

「可、可是，我反而覺得大叔很喜歡那樣！」

「…………」

雖然有點好運，但這樣看來是真的行。真的行。

由於洛克還活著，和風臉才能演活這個角色。說句不太道德的話，我是真心感謝虎克船長死過一遍。好想讚頌在墜機現場撿走墜鏈的自己。

初體驗是男兒洞這種事，我死也不要。

要盡可能讓他否定這個仇人角色。

「為了艾敘好是什麼意思啊？」

奧夫修耐達家對家人間的關愛實在是很了不起，連小岡也馬上咬餌，還咬得很用力。不好意思，就讓我利用這千載難逢的好機會，扳正整個歪掉的交配狀況。

「他在學校好像有點鬱鬱寡歡。」

「是嗎？聽說他表現得不錯啊。」

「詳細情況，你就聽他自己說吧。」

「也對，這樣比較好。知道了。」

我不要男人。男人就是不行。

屁眼在癢，去找虎克船長共享手足之樂不就好了。

「但就算這樣，他也太投入了吧……」

「如果你指的是他這身打扮，好像是在我抵達學園都市以前就已經這樣了。根據我私自推測，他多半是害怕遭到肅清才會這樣做。」

之前在學園都市走廊聽見的字眼忽然在腦海中湧現。

沒錯。現在想想，我一開始就得到正確答案了。

難怪剛認識那陣子他一直躲我。回顧過去每一幕，也能發現他曾經一見到艾絲特就跑。是全力散發貴族氣息的蘿莉婊激起他的危機意識，才會有那樣的反應吧。

所有的線索終於全繫成一線了。

「喔，原來是這麼回事。」

經過我一連串的開脫，小岡也終於明白了的樣子。

好，成功迴避。

然而這樣的想法實在太天真了。

「就、就算這樣，我還是愛你！我就是愛大叔！最愛你了！只要是為了大叔，我什麼都願意！我想跟大叔過一輩子！要小孩的話，那個，我、我會想辦法！」

正太雞突然狂吠。

這世上有很多再怎麼努力也辦不到的事啦。

「你有這樣的心意，我自然是很高興。」

「我、我、我、我想吃大叔的雞雞！超想吃的！」

「呃，我……這個……」

真的假的啦。

這絕對是受到小皮的影響。

我打娘胎以來還是頭一次對近墨者黑有這麼深刻的體會。

「我會加油的！絕對絕對會加油的！還會幫你吞！」

絕對不准加油。

不准吞。

「你想想，我可是你受傷流血還袖手旁觀的蠢蛋喔。」

前幾天的小皮之亂不論是好是壞，都在這裡派上了用場。

這陣子我總是仗恃治療魔法的威能，對肉體傷害變得特別寬容。譬如正太雞腳踝被砍斷那時，一般應該要立刻跳出去救人才對。

現在想來，即使打著「這樣才會成長」這麼冠冕堂皇的名義，眼見這種事發生還保持旁觀實在很麻木不仁。沒想到治療魔法的缺點會以這種形式暴露出來，思想都有點扭曲了。

然而單以此刻而言，過去的我真是幹得太棒了。

「在學園都市，你從皮考克的魔掌下拯救了我。你發現他在我們的食物裡下毒之後，奮不顧身勇敢挑戰階級在你之上的人。」

「…………」

「當你如此奮鬥時，我卻只是卑鄙地躲在暗處偷看。即使你失去右腳摔倒了，也依然為我這樣的蠢蛋咬緊牙關拚命死撐，但我還是什麼也沒做，就只是旁觀。」

「這種事我一點也不在意！而且你最後還不是出來救我了！不是在我以為完蛋了的時候趕過來，挺身保護我了嗎！」

「我明明是很晚才現身。」

「才不晚！絕對不會！」

「不，實在是太晚了。」

「能在那一刻出現，就是你一直在旁邊看著我的證據！你是想看我用自己的腳站起來吧！那比直接出來制止困難多了！我超感動的！」

「可是……」

「那天晚上，我還拿大叔來自慰呢！」

對不起，我不想知道這種事。

然而，我又不能直接說我討厭男人。同性戀是歷史極為悠久的性癖，無論哪個時代都能跨越男女老幼的隔閡普遍存在。否定這件事，等於是與這麼多的人類為敵。搞不好比普通的宗教團體還強大。

當然，這也會破壞小岡對我的印象。先不論他自己性向如何，他對這件事本來就是心胸寬大。若只憑性別差異一味否定他家人的感情，恐怕會對日後關係造成不小的障礙。

而且我自己也是蕾絲儘管來。

因此在這種狀況下，能走的路很有限。

我要重播當初甩開蘿莉婊時用的話。

「不過很抱歉，我已經有心上人了。」

「！」

就生理而言，這點我說什麼都不能退讓。

No p●ssy, no life。

「其實你一點損失也沒有，未來就請你和兩位親愛的哥哥過平靜的生活吧。你已經經歷過一段殘酷的人生，有追求幸福的權利。笑容才是屬於你的表情。」

我試著摻雜些許真心話，加強言論的可信度。

並且偷偷往虎克船長瞄一眼。

愈看愈不爽，晚點用魔法治好他的鉤鉤算了。

鉤爪實在太有型了可惡。

「大叔，不、不對！不是那樣！」

「相信現在的你已經能自立自強，不管到哪都走得下去。雖然多少也覺得有點寂寞，但我這種來歷不明的人已經沒有任何理由再待在你身邊了，艾敘利・奧夫修耐達先生。」

「你等一下嘛！我跟哥哥不是那種關係！」

正太雞不曉得誤會了什麼，慌得手足無措。

「我、我只想和大叔合而為一，跟我哥一點關係也沒有！再說，男男很噁心吧！這樣不對吧！我也不是誰、誰的雞雞都願意吸喔！」

為什麼是以吸屌為前提？

「我不也是男性嗎？」

「大叔不一樣！」

「…………」

我又往虎克船長瞄一眼，他居然默默後退一步。

現在應該向前吧，我的好哥哥。

剛剛不是抱得很開心嗎？

「那時候你願意接受我的舌頭，我真的好開心……」

給我等一下。

怎麼隨隨便便就把當時的口腔狀況爆出來啦。

不就是你舌尖頂個兩下，我嘴唇自然就張開啦，那也是沒辦法的事嘛。那可是初吻耶，年過三十才終於體驗初吻，發生什麼事都不奇怪吧？

「看來現在的你無法冷靜省視自己。你應該捨棄這種畸形的幸福，去追尋正確的方向才對。這是我對奧夫修耐達家最大的希冀。」

糟糕，腋下開始濕了。

「我不是說了嗎，我的幸福就是和大叔合而為一！然後在背後扶持以後應該也會大有作為的你，就、就、就是我最大的願望！」

不行啦。

就跟想要沒有大腸菌介入的肛交一樣，不可能的啦。

「我這個髒兮兮的中年人哪裡有這麼大的魅力？」

「全部都是啊！全部！只要是從你身上來的，什麼我都能吃下去！」

「…………」

我的天啊。

他花痴到和當初的艾絲特有得比，難道是魅魔屬性在此時發揮作用了嗎？而且現在還是難度遠高於中古婊的香腸版，我再怎麼樣也沒有接受的度量。

話說回來，竟然會在這種時候遇到第二個魅魔。

再加上艾絲特，佩尼帝國過去肯定有些祕密。難道是一個色色的魅魔混入人類生活中，找個當時的貴族瘋狂啪啪啪，後來其子孫在現代偶爾會發生返祖現象——我不由得如此幻想。

回想起來，魔導貴族也曾經透露過一點點，說費茲克勞倫斯家偶爾會誕生魔力特別強的子嗣。如果這是魅魔血統使然，說不定真的就是那樣。

言歸正傳，重要的不是過去，而是現在。

我得設法閃過正太雞結局才行。

我十分明白憑我的條件不能太奢求，也知道自己沒有選擇的資格。況且眼前這人長相還無限接近女性，甚至比普妹可愛多了。

可是，我說什麼都不要同性。

此身追尋的目標，自始至今都不曾改變。

這點我打死不退。

我就是要附膜美少女。

「艾敘，你也適可而止吧，別讓田中老大哥太難做人了。我不是看不出來你有多愛他，可是這種事總不能不顧對方感受不是嗎？」

「可、可是……」

「要是你真的控制不住，以後再努力就行了。」

小岡似乎感覺到我沒那方面的興趣，伸出了援手。聽親哥哥這樣說，正太雞也冷靜了不少。不完全否定，以放眼未來的方式折衷這點頗像他的作風。

「田中老大哥，你還沒插過他吧？」

不過小岡啊，這樣說也太直接了吧？

我偷偷往蘇菲亞瞄一眼，發現她表情非常亢奮地看著這邊。不要胡思亂想，沒那種事情好嗎？但說實在的，若是在知情之前被正太雞爬上床求愛，恐怕我少說也會先吸個奶頭。

「不好意思，我連異性經驗都還沒有過……」

啊啊，完蛋了。

緊繃的極限狀態害我不小心說溜嘴了。

「喂喂，在這種時候還說謊搪塞不太好吧，田中先生？」

「就、就是啊，說的沒錯。非常抱歉。」

「真是的，不要在沒意義的地方亂開那種破玩笑啦。」

「是啊，你說得對。真的是非常抱歉。」

好險好險，差點就要重蹈在公司酒會上順著酒意爆料自己還是處男的覆轍了。那次真的好慘，全場氣氛整個凍結，害我後來在公司過得是水深火熱。職場上的對話完全是另一個世界啊。

就連對誰都用平輩語氣的上司都不知何時對我用起了敬語。想不到雞雞的使用次數會推動我的人生。酒會三個月後我就換公司了，年薪還稍微漲了一點。

「我們並沒有肉體關係，這你大可直接問他。」

「好，那這件事就這樣了。艾敘，可以吧？」

「唔唔……」

正太的視線隨著小岡作總結而投射過來。

超水潤的啦。

看起來完全是熱戀少女的眼神，有夠恐怖。

很難相信他真的是男人。

但經小岡一瞪，他也不敢再說下去了。

哎呀，謝天謝地。真的謝天謝地。

要是不知道他帶把就被他哈了個爽，事情恐怕會弄得一塌胡塗。沒得掙扎就要陷入哈或被哈的正太雞地獄。饒了我吧，小皮和布斯教授的交配就已經夠我受的了。

好想用艾迪塔老師的內褲漱漱口啊。

挑戰果果露未知的下半身陰影奧祕也不錯

「那麼岡薩雷斯，我、我只有一個要求！」

「好啊，你說。」

「我要留在這裡！」

「學校怎麼辦？」

「我已經辦休學了。我原本就是跳級入學，年級比其他人高兩年，休學一兩年也不成問題！更重要的是，在大叔身邊能學的，比、比在那邊念書還要多很多！」

「啊？休學？不是過來見個面而已，幹嘛要辦休學……」

糟糕，好像真的有講過手續什麼的。還打算接下來就把他送回學園都市結案快樂，結果完全忘了這一塊。而且還是正太雞先說出口，這下難辦了。

心情簡直跟叫女朋友墮胎的自走炮一樣。

自我厭惡強到不行。

根本沒辦法要他回學校啊。

至少得保障好他的食衣住和人身安全。

「又沒有關係！可以吧！」

「先提醒你喔，你跟家裡出事之前就離家的我跟洛克不一樣，現在還是奧夫修耐達家的人，應該知道這樣是很危險的事吧？別忘記了，佩尼帝國的貴族是不會放過你的喔。」

「那、那當然！」

「既然你懂，我就沒話說了。是男人就保護好自己。」

「當然啦！我一定會變得比現在更強！然後總有一天要變成可以保護大叔的男人！」

瞎扯也好，真希望你把男人換成女人。

「但話說回來，這座城的事不是我說了算。」

低語的小岡視線往我指來。

你放心，我知道。

「既然有岡薩雷斯先生這樣的人為他擔保，我當然沒理由拒絕。我以領主身分向你承諾，只要你待在這座城裡，我就不許任何人歧視你或對你施暴。」

晚點也去跟蘿莉龍拜託一下好了。只要有那隻最強之龍在罩，能動他的就只有大聖國所謂的魔王之流吧。

「聽到了沒，恭喜你啦？」

「！……」

正太雞的臉整個紅起來。

拜託別這樣好嗎？

很難反應耶。

＊

關於學園都市的種種問題在此落幕。

這天，我決定晚一天再前往首都卡利斯，先在龍城過夜。現在沒急事要辦，又不必送正太雞回學園都市了，所以想放慢步調，稍作喘息。

不管怎麼說，雖然ＪＣ變成了前男友，但我並不討厭他這個人。說起剛認識那時，這個正太雞真的有點欠揍，但經過小皮事件後，倒覺得令人敬佩了。

希望他能使用龍城溫泉來盡情消除長途旅行的疲憊。

至於我自己呢，則是連澡都沒泡，飯也隨便吃吃就趴床了。治療魔法只能對肉體起作用，對精神上的疲勞一點辦法也沒有。為了治療我這一連幾天的心勞，我決定早點就寢。

然而才剛闔眼，房門就敲響了。

叩叩叩的清脆聲響，迴盪在寧靜的臥房內。

「好，馬上來。」

是誰呀，不會是正太雞吧。

非要全力抗拒不可。

我就此解鎖開門。

站在門外的，居然是個意想不到的人物。

「蘇菲亞小姐，這麼晚了有什麼事？」

女僕驚喜現身啦。

她穿的是我從首都卡利斯的學校弄來以後就不知不覺變成標配的女僕裝。靜靜站在走廊上的模樣是那麼地綺麗可人。在背後滿窗月光的映照之下，她輪廓微微發光，讓人好想交配。

「田、田中先生，我有東西要交給你……」

「有東西要交給我？」

是什麼呢，好好奇喔。

我再次查看蘇菲亞的神情。她兩手收在背後，樣子忸忸怩怩，手上肯定有東西。莫非是情書？心兒怦怦跳啊。

「就、就是這個！」

她下定某種決心似的交出幾張紙。

是信嗎？

真的是信嗎？

讚啦。

「……這是？」

「我在艾絲特小姐房間找到的。」

「她房間？」

啥啊，好想看喔。

這樣私自拿出來沒關係嗎？真不像是小人物感爆表的蘇菲亞會做的事。趁房間主人不在時偷拿東西出來，是嚴重侵害隱私的行為啊。更別說交給和風臉了。

「對。」

「那麼，請立刻放回原來的地方。」

「拜託，請、請你先看一看再說！」

「不可以。再怎麼親近，禮儀還是要遵守。」

「但還是拜託你先、先看一看！」

「…………」

真是太難得了。

蘇菲亞居然會這麼堅持。我再往她看幾眼，發現腋下布料已經完全變色，都擴散到胸前來了。那隱約搔弄鼻腔的氣味，恐怕不是所謂少女的幽香。

究竟是什麼讓她急成這樣呢？

這樣的疑問，使我想起之前學技會那時，她為了扁臉黃皮猴賭命奮鬥的模樣。儘管只是聽說，但每個人都對她這份義舉讚譽有加的樣子

說不定，她現在就是為了他人在付出。偶爾就是會有這種完全不會替自己爭取些什麼，但若為了他人就會變得特別大膽的人呢。糟糕，我真的好愛蘇菲亞。

「……那好吧，我看就是了。」

「謝、謝謝你！」

我從女僕手中收下紙張。

途中指尖稍微碰了一下，頓覺人生圓滿。不禁想起有些超商店員找零時會托住顧客的手。如果對方是女生，我隨便都會愛上她。整顆心都飛躍了。

「…………」

我利用房間側邊透出的光，看上頭寫些什麼。

赫然見到的是一連串赤裸裸的慾望，八成是艾絲特失憶前寫的吧。即使已經猜到了，實際目睹時罪惡感還是會

淹過喜悅。

「…………」

「…………」

女僕就只是默默看著和風臉掃視紙面。

沙、沙。我一頁又一頁地小心翻閱。隨處可見的皺痕，令我不禁想像這原本都是揉爛的紙團，是蘇菲亞一張張攤平的結果。這麼說來，它們很可能都是廢稿。

一會兒後，我翻到最後一張。

「……那個，田、田中先生！」

「我已經十分明白妳想說些什麼了。」

「既然這樣的話，那、那個，艾絲特小姐那邊，還請你……」

「先讓我為沒有早點通知妳這件事道歉。很抱歉，這樣說或許會讓妳很錯愕，現在的艾絲特小姐和寫下這些文字的人已經不是同一個了。」

「咦？請問，那是什麼意思……」

「我也很難過，她失去了當時的記憶。」

「……失、失去記憶？」

「對。細節我就不說了，總之她現在已經不記得妳跟我，頂多會從這些手札知道妳我這些人的存在。今天她會毫不猶豫地端起妳上的茶，也是這個緣故。」

「不會吧……！」

說起來，我還真的不曾通知蘇菲亞。

從反應來看，她是直到這一刻才得知這件事。

「因此，對她而言什麼才是幸福，已經沒什麼好說的了。就只有促成她和亞倫先生，讓費茲克勞倫斯家更興旺而已。我這個人已成為了過去，不曾出現在她的生命裡。」

「！……」

話說回來，手札第五第六頁那邊有寫到一個重點。

原來艾絲特是個肛肛婊。

至少在寫下那些日記的當下，她還是個令人跌破眼鏡的處女。原來如此，的確是精神可嘉。面對亞倫那樣的帥哥還能守住膜膜的意志力，實在值得讚賞。

她是個好蘿莉婊，多半是怕害死亞倫才那樣做的。萬一被理察知道是誰戳破了她的膜，不管怎麼圓，亞倫的進退恐怕都是從此一片漆黑。

或者，以理察的實績來說，十之八九會判他死刑。

柔菲的陰道被亞倫插得欲仙欲死時，艾絲特都是在一邊吸著手指，摳著自己的直腸設法滅火吧。一這麼想就突然覺得她有點可愛了。不行，不可以，不能上當。

現實總是比我的妄想更加殘忍無情。

處男啊，要冷靜。

儘管肉體上有好幾個洞，心裡也只有一個。

當這個洞填補起來，無論她有沒有膜都毫無價值，無法滿足處男的鄉愁，無法結清那名曰青春的不良債券。

●從誕生那一刻起就是最終版了啦。

「謝謝妳，這樣我又多認識艾絲特小姐一點了。」

「那、那個，田中先生，那你不是應該把艾絲特小姐……」

「蘇菲亞小姐，妳應該能像以前那樣，和她建立起同樣的友誼吧。妳會這樣來找我，甚至不惜犯禁交出她的手札，就是最好的證據。」

臉色到現在才一口氣發青的蘇菲亞真可愛。

「！……」

「謝謝妳，這對我真的很有幫助。」

「咦？那個，這是……」

「今天已經很晚了，就到這裡為止吧。」

「啊……」

雖然可惜，我仍磅一聲關上門。

向蘇菲亞告別。

等候片刻，門後總算響起喀喀遠去的腳步聲。隔著門板，等到完全聽不見後，醜男才走向床鋪。

我想，這應該是正確的決定。

會讓蘿莉婊引以為恥的手札，我在路上撕破並扔進垃圾桶了。

發現陌生的自己留下這種東西，正常人都會怕。

＊

隔天，小岡一早就把我叫到他房間去。

八成是正太雞找到哥哥助攻，要開始反擊了。繃緊神經進房後，房裡除了光頭猛男之外，虎克船長也在。在小岡的促請下，我坐到了沙發上。

「你說讓他加入嗎？」

「對。」

「可是我打下了他的飛空艇……」

小岡說，希望我答應接收虎克船長入夥。

就算是空盜機，飛空艇也不是便宜的東西。即使他有錯在先，詢問擊落飛空艇的凶手是否願意收留他仍是件非同小可的事。想不怕他有企圖也難啊。

「這是他自己提出來的，有問題就問他吧。」

「喂、喂，岡薩雷斯。」

「你別搞錯喔，我只是幫你牽線而已。」

「！……」

「接下來你要靠自己說清楚。」

大概是墜機對他造成不小的陰影，小岡一表示不多幫忙，焦慮就爬上了他的臉。可靠的兄長抽身的同時，虎克船長緊張地轉向我說：

「先前那件事，我真的很抱歉。」

「但無論如何，我都是在佩尼帝國有領地的費茲克勞倫斯派貴族，對你來說不就是個仇人嗎？」

「我知道，這點我十分明白。」

「那你為何還有此請求呢？」

好像在面試有負面過去的人一樣。

「我就坦白說了，就算是我這樣的人，也有人願意跟隨我，我不想讓他們喝西北風。而且在這裡，我還有岡薩雷斯可以依靠。」

「原來如此。」

這說詞的確是比嚮往貴社風氣、覺得我們對事業項目很有原則等不著邊際的理由讓人安心多了。然而，他有個棘手的背景。

「我什麼都願意做，絕不偷懶。要把我打成奴隸也無所謂，拜託讓我的同伴留在這裡，求你了！」

虎克兄頭低得比想像中更爽快。

不過呢，我還是很難立刻答應。

這件事也關係到我這邊許多人的生計。

「我恐怕不能輕易答應。」

「！……」

想也知道，我不是他第一個獵物。

這個空盜可是來自奧夫修耐達家的Ｓ級冒險者，當然是擊落了一海票貴族船隻。像我這種小咖男爵，接收他是非常危險的事。

「我也有義務保護我的支持者。」

「我向你保證，我再也不當空盜了！」

「就算這樣……」

現在該怎麼辦？

小岡也在場，最好是找個適當的折衷點。

「不然這麼辦吧。」

「請、請說。」

「洛克・奧夫修耐達的飛空艇墜落，含乘員在內的所有人全部罹難。從今天起，你就只是洛克而已，再也不准自稱是奧夫修耐達家的人，在公開場合更是如此。這樣你意下如何？」

會不會太苛刻了點呢？他們這家族好像很重視這個家呢。

不過剛才舉的條件已經是我的底線了。萬一有人亂傳謠言，說田中男爵是空盜的幕後黑手，那倒楣不只是我，連理察的前途都要遭殃。

「只要你答應這個條件，我們也能讓步。」

「……這樣就行了嗎？」

「你願意完全捨棄過去嗎？」

「反正我過去的人生也沒什麼了不起，這點代價是理所當然。」

「原來如此。」

好吧，既然他都這麼說了。

或許他曾經做了不少壞事，但論起這點，理察等諸位貴族也都是大壞蛋吧。考慮到規模，說不定被貴族殘害的人還多得多了。

而且再怎麼說，他畢竟是小岡的親人。

「我明白了。既然你都這麼說了，我們也願意接受你們。」

「……真的嗎？」

「絕對要信守諾言喔？」

「好、好的，當然！」

想不到這麼簡單就談成了。事情順成這樣似乎也頗出乎小岡預料，驚訝使他的凶臉變得更嚇人了。眼睛周圍的刺青隨表情肌的緊繃而抽動。

「我知道我這樣問不太對，可是老大哥，這樣真的好嗎？」

「之所以會答應這件事，最主要是因為他是你兄弟。」

「被你看得這麼重，我反而都覺得對不起你了。」

「畢竟我真的受了你很多照顧。」

做人就是要互相嘛。

「不好意思，真的太謝謝你了。我會負起責任看好他，說什麼也不能給這麼有男子氣概的田中老大哥你添麻煩。我以奧夫修耐達家之名對你發誓。」

「謝謝。聽你這麼說，我就放心了。」

彼此承諾之後，交涉順利結束。

不過都要收留他了，東西還他是不是比較好呢？考慮到日後情誼，該花的還是別省比較好。就當作投資未來。

「岡薩雷斯先生，不必趕在今天沒關係，你自己找個適合的時間帶他去西區三號倉庫吧。我把一個對他很重要的東西收在那裡，希望他能收下。」

「西區三號倉庫不是……呃，喂喂，真的行嗎？」

「那本來就是他的東西。」

「呃，是這樣沒錯，可是當時是他自己要挑戰你，輸了當然是歸你啊。就算你把整船人當奴隸賣掉，他們也沒立場抱怨吧。當盜賊就是這樣。」

「我自己留著，頂多只是賣掉當資金罷了。」

「真的好嗎？我看你一定會後悔喔。」

「什麼話，那點程度的東西，我想要隨時能弄到手。」

「……真是的，你還是一樣耶。」

小岡將表情疑惑的虎克擺一邊，用眩目的眼神看著我。當初打紅龍就能弄到一顆，說隨時都能到手並不誇張。還能用嗯長毛的傳送裝置飛到暗黑大陸去找呢。

「對了對了，你這麼有特色的獨眼和鉤手，我也替你治好。」

痛痛飛走吧。

給虎克船長的虎克之處送個治癒魔法當禮物。曾經失去的下臂哈囉你好。始終嵌著的獨特義手叩地一聲掉在腳邊。像他這樣有鐵手的人實在太顯眼了。

雖說看不見眼罩下的情況，但應該是治好了才對。

「什麼……！」

「原本那樣實在太顯眼，從今天起把眼罩也拆了吧。」

「等、等等，我的眼睛手臂自從被魔族毀掉以來，不管放了多少次高等治療魔法都沒有半點反應啊！連一層薄薄的皮都沒長過！為什麼連、連咒語都沒唸，才幾秒鐘就治好了……」

「儘管開心吧，他就是那種人啦。」

「！……」

用治療魔法也治不好，該不會是附帶詛咒吧？

不禁想起玻璃管中艾迪塔老師的一線鮑。

那是我一生的至寶。

「要是再出現任何異狀，隨時通知我別客氣，你的手和眼睛可能是中了詛咒。假如傷處開始潰爛什麼的，有必要另外找方法處理。當然，不一定真是如此。」

「這、這樣啊……」

原因仍不明朗，可能只是非得要一定等級以上的治療魔法才治得好，根本與詛咒無關。說不定向同為魔族的嗯長毛討教，能對這方面多點了解。

「那麼岡薩雷斯先生，剩下的事就麻煩你了。」

「知道了，包在我身上。」

無論如何，目前只能觀察傷處狀況再說。

「抱歉，我先失陪了。」

既然事情告一段落，醜男便從小岡房間告退。

*

離開小岡房間後不久。

返回自己房間的路上，我在走廊聽見對話聲。轉角另一邊，有兩個人的聲音。應該是站在路邊說話，且雙方聲音我都有印象。

一邊是金髮肉肉蘿老師，一邊是正太雞。

在學園都市弄報告那時，他們有不少見面機會，遇見就聊起來也不足為奇。然而，對話中出現的字眼，使我非提高警覺不可。

「變性藥？」

「我、我以前聽說過真的有這種藥！」

「的確不是沒有啦……」

我的天啊。

正太雞這傢伙居然在打這麼可怕的主意。

「有配方的話，拜、拜託妳告訴我！求求妳！」

「你要那做什麼？」

「想跟大叔結婚的話，應該還是需要女、女人的身體吧……」

「…………」

現在需要那樣吧。

裝作什麼也沒聽見碰巧闖入現場，使對話不了了之原地解散。記得以前在艾迪塔老師的著作見過變性藥。《我與前男友》提到，她的前男友喝了變性藥後，如今在紅燈區享受著女性的幸福。

鍊金術實在是太可怕了。

「……不行。就算我知道，也不會告訴你。」

「我、我什麼都願意做！一定會盡力去做！拜託妳告訴我！」

「如果是其他配方，嗯，告訴你也可以。但說到你現在想跟我討的這個配方嘛，就必須靠自己研究出來才行。不然你拿什麼臉去面對他？」

「！……」

哎呀，沒想到老師當面拒絕了。

她表情認真地注視著正太雞，眼神中兼具平和與嚴厲。老師真不愧是老師，太棒了。這下和風臉就能裝做什麼也沒看見，就此離去。

「懂了嗎？」

「……我懂了。也、也對，妳說得……很有道理。」

「你只想問這個嗎？我還有其他事要忙。」

「嗯，謝謝。現在，我開始有鬥志了！」

「這、這樣啊？那真是太好了。」

不需要什麼鬥志啦。

自小皮事件後，正太雞做什麼都變得很積極。我很想告訴他，將放棄也納入選擇之一或許會讓人生更有意義。

「謝啦！」

正太雞臉上浮現笑容。

接著一個轉身，精神奕奕地晃著雙馬尾快步離去。同時不忘搖擺格紋小短裙，害醜男的眼睛差點就往那潔白之地跑了。

簡直是條件反射的境界。

處男的性慾實在可怕。

而老師望著他的背影，喃喃地說：

「哼，才以為少了一個，結果又多了一個……」

這樣的一句話，教人不在意也難啊。

不過，再待下去可不好。

被她發現我在偷聽就糟了，還是早點閃人吧。

後記

歲月如梭，田中實體小說即將在這個月（二〇一七年十一月）屆滿兩週年（註：此為當時日本狀況）。這全都是拜各位對本作的支持所賜，真的感激不盡。我非常開心。

多虧於此，今天才能請MだSたろう老師繼前集的果果露之後，也替本作繪製正太雞和小皮。正太雞超可愛。這麼可愛的孩子居然還能搭帳篷，實在太棒了。

相信不僅是我，所有寫小說的人都是抱著各種念想在執筆的。可能是想當個成功的作家，或是想留下曾經活過的證據，也可能是為了實現與鄰家青梅竹馬的諾言。有多少人就有多少篇故事。

至於我自己，能請人畫出各個角色自然是非常大的動機。而且還請到MだSたろう老師這樣的大神繪師來畫，簡直是三生有幸。

I責編傳插圖給我看的日子，就是我開酒慶祝之時。喝著酒慢慢欣賞老師替本作精心繪製的美圖，比什麼都還過癮。明天索性請假不上班了。

順道一提，MだSたろう老師也很積極地在參與同人活動。而且專出未滿十八歲禁止購買的全彩書籍，真的是讚到不行。也請各位上網搜尋老師的活動資訊。

在老師熱情贊助下，果果露竟然在最新作品裡登場了。小說中絕對見不到的特別姿態，就在新作等著你。故事非常地果果露，我愛死了。

我是很想再多聊聊MだSたろう老師的絕美插畫，不過由於I責編有令，本集後記僅限三頁，此後就是關於未來的一些資訊了。

首先是接下來的第七集。具體日程仍未敲定，但有望在天氣變暖的時節推出。我會盡量努力，早點將新書送到各位面前。

《Comic Ride》所連載的漫畫版第二集這邊，也在本集推出的同時上市了（註：此為當時日本狀況）。若有興趣，還請買來看看。進度方面，獵龍篇應該會在第三集完結。

最後是一些感謝的話。不好意思，同樣的話重複過很多遍，首先非常感謝不吝翻閱本作的各位讀者。在「小說家」戰國時代的這個年頭能持續出書，真的是一件很幸福的事。這全都得歸功於各位的支持。

接著要感謝MだSたろう老師在百般忙碌中撥冗畫出許多又色又可愛的插圖。感謝I責編為製作《轉生史萊姆》這樣的大作而忙得焦頭爛額時也依然無微不至地照顧本作。校稿、營銷、版面設計等負責人，曾為本作提供協助的全體關係人員，也請受我一拜。

煩請各位繼續關照起步於「成為小說家吧」，GC NOVELS發行的《田中》。

ぶんころり（金髮ロリ文庫）

國家圖書館出版品預行編目資料

田中：年齡等於單身資歷的魔法師/ぶんころり作；吳松諺譯. -- 初版. -- 臺北市：臺灣角川股份有限公司, 2022.01-
冊； 公分. -- (Kadokawa fantastic novels)
譯自：田中：年齢イコール彼女いない歴の魔法使い
ISBN 978-626-321-111-7(第6冊：平裝)

861.57　　110018998

Kadokawa Fantastic Novels

田中～年齡等於單身資歷的魔法師～ 6

（原著名：田中～年齢イコール彼女いない歴の魔法使い～ 6）

2022年1月13日　初版第1刷發行

作　者：ぶんころり
插　畫：MだSたろう
譯　者：吳松諺

發 行 人：岩崎剛人
總 編 輯：蔡佩芬
編　輯：高韻涵
美術設計：莊捷寧
印　務：李明修（主任）、張加恩（主任）、張凱棋

發 行 所：台灣角川股份有限公司
地　址：104台北市中山區松江路223號3樓
電　話：（02）2515-3000
傳　真：（02）2515-0033
網　址：www.kadokawa.com.tw
劃撥帳戶：台灣角川股份有限公司
劃撥帳號：19487412
法律顧問：有澤法律事務所
製　版：巨茂科技印刷有限公司
ISBN：978-626-321-111-7

※版權所有，未經許可，不許轉載。
※本書如有破損、裝訂錯誤，請持購買憑證回原購買處或連同憑證寄回出版社更換。

Text Copyright © 2017 Buncololi
Illustrations Copyright © 2017 M-da S-taro
Original Japanese edition published by MICRO MAGAZINE, INC.
Complex Chinese translation rights arranged with MICRO MAGAZINE, INC. Tokyo
through LEE's Literary Agency, Taiwan
Complex Chinese translation rights © 2022 by KADOKAWA TAIWAN CORPORATION